上海社会科学院博士后文库 · 第三辑

# 中国20世纪前期传说研究史

## 以现代知识分子的政治关怀为动力的学术史

毕旭玲 著

上海社会科学院出版社
SHANGHAI ACADEMY OF SOCIAL SCIENCES PRESS

# 序

传说研究在中国民俗学与民间文学研究中具有独特的地位。传说研究对于中国地域文化认同与国家认同具有不可估量的意义。作为民俗经济的核心资源,传说的价值更是不同寻常。所以,传说研究在今日之学界、今日之社会分外重要。

与“神话”几乎是舶来的概念不一样,“传说”是一个地地道道的本来就有的中国概念。在汉代就有“传说”的概念,大意是指诸子流传下来的学说,同时也指传下来的口头叙事话题,这就跟今天的传说概念很有关系了。汉代刘向在校录古籍时候,往往写下按语,如他在《邓析书录》这样写道:“子产卒后,二十年而邓析死,传说或称子产诛邓析,非也。”这里的传说,就有口传的意思,也是一个叙事故事。但是按照刘向的说法,传说邓析是被子产所杀的说法是不对的。唐人说司马迁写《史记》的时候,“或取传说,採诸子百家,兼取先儒之义”。这个传说就与今天说法更接近。《五代会要》更有这样的表述:“臣今搜访遗闻及耆旧传说,编成六十五卷,目为《唐朝补遗录》。”这里的传说就是口头叙事。《金史》:“妖妄之言,交相传说何也?”这不是在讲神奇故事吗?

但是,我们今天的教科书“传说”概念,以及民俗学民间文学里的概念,主要还是外来的解释。外国学者在神话、传说和民间故事三者间要强加区别,但是这三者区别清晰并不容易。有的学者甚至列出几张表,详细分析三者在表达的时间、空间和对象的性质,并对叙事的真实与虚拟等方面详加辨析。但是,这个自格林兄弟以来就十分关注的传说与童话故事的分类问题,解决得并不是很好。因为古人在进行民俗叙事表达时,并没有神话、传说和民间故事这样的框架,并没有想好我这要讲个神话,我这要讲个传说。所以,他们大多最后也认为这只是叙事的三种略有不同的形式。

从西方人对于希腊罗马的叙事分类看，他们对于神话和传说有这样一种区别：讲述神的故事大体是神话，而讲英雄的多半是传说。相对于神话，传说具有更多的历史性。所以他们在编辑传播的时候，往往都这样命题："希腊神话和传说"，或者"希腊罗马的神话和传说"，神话和传说有别。鉴于日本当年对于传说概念的混乱状况，柳田国男先生认为：传说要物证，如某山如何如何，某桥如何如何。这有点像我们后来说的风物传说。柳田国男还认为：民间故事被认为是假的，但是神话和传说都被认为是真的。外国学者一般认为，传说是带有历史意味的神话，或者传说是神话的演进形式。后来的中国学人也多这样认为。

这种区分影响着中国对于神话和传说的态度，但中国人对于传说的表述有很多有趣的地方，并不完全按照外国学者的套路。比如，罗永麟先生当年提出"四大民间故事"的概念，结果被人们不知不觉地置换为"四大民间传说"。要说传说是有事实和历史依据，那白蛇传怎么会有历史依据？牛郎织女恐怕也跟真实历史相差太多，甚至可以说，白蛇传和牛郎织女就是跟真实历史没有什么关系，只是神话故事。

但是我们的教科书还是对传说予以人物史实传说、地方风物传说和民俗生活传说的分类，基本保持了传说的独立性。我们编写的《民间文学概论》也大体这样说。

非物质文化遗产保护大潮，为神话、传说和民间故事三者身份表现提供了一个舞台。这一次神话成了最大的输家，国家级非遗名录，第一批一个神话名录也没有，第二批出现了一个盘古神话，一个邵原神话群，后来就很难看到神话的身影。神话失落于非遗保护名录，也是非遗保护让人诟病的地方，在一定程度上是非遗名录的显著问题。但是，传说在非遗保护中成了赢家，很多的民间故事和神话都成了传说，传说在名录中大放异彩，阵营庞大。比如，第一批非遗国家名录第一个传说，就是白蛇传传说。白蛇故事到底算史实和人物传说，还是算风物传说？我们的团队研究白蛇传也是称其为传说，强调其景观叙事，带有重视杭州风物、镇江风物的意思，但是要是把白蛇传理解为风物传说，实在不恰当。综观非遗名录的传说，有一个鲜明的特点，就是故事单一，一个传说就一个叙事单位，如梁祝传说、盘瓠传说。但是情节复杂，规模较大。而民间故事基本就是以一个地方集体命名，如五家沟故事、下堡坪故事等，就是数量较多的地方故事。第二批国家名录有了地方传说,如永定河传说、西湖传说等。这样问题就来了,西湖传说是不是一个集群,包含白蛇传吗?能够有一个不包含白蛇传的西湖传说吗?更有意思的是:麒麟是传说,观音是传说,如果不是神话,都算是历史人物吗?为什么王昭君是传说,徐文长就是故事?徐文长的故事都是真的吗?就算徐文长离得近一些,为什么苏东坡是传说,徐文长就不是传说而是故事?所以非遗保护分类的混乱,也给传说研究带来困惑。

传说很重要,这是共识。尤其是历史学家们都杜撰出一个"中国古史的传说时代"来。三皇五帝都是传说,那当然重要了。传说被认为就是中国文化的源头。传说对地方重要,单一的有影响的故事,都是传说。所以,传说被认为是中国文化的核心叙事。当然这里忽视了一个很大的问题:神话同样是中国文化的核心叙事,同样具有一定的历史事实的成分。民间故事由于拿不出一个很强大的叙事,事实上也就退居二线了,在影响力方面,一堆故事根本不能与一个传说相提并论。这真的有点厚此薄彼。神话、民间故事被弱化。

于是,在民俗研究实践中,我们将一个民俗叙事的概念提了出来:神话、传说和民间故事都是民俗叙事。我们不再纠结什么是神话,什么是传说,混称神话传说可以,单称神话,单称传说都可以。我们不再从内容上区别神话是什么,传说是什么,而是重点从形式上讨论民俗叙事的构成。比如,强调民俗叙事的语言文字叙事形式,仪式行为叙事形式和图像景观叙事形式。于是,构成形式替代了体裁形式。你就会发现,神话人物的庙与传说人物的庙,没有办法区分开来。盘古的庙与伏羲的庙有什么不同呢?同样我们也发现,没有办法区分其是神话的还是传说的祭拜仪式。民俗叙事整体涵盖这三种表述,传说当然是其核心内容。

那么我们是不是就以民俗叙事替代传说概念呢?不是的。我们需要民俗叙事这样一个具有包容性的概念来统摄这三个有联系的概念,也需要继续发挥神话、传说和民间故事这三个概念的特色。首先应该强调其联系,三者均为民俗构建的叙事话语,身上都写着民俗两个大字。这些民俗叙事都可能具有地方认同感。传说由于与神话存在着密切关联,具有神圣叙事的特质,因此,这些传说大多有相关庙宇景观,这不仅是某地某物起源的叙事,也使该叙事具有感恩戴德意义,因为感恩戴德导致了相关设施的修建及其相关仪式的举行。如关于屈原的传说,既有屈子祠等建筑,也有祭拜仪式,甚至端午节庆等大型民俗仪式活动也与该叙事密切相关。景观叙事与仪式叙事，对于一般民间故事而言则不具备其要素。所以神话传说与民间故事便形成了清晰的分野。一般说，篇幅短小的叙事，故事情节不足以形成具有史诗性质的叙事，难以形成传说的构架，所以传说一般是宏大叙事，而不是残丛小语。

传说是带有明显历史要素的神话，是波澜壮阔的叙事史诗。当然传说是发展的，可以从只言片语发展为情节曲折的复杂叙事，如孟姜女传说。也可能从祖先大神退位为一般叙事甚至遗忘。有些壁画，庙宇塑像或者考古现场发现的大神，我们都不知其从何而来了，那么这就是神话传说的退缩，不仅丧失了神圣性，甚至连一般的故事要素都不具备了。

今天的传说传承，不仅可以编出浩大的电视连续剧，也可以建设成为规模宏大的某某传说文化城。传说的民俗经济转换，传说的文化认同建构，正以前所未有的形式突显，传说的能量前所未有地生长，体现其在民俗文化中的独特优势。

正是对于传说能量的基本认识，也是对于谢六逸先生、罗永麟先生神话传说研究的开拓性贡献的学术传承，新时期我们民俗学的新起点就是建立在神话传说研究上。毕旭玲是我在华东师范大学的第一个博士生，起点是对于现代传说史的研究。她是一位传说研究的探路者，然后始终没有脱落神话传说研究的轨道，她后来的吴越海神的研究、鲧禹神话的研究，体现了从学术史研究，向传说专题研究，以及地方文化建设的转变。其个案的研究后来又汇入了文化建设、经济建设的洪流。我们逐渐发展起来的民俗华彩说，即民俗是精英与民众共创共享的活态文化精华之民俗本质论，以及语言、仪式与景观合一的民俗叙事论，及其在此基础上的民俗文化谱系说，都与我们开始所选择的神话传说研究存在着密切关系。毕旭玲之后，姜南的云南诸葛亮南征传说研究、张晨霞的晋南帝尧传说研究、雷伟平的上海三官信仰与神话研究、高海珑的豫北火神神话研究、中村贵的太湖流域春申君传说研究、余红艳的白蛇传传说景观研究、张秋贤的越南女神研究、程鹏的泰山传说的旅游叙事研究等，一个不断成长的传说研究群体，都是与最初的传说研究的学术发展定位密切相关。现在看来，毕旭玲当年的传说研究，确实是具有重要意义的开始。

这部论文写作距今有10多年了。现在修订出版，其意义十分重要。论文将20世纪前期的传说研究与知识分子的政治参与结合起来，这在今天具有同样的意义。当年的政治参与大体上是启蒙运动、反封建等主题，但是今天的文化自信建设、文化认同建设在传说题材上有丰厚的凝聚和开掘。当年的经验值得总结，尤其是通过这样的总结，建立起政治民俗学的学科基础，拓展民俗学的学科空间，便具有学理上的意义。

当年传说研究的成就，是今天学术研究的基点。民俗研究重视学术史，这是一个好的传统。不要简单重复，要有所创新。当年的孟姜女研究、徐文长研究、祝英台研究，今天都是非遗名录了，如何突破创新，探讨学术史十分关键，否则就是炒冷饭。我们在传说方面的探索，都是在前人基础上前进的。所以，传说的学术史既是学术进步，也是文化建设的前提之一。

书中讨论的地方研究，今天看来，有着特别的共性与差异。一是传说的地方性是其特点，其与地方相关毋庸置疑。二是 20 世纪前期地方研究的弱功利，与今天地方研究的强功利明显不同。我们会发现 20 世纪传说研究强调科学性，但是今天的地方发展与神话传说资源的关联性同样值得深入研究探讨。

一晃 10 多年过去了，毕旭玲已经是上海社会科学院民俗学学科的负责人，也是上海地方文化建设的重要担当者。我很高兴看到她的成长，看到上海社会科学院民俗学群体的壮大。衷心祝愿他们不断努力，敢于担当，为海派民俗学学科建设树立起新的标杆。

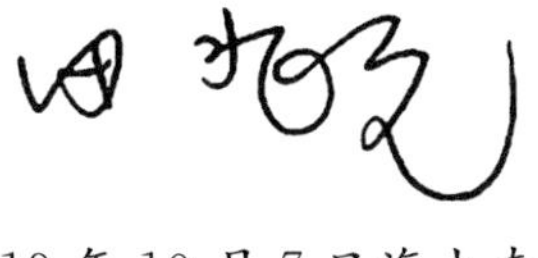

2019 年 10 月 7 日海上南园

# 目　录

# 导　论

本书是对20世纪前期中国现代传说研究史的回顾与总结。20世纪前期的中国社会处于农业自然经济瓦解与近代工业文明逐渐兴起的时代，一方面与农业自然经济相适应的封建意识形态还作为一种文化心理积淀牢牢地束缚着民众；另一方面工业文明的发展又呼唤着新的思想观念与意识形态的出现。在内忧外患的历史现实面前，当时的知识分子担负起了思想文化启蒙的重要历史使命。启蒙就要改造在几千年封建统治下形成的封闭、保守、狭隘的国民性，让中国国民能以新的姿态屹立于世界之中。知识分子使用了各种不同的手段来改造国民性，如西学的本土化、提倡民族主义和个性主义、倡导民间思潮等，中国现代传说研究就在这样的历史背景中起步了。

## 一、传说的功能与当代价值

传说这种文体之所以能在20世纪前期受到众多知识分子的关注，与其独特的功能和价值密切相关。

（一）传说的三大功能

传说（包括口头与书面的两种）是一种功能性非常强的文体。换言之，传说具有很强的实用性，与民众生活、社会管理等有着广泛的联系。已有诸多学者对传说的多重功能先后进行过阐释，笔者认为其中最重要的是以下三种：

1. 记录与解释功能

与当代人将传说首先视为娱乐方式不同，对古人来说，传说曾是相当严肃的文体，记录了他们祖先的事迹、他们部族的历史以及重要的社会变迁，并对其进行了解释。传说之所以与古史纠缠在一起难解难分，就是因为传说具有很强的记录功能。对于那些目不识丁的普通民众来说，传说更是对他们世代婚丧嫁娶、吃穿用行的记录和解释。传说的记录与解释功能使其具有了现实性的特点，古代的野史几乎都是当时的传说。我们知道，野史也有历史意义，能部分补充正史记录的不足。同样，传说也具有历史意义，隋唐以后各地编纂的方志中都记录了大量的地方传说。这些传说也成为当下了解彼时地方社会和民众生活的重要材料。

2. 教育功能

传说的教育功能是与它的记录和解释功能直接相关的。传说以叙事的方式记录了世代相传的思维方式、伦理观念、生活与劳动知识和经验等，它得以不断被讲述的重要原因就在于它具有很强的教育功能。在漫长的古代社会，绝没有学校可以让底层百姓的子弟受教育，而且百姓的识字率极低，教育子女也仅能靠口耳相传。除了那些可以直接在亲代与子代之间传承的技术与经验之外，其他大量知识与经验的习得可能要依靠在民众中间广泛传播的传说。比如，在聆听历史传说的过程中，民众获得了一定的历史知识；在聆听动植物传说的过程中，民众了解了部分动物的习性与植物的价值。知识的传承仅是教育的一部分，道德品质等思想方面的教育在很多情况下也是依靠传说的讲述来完成的，那些人尽皆知的著名人物传说——屈原传说、岳飞传说、包公传说、文天祥传说等都鲜明地传达了忠奸善恶对错的道德判断。直到当代，在古老传说被改编为电影、电视、动画等多体裁的作品时，它依然发挥着一定的教育功能。

3. 娱乐功能

传说还具有重要的娱乐功能。传说本来就是有人物、情节，能表达一定情感的叙事体裁。比起神圣严肃的，有时还要负担一定宗教功能的神话来说，传说的讲述就比较随意，很多时候是作为一种娱乐方式存在。在娱乐极不发达的传统社会，传说这样一种随时随地都可以进行的娱乐方式一定程度上满足了民众的心理需要，使他们在闲暇时有所消遣，劳累时得以放松。娱乐功能使传说具有深广的群众基础，即使在当代，传说的娱乐功能依然得到了发挥。包公传说、白蛇传传说、八仙过海传说等古老传说都先后被多次搬上大小荧幕，多次引起了国内观众的观影热潮。木兰替父从军的传说还因其动人心魄的魅力漂洋过海到达美国，经好莱坞的改编而在世界范围内引起较大反响。传说的娱乐功能在当代与经济价值直接挂钩，因此得到了较多重视。

（二）传说的当代价值

传说的功能决定了传说的价值。在长期的流传过程中，很多重要传说因其多方面的功能实际已与国家和民族的发展、民众的生息繁衍融为一体，直到当代，民众对这些传说还有着比较深刻的认同。认同价值是传说的最根本价值，主要体现在国家与民族的认同、地区认同两方面。

1. 国家与民族认同的价值

传说虽然采用了种种虚构和夸张的手法，但它表现了民众的喜恶，表达出某些共通的愿望，如：梁祝化蝶的情节表现了民众对爱情自由的向往，孟姜女哭倒长城的情节表现了民众对暴虐统治的不满。这些情感和愿望往往是整个民族共通的情感和愿望。传说还是一个群体内全体成员的共同文化记忆，这里的群体往往指向民族。也就是说，传说是一个民族的文化认同，是对祖先的历史或共同传统创造物的认同。比如，中华民族起源时代的炎黄二帝被奉为我们的祖先，是中华民族的代表和象征。他们的传说早已经超越了自身和氏族部落的范畴，成为全世界华人共同的祖先记忆和族群认同。费孝通曾经指出："几千年来，炎黄二帝为中华民族始兴和统一的象征，对于海内外中华儿女的民族认同和增强凝聚力、向心力，发挥了巨大的作用。而以炎黄子孙为荣，以同源同祖为亲，已成为维护中华民族大团结和祖国统一的感情纽带和精神力量。"①在当代中国恢复公祭炎帝、黄帝的仪式中，海外华人踊跃参与，这正是炎黄传说的民族认同价值的体现。

除了那些在古代中国已经广为流传的传说之外，现代中国也产生了不少传说。比如，那些与中国共产党领导的红色革命有关的红色传说，主要包括红色人物传说与红色历史传说。红色传说在很长时间内并没有得到足够的重视，仅仅在20世纪80年代民间文学三套集成的编纂过程中得到过一些整理，其余都是零星的搜集和研究。但红色传说实际上一直在民间流传，有些传说文本甚至被改编为小说及影视作品。红色传说的传播过程其实就是中华人民共和国国家认同传播的过程。

2. 地域认同的价值

传说也指向特定地域空间内成员共有的文化记忆，如地方传说。同一地

---

① 费孝通：《弘扬炎黄文化　振奋民族精神》，《光明日报》2002年4月9日。

域内的民众拥有共同的关于此地域的文化记忆，这些绵延流长的文化记忆是该地域文化史的重要组成部分，而传说就是记录地域文化史的最佳载体之一。同一地域内的民众共同拥有某些以地方传说为载体的文化记忆，这是司空见惯的，由此构成了传说的地域认同。地域认同的范围可以是一个省或者几个省，也可以是一个市或者几个市，甚至可以是一个村庄。“一个村子非正式地为自己建构起一段绵延的社区史：在这个历史中，每个人都在描绘，每个人都在被描绘，描绘的行为从不中断。日常生活几乎没有给自我表现留下什么余地，因为个人在如此大的范围内记忆共存”。①

传说的地域认同价值有助于增强地域内民众的凝聚力。随着旅游文化的发展，传说的地域认同价值衍生出巨大的经济价值，促生了各地争抢传说人物遗迹归属地的现象。以炎帝传说为例。炎帝是中华民族的始祖之一，不少地方都有丰富的炎帝传说资源，如：湖南省株洲市炎陵县相传为神农氏炎帝的安息地，有炎帝陵等；湖北省随州市相传为炎帝的出生地，有炎帝洞等；陕西省宝鸡市的姜水之畔相传为炎帝的诞生地，有炎帝祠等；山西省高平相传也为炎帝故里，有五谷庙等。几地民众口耳相传炎帝为本土人，世代祭祀炎帝，这是对炎帝传说的地域文化认同，无关对错。但随着文化产业和旅游产业的发展，传说的地域文化认同及其资源成为几地寻找地方经济新增长点的资本，几地由此陷入“炎帝故里”资格的争抢，曾引发巨大的争议。这不是个别现象，类似的还有女娲故里之争、伏羲故里之争、黄帝故里之争、舜帝故里之争、大禹故里之争、姜尚故里之争、彭祖故里之争、孙子故里之争、西施故里之争等。这种名人故里资格的争抢是由传说的地域认同价值衍生出的经济价值的体现。

正因为传说具有以上这些主要社会功能和重要价值，才成为民间文学中的重要体裁，才成为20世纪前期知识分子的重要研究对象。

## 二、相关学术史回顾

现代传说研究产生不久就引起了当时知识分子的重视。从20世纪前期到现在，已有不少学者对传说研究史的问题进行过论述。择其要者简述如下：

最早进行这方面研究的是钟敬文。在1928年《民俗》周刊第1期的《数年

① [美]保罗·康纳顿：《社会如何记忆》，纳日碧力戈译，上海人民出版社2000年版，第14页。

来民俗学工作的小结帐》一文中，他肯定了周作人、顾颉刚、江绍原、赵景深等在传说研究方面的贡献。“周作人先生，是一个颇有意于探讨民俗的人，在他的文章里，往往有这个理论的提示与实地工作的显示”。[①]“顾颉刚先生也是一个于民俗学很致力的人。在民间文学方面，他已著的成效，是吴歌的整理和孟姜女故事的研究”。[②]“其余，如赵景深、郑振铎、傅彦长、张若谷诸君，对民俗学，都颇有相当的注意，虽然只是限于民间文学和艺术方面”。[③] 由于此文是对民俗学研究的小结，所以对于传说研究并未有更详细的论述。但钟先生作为现代传说理论的奠基者之一，也是传说学科研究的发轫者，很长一段历史时期，都关注着传说研究在中国的发展。

1931 年，在《开展》月刊第 10、11 期合刊(民俗学专号)上，钟敬文发表了《中国的地方传说》一文。此文一方面追溯了“地方传说”一词的来源，指出胡愈之是“地方传说”一词的最早译者，另一方面也从学术史的角度分析了前人和今人(即 20 世纪 30 年代的知识分子)对地方传说的论述：前人受时代的限制，“往往只能做到一点消极的‘辨伪’工作而已”，今人则做了较详细的研究，尤以顾颉刚 1928 年的《两广地方传说》序言为重要，“对于中国地方传说比较重要的两三方面(关于它的产生及形态等)，都曾相当地触动到”。钟先生这篇文章，虽然比较简单，但却是较早地对“传说”概念的确立问题进行的学术梳理。

1943 年，《民俗》周刊上发表了郑师许的《我国民俗学发达史》[④]一文，追溯了中国民俗学发生发展的历史，自然也涉及传说研究的发展，尤其介绍了当时比较重要的传说研究论著及论文：“以单行本而论，最重要的有：《孟姜女故事研究集》、钱南杨的《祝英台故事集》、赵景深的《民间故事丛话》等。论文最重要的有：……钟敬文的《楚辞中的神话与传说》[⑤]……德佑氏的《扬子江泛滥及洪水的传说》[⑥]……朱希祖的《〈山海经〉内大荒、海内二经古代帝王世系传说》[⑦]……最近北平燕京大学发刊《史学年报》，于这学也有真挚的研究，如第 2 期里顾颉

---

① 钟敬文：《数年来民俗学工作的小结帐》，《民俗》周刊 1928 年第 1 期，第 10—11 页。

②③ 钟敬文：《数年来民俗学工作的小结帐》，《民俗》周刊 1928 年第 1 期，第 11 页。

④ 《我国民俗学发达史》一文最早发表于《中山文化教育馆》季刊 1936 年 4 月，第 3 卷第 2 期。

⑤ 《大江月刊》1928 年第 11 月号，第 1—14 页。

⑥ 《东方杂志》29 卷 2 号，第 92—96 页。

⑦ 《民俗》周刊 1933 年第 116—118 期，第 1—11 页。

刚的《洪水之传说及治水等之传说》①,第3期里吴晗的《〈山海经〉中的古代故事及其系统》②。”

1958年,钟敬文在《传说的历史性》③一文中再次论述了“传说”概念的确立问题。他说:“传说这个名词,是我们语文上所固有的,意思是口口相传的说话或故事。把它当作意义比较限定的口头文学上的一个种类的名称,却是‘五四’以后的事情[它相当于英语的‘里蒸’(legend)或德语的‘萨格’(saga)]。”这段论述虽极短,却指出两个问题:第一,“传说”作为一种学术概念,产生于五四以后;第二,“传说”一词对应的英文译词和德文译词分别为Legend和Saga。这是对于传说概念发生的较为经典的叙述。

1980年,钟先生在《北京师范大学学报》第2期上发表了《晚清时期民间文艺学史试探》一文,仍然述及“传说”概念的确立问题。他认为古代文人的著作中已经提到了神话传说问题,“像后汉的王充,在他的名著《论衡》中,就大量地谈论到古代的神话、传说……汉代以后,学者文士谈到神话、传说问题,主要有两种态度:一种是干脆否定它(即王充似的);另外一种就是加以辩解,把那些初民幻想的结果,当成事实,就是使之传记化、历史化。但是,也还有另外一种艺术家或者观赏者的态度……这种见解,已经相当近代化了”。钟先生认为蒋观云的《神话历史养成之人物》表现了近代神话传说方面学术思想的觉醒,“在中国近代神话、传说学说史上,我们对于这篇短文是不能忽略的”。钟先生对刘光汉的《论小学与社会学之关系》一文也很重视:“晚清学者对于古典神话、传说的另一方面的见解,表现在刘光汉的论著中……他这种说法在理论上不一定完全正确。可是,这种应用近代社会学的理论来解开古史传说的新学说,在当时却是非常新颖的。”这篇文章述及古代和近代的传说研究,可以看作是对“传说”概念诞生之前的传说研究前史的回顾和总结。

1986年,钟敬文在为《中国民间传说论文集》所写的“序言”中,对传说研究史也进行了论述:“‘五四’新文化运动产生以后,由于科学、民主思想的激荡,国际学术潮流的影响,我国学界里兴起了民间文学的搜集、研究活动。开始只

---

① 《史学年报》1931年第2期,第61—67页。

② 《史学年报》1931年第3期,第81—105页。

③ 钟敬文自述此文为未刊稿,后收录于《民间文艺谈数》。见钟敬文:《民间文艺谈数》,湖南人民出版社1981年版,第194页。

注意歌谣，但不久就着眼到传说、民间故事，乃至民俗事象了。像20世纪20年代前期，关于徐文长、李调元和蛇郎、呆女婿故事等的收集、发表，就是这方面的例子。此后传说、故事的搜集就蔚然成风了……材料的不断出现，当然要引起研究活动。在20世纪20年代，顾颉刚先生关于孟姜女故事演变的研究论文出来了。这是建立我国现代民间传说学的奠基石。从此，我们不但出现许多新收集的传说作品，而且还有一个研究的新传统。记得自顾先生的论文发表后，我们学界陆续有人在这条道上接踵前进。直到抗日战争时期，乃至于新中国成立前夜，不断有这方面的论文出现。”①钟敬文从传说学学科构建的高度，将顾颉刚的孟姜女传说研究论文作为现代民间传说学的奠基石，是值得重视的具有导向性的观点。

1987年，叶春生先生在《简明民间文艺学教程》中论述到了“传说学的崛起”问题，肯定了顾颉刚的孟姜女研究在传说学建立上的重要意义：“我国早年也有许多学者致力于这方面的工作，远的不说，‘五四’以来，顾颉刚、钟敬文先生就在这方面做过许多拓荒性的工作。顾颉刚先生关于孟姜女传说的研究，‘是建立我国现代民间传说学的奠基石’。此后关于王昭君、包公、梁祝传说的研究，也都取得了一些成果”。②叶春申同样站在学科建设的高度上进行学术回顾，对钟敬文将顾颉刚的孟姜女研究作为传说学的奠基石观点给予肯定。

1993年翻译出版的洪长泰博士所作的《到民间去：1918—1937年的中国知识分子与民间文学运动》一书的第四章对传说研究史有比较详细的论述。该书从《歌谣》周刊第26期（1923年）扩大搜集范围的决定开始论述传说研究问题，述及传说研究高潮到来的表现，“当时民间故事和民间传说研究高潮的到来，主要表现在两方面：一是期刊杂志上登载的这类成果日益增多，二是相关研究著作的大量出版”。该书还论述了故事和传说的概念在当时无法区分清楚而使用混乱的情况。“他们一般把‘Folktale’译成‘民间故事’，而把‘Legend’译成‘民间传说’，还经常交叉使用这两个概念”；“中国现代民间文学家是认为民间故事和民间传说存在着许多差别的，例如黄诏年和王显恩，就试图将两者加以区分，遗憾的是他们没有讲清楚。而其他大部分学者则对这两个概

① 钟敬文：《〈中国民间传说论文集〉序言》，载中国民间文艺研究会理论研究部《中国民间传说论文集》，中国民间文艺出版社1986年版，第3页。

② 叶春生：《简明民间文艺学教程》，湖南文艺出版社1987年版，第113页。

念按照各自的理解去使用……”①此外，洪博士还对徐文长、孟姜女、祝英台这三个传说专题的研究情况进行了论述，认为当时的知识分子关注徐文长传说的原因是“他们通过徐文长的反儒学、反传统和蔑视权威的精神，找到了自己思想上的共鸣点。徐文长传说所提出的诸多问题，都喊出了‘五四’知识分子要打烂旧世界的战斗心声。此外，对民间文学家而言，徐文长不仅是一个与他们相似的知识分子，而且是一个深得民心、亲近民众的学者，这后一点更为重要。徐文长因此是民间传说主人公中的一位有特殊意义的代表，是把民众和知识分子联系在一起的人。”②对于孟姜女传说，他认为中国知识分子是从两个方面来分析其主题的，其一是出于儒家传统伦理观念，将孟看作恪守儒礼的妇女代表。其二，以顾颉刚为代表的现代知识分子“不同意用这种封建道德教化的观点去分析孟姜女传说。他们选择了一条主情的评价标准”。③在顾颉刚建立的孟姜女传说的研究模式下，钱南扬对祝英台传说进行了研究。通过对这三个专题研究的分析，作者实际上触及了当时传说研究的一个重要问题——传说与历史的关系。“历史传说，是中国民间文学家们最热衷谈论的话题之一。这就引起了相应的几个发人深思的问题：为什么某些类型的传说流传得相当广泛？传说是大扩布的，还是区域性的（它们被胡愈之、钟敬文和赵景深称之为‘地方传说’）？历史传说在整个传说中所占的比重怎样？传说的创作者是文人还是民众？等等。在这些问题里面，核心的一点，是知识分子对这一类‘下层文学’的态度怎样？”④洪长泰对传说研究史的论述几乎是目前为止最详细的，很多论述精辟而有启发性。

贺学君女士发表于2000年的《中国神话研究百年》⑤一文虽然是对神话研究史的回顾，但很大一部分也可以视作传说研究史，其中所指出的3位神话学的重镇人物——鲁迅、茅盾、顾颉刚，其实也同时是传说学的重镇人物。

---

① ［美］洪长泰：《到民间去：1918—1937年的中国知识分子与民间文学运动》，董晓萍译，上海文艺出版社1993年版，第134—136页。

② ［美］洪长泰：《到民间去：1918—1937年的中国知识分子与民间文学运动》，董晓萍译，上海文艺出版社1993年版，第153—154页。

③ ［美］洪长泰：《到民间去：1918—1937年的中国知识分子与民间文学运动》，董晓萍译，上海文艺出版社1993年版，第159—161页。

④ ［美］洪长泰：《到民间去：1918—1937年的中国知识分子与民间文学运动》，董晓萍译，上海文艺出版社1993年版，第138页。

⑤ 贺学君：《中国神话研究百年》，《社会科学研究》2000年第5期。

2004年，毕桪在《民间文学概论》[①]第六章中专列了“传说学”一节，对“传说”概念的确立问题进行了简要论述，将中国传说学的开端定位为顾颉刚于1924年发表的《孟姜女故事的转变》一文，这依然是对钟敬文观点的继承。

2004年出版的《现代学术史上的俗文学》一书中收录了刘晔原的《20世纪传说故事研究》一文，对20世纪的传说故事研究进行了简要回顾与评论，其中涉及20世纪前期的传说故事研究。文章认为传说故事走入学术领域是在这样的历史条件和原因下发生的：知识分子在新文化运动中受西方文化的影响，反对封建贵族文学，建立通俗的国民文学，他们因而注意到民间流传的口头的语言文学。“民间传说故事引起文化人注意的契机是20世纪初的‘五四’新文化运动，在重视大众，重视劳工，重视口语文化的时代语境中，一批受西方文化影响的进步思想家和文学家为了取代文言文，反对封建贵族文学，建立平易新鲜、通俗明了的国民文学，开始注意到民间流传的口头的语言文学。这样，就给了自生自灭的民间传说故事一个走上学术领域的历史机遇。”此文认为，20世纪前期的传说故事研究史上最重要的学者包括：顾颉刚、钟敬文、赵景深和徐旭生。初期，“在故事研究方面最有影响的是顾颉刚和他的孟姜女研究。”此外，顾颉刚的古史传说研究也取得了重要的研究成果，“从此开启了民间文学中研究古史传说的一个重要门类”。此文认为用童话形式关注传说的赵景深在中国传说研究接轨世界学术方面做出很大贡献，他“把民间故事的研究纳入人类学研究的范畴，使早期的传说故事研究迅速与国际潮流接轨”。1937年以后，最重要的一部专著是徐旭生的《中国古史的传说时代》，“这是对顾氏所开启的以传说的独特视角来分析历史记录的一种继承”。[②]此文较为系统地对传说学术史进行了整理，某些观点不失精辟，但文章将传说与故事的学术史混杂一处，且论述较为简单，只能算是这方面一个粗浅的尝试。

《民间文化论坛》2005年第5期上发表了刘锡诚主持的笔谈——《民间文学学术史百年回顾》。王孝廉的发言题为“古史的破坏与神话的还原”，他回顾了古史辨运动的历程，归纳了中国古代神话传说研究兴起的传说和背景，认为古史研究的风潮是当时神话传说兴起的原因，“受‘古史辨’的影响，由‘古史

---

① 毕桪：《民间文学概论》，民族出版社2004年版。

② 刘晔原：《20世纪传说故事研究》，载陈平原《现代学术史上的俗文学》，湖北教育出版社2004年版，第28—31页。

辨'对古史所做的推翻和破坏的工作而产生了神话传说的还原"。①

程蔷女士的《充满智慧的民间精灵:民俗文化与民间文学研究》②一书也对现代30年间传说的采录、编选和出版情况进行了介绍,尤其肯定了历史人物传说方面的收集和整理的功绩。

刘锡诚先生的《20世纪中国民间文学学术史》一书对孟姜女传说研究进行了详细的回顾和分析,从民间文艺学学科建设和传说学学科建设的角度肯定了孟姜女传说研究的意义:"开启了以历史-地理的方法研究传说故事的先河,在中国现代民间文艺学史上奠定了传说学与故事学的初步基础。孟姜女故事研究的意义,远不限于其成果本身;更为重要的,是他所采用的研究方法及其对中国民间文艺学学科建设所带来的影响"。③

综上,前人在传说学学术整理方面取得的主要成就包括:第一,对"传说学"进行了探讨,并有意识地进行传说学的学术整理;第二,提出并认同了将孟姜女传说研究作为我国传说学奠基石的观点;第三,将传说学的学科建设与民间文艺学的学科建设联系起来,从民间文艺学学科建设发展的高度进行了回顾总结。

笔者对其中的第二点有些不同的观点:顾颉刚主导的孟姜女传说专题研究很重要,可以看作是现代传说学的重要里程碑,但传说学的初步发生却早于此。从1913年周作人对"传说"概念的界定开始,鲁迅、胡愈之等先后对传说问题进行了论述。到1923年,鲁迅的《神话与传说》(《中国小说史略》第二篇)和周作人的《神话与传说》的发表为止,"传说"已经成为一个比较成熟的概念。1913—1923这10年可以看作传说学的奠基期;到1924年,周作人在《晨报》副刊上发文介绍徐文长传说,正式提出了"传说学"一词,中国现代传说学由此初步发生。因此,我们可以将周作人提出的"传说学"与顾颉刚主导的孟姜女传说研究一并视为中国现代传说学开始的标志。但长久以来,学界对周作人这篇文章都有所忽视。应该说,与顾颉刚相比,周作人更可以被视为中国现代传说学的第一人。

到目前为止,对传说学学术史的系统、完整和详细的整理工作还没有完成,笔者愿意在前辈学人的基础上做一些粗浅的尝试。

---

① 刘锡诚等:《民间文学学术史百年回顾》,《民间文化论坛》2005年5期,第3—4页。

② 程蔷:《充满智慧的民间精灵:民俗文化与民间文学研究》,广西师范大学出版社2006年版。

③ 刘锡诚:《20世纪中国民间文学学术史》,河南大学出版社2006年版,第196页。

## 三、研究范围

本书题为“中国20世纪前期传说研究史”，这个书名已经表明了研究的时间与空间范围。

（一）时间范围

“20世纪前期”是相对于“20世纪中期”和“20世纪晚期”而言的。一般意义上的“20世纪前期”并无确定的时间节点，至少没有结点。但从社会文化思潮角度来看，抗战全面爆发是一个分水岭。因为抗战全面爆发前的中国社会有一个贯穿始终的社会思潮，即以现代知识分子为主体的文化救亡运动。这场运动始自19世纪末，到20世纪前期的新文化运动达到高潮，后来又淹没于1937年以后全民抗日的风潮中。正是在现代知识分子的文化救亡运动中，中国现代传说研究发生并初步发展。抗战全面爆发以后，民众的力量凸显，尤其是在解放区，社会文化的主导力量已经由知识分子开始向民众转移，知识分子从“改造国民性”走向了“被国民性改造”。因此，抗战全面爆发之后的传说研究呈现出很不相同的面貌，不在本书的讨论范畴内。所以，本书用“20世纪前期”一词大体上指知识分子掀起的文化救亡运动在1900年以后发展的时期，具体时间大致截至20世纪40年代初。此后的传说研究，无论从研究重点还是指导思想来看都发生了重大变化。

（二）空间范围

书名中的“中国”一词是本书研究的空间范围。在古代，“中国”主要是一个地域和文化概念，并且处于不断变化中。春秋时期的中国仅指黄河中下游地区，此后不断扩展到长江流域、珠江流域，并且包括了少数民族建立的政权。但在古代，“中国”一词从来没有明确指向某一政体，直到中华民国成立以后“中国”才正式指向一种国家概念的政治名词。此后，“中国”一词具有了政治、文化、地域的多重含义，本书的“中国”即指向这样具有多重含义的现代概念。

## 四、相关概念

（一）传说

1. 中国学者对传说概念的界定

传说概念的界定比较困难，原因之一在于传说概念本身的开放性。随着时代的变化，人们对传说定义的见解也不断变化。但总的来说，中国学者对传说的界定表现出在历史性、地方性和文学性之间摇摆的特点。

有些学者在界定传说时，重视其历史性与地方性的特征。比如，张紫晨先生在《民间文学基本知识》中就认为："民间传说，就是劳动人民创作的一种与历史人物、历史事件以及地方风物古迹等密切联系的口头故事。它通常是以历史上一定的人物、事件和各地区的山川古迹等演化出生动的情节，时常具有对相关的各种事物的幻想解释，具有历史性和可信性的特点。"①钟敬文先生也认为："民间传说是劳动人民创作的与一定的历史人物、历史事件和地方古迹、自然风物、社会习俗有关的故事。"他尤其强调了传说与历史的密切联系，把传说称为"口传的历史"；"传说除了具有一般文学作品的广义的历史性外还有和历史更为密切的联系。这是由于传说往往直接讲述一定的当前事物或历史事物，有时并采取溯源和说明等狭义的历史表述形式。人民通过传说，述说历史发展中的现象、事件和人物，表达人民的观点和愿望。从这个意义上讲，民间传说可以说是劳动人民'口传的历史'。"②传说的定义与历史及地方风物古迹的紧密联系，实际上表现出对传说的解释功能的重视。一般而言，历史传说或地方风物古迹传说都是用传说来解释共同祖先的历史或某种遗存物。这是较为简单的对传说表层内容的重视，与"文化大革命"后传说研究经过长期断裂而重新起步，重新寻找方法的现实有关。此时期的民间文学理论几乎都有简单、粗糙的特点。

有些学者在重视传说与历史、传说与地方风物、古迹联系的基础上，强调了传说的文学性特征。比如刘守华先生在《民间文学概论十讲》中对传说的定义，既强调了传说是"具有较强历史性的一种故事"，也强调了它是"具有一定文学性的"故事。"民间传说是和一定历史人物、历史事件以及地方古迹、自然风物、风俗习惯等等相关连，因而具有较强历史性的一种故事。'传说'一词有多种含义，作为民间口头文学样式之一的传说，是指具有一定文学性的传说故事，简单的口头传闻，不属于民间传说之列。"③《传说与民俗试探》给出的传说定义同样也呈现出这样的特点。此文认为民间传说是"与一定的历史人物、历

① 张紫晨：《民间文学基本知识》，上海文艺出版社1979年版，第24页。
② 钟敬文：《民间文学概论》，上海文艺出版社1980年版，第183页。
③ 刘守华：《民间文学概论十讲》，湖北教育出版社1985年版，第68页。

史事件、地方古迹、自然风物和社会习俗有关的故事”，是“长期经过各族人民的创作、流传，特别是通过夸张、幻想、提炼等较复杂的典型化、艺术化过程所形成的揭示人类社会生活本质的故事”。[①]对传说文学性的重视，一方面是与20世纪80年代重视文学的社会思潮有关，更重要的是传说研究由此逐渐摆脱了文学为政治服务的简单倾向，走向了对本体的回归。

更多的学者在界定传说时表现出同时重视传说的历史性、地方性与文学性的特点。农学冠先生认为：“概括地说民间传说是各族人民运用文学表现手法和历史表达方式，反映不同时期的历史人物和历史事件，或各地方的名胜古迹、自然风物、社会习俗的故事”。[②]黄涛先生在《中国民间文学概论》中论述道：“传说是民众口头创作和传播的描叙特定历史人物或历史事件，解释某种地方风物或习俗的传奇故事”。[③]万建中先生也说：“所谓传说，就是描述某个历史人物或历史事件，解释某种风物或习俗的口头传奇叙事。”[④]

虽然中国学者对传说的界定在历史性、地方性和文学性之间摇摆，但其界定内容还是比较一致的。而21世纪初美国都市传说理论引入对中国传说界定，尤其是强调历史性的传说界定却是很大的挑战。布鲁范德的“都市传说”指向了新近发生的故事，而不是历史性较强的故事，“都市传说属于民间叙事的亚类传说。与民间童话不同，传说是人们信以为真或可信性较强的故事；与神话不同，它和神或半神无关，而是新近发生的、与芸芸众生有关的故事。传说是民间的历史或准历史。同其他民间传说一样，都市传说的可信性是故事中时间、地点的细节及故事来源的权威性使然”。[⑤]“都市传说”理论对传说的界定与中国传统传说理论截然不同，它启发我们面对当代传说文本进行新的思考。

2. 传说与神话、故事的区别

为传说下定义比较困难的第二个原因是存在神话、故事这些与传说相似、

① 林忠亮：《传说与民俗试探》，《中国民间传说论文集》，中国民间文艺出版社1986年版，第1页。

② 农学冠：《民间文学导论》，民族出版社2005年版，第42页。

③ 黄涛：《中国民间文学概论》，中国人民出版社2004年版，第143页。

④ 万建中：《民间文学引论》，北京大学出版社2006年版，第169页。

⑤ [美]布鲁范德：《消失的搭车客——美国都市传说及其意义》，李扬、王珏纯译，广西师范大学出版社2006年版，第4页。

相近的文体。不少学者都对其进行过研究，简单归纳如下：

（1）传说与神话的区别

首先，从产生的时间来看，传说的产生晚于神话，是神话“演进”的结果。比如，鲁迅先生就认为“迨神话演进，则为中枢者渐近于人性，几所叙述，今谓之传说。”①叶春生先生赞同鲁迅的说法，并据此认为“近于人性”就是传说与神话的核心区别，即传说“是社会关系，社会斗争幻想的反映”。②刘守华先生也认为“传说的产生，稍后于神话”。③虽然也有学者持不同意见，但传说产生于神话之后是学界较为统一的观点。本书对此持赞同意见。这是神话与传说的第一个区别。

其次，从内容来看，传说比神话更接近现实。很多学者都论述过传说与历史、地方风物之间的密切联系，这就是传说更接近现实的反映。“对比之下，传说比神话更接近现实，主人公或与人间生活有密切联系，或活动在人间”。④“神话的幻影和想象更为自由和浓烈，是用一种原始思维来幻想，是不自觉的幻想。它可以海阔天空无边无际，不管现实中可能的或不可能的，只要合乎原始生活逻辑的都可以想象和幻想，不一定以具体的人、事、物作依据；而传说则总是以一定历史阶段的历史人物、历史事件，或地方的风物、风俗习惯等作为依据来幻想和想象。换句话说，它总要与一定的历史事件、历史人物或地方上的特定事物、自然的景物、风俗习惯等联系着，具有很强的历史性”。⑤传说比神话更具现实性，这是传说与神话的第二个区别。

再次，从主人公来看，神话的主人公是神，而传说的主人公虽然具有神性却是人。中国古代传说的主人公往往是历史上的著名人物或英雄。“神话以超自然的神的形象作为叙述的中心，传说则以历史上真实存在的著名人物、特别是具有奇才异能神勇的超人的英雄作为赞颂对象”。⑥“以传说的主人公和内容与神话相比较，神话的主人公主要是神，内容是以神格为中心的故事。它光怪陆离，或是纯粹的神，或是半神半人、半人半兽……而传说的主人公是人

① 鲁迅：《中国小说史略》，上海古籍出版社1998年版，第8页。
② 叶春生：《简明民间文艺学教程》，湖南文艺出版社1987年版，第110页。
③⑥ 刘守华：《民间文学概论十讲》，湖北教育出版社1985年版，第68页。
④ 叶春生：《简明民间文艺学教程》，湖南文艺出版社1987年版，第111页。
⑤ 吴蓉章：《民间文学理论基础》，四川大学出版社1988年版，第88页。

或是与神有关系的人，它的内容比神话更接近现实生活本来的样式，较为准确地反映了社会生活，有较强的现实性和社会性”。①由此，主人是神还是人就成为神话与传说的第三个区别。

即使有过很多研究，但面对具体材料时判别其是神话还是传说依然是比较困难的。比如，中国古代关于黄帝、尧、舜、禹的故事，有些可以归为神话，有些则是传说，还有很多材料难以辨别究竟是神话还是传说。对此，萧兵先生解释说：“中国人富于务实精神，神话也富于人间色彩，具有‘传说化’、‘历史化’的趋向。中国神话里很少有纯自然的神，几乎所有的神都有人形人性，或为神性之人，或为古代英雄。因此，有人主张把其中‘自然性’较强者，如后羿射日杀怪、鲧禹盗息壤以埋洪水等，列为神话；把‘社会性’突出者，如后羿与伯封、寒浞、纯狐、逢蒙的冲突等，归于传说”。②

（2）传说与故事的区别

“故事”一词在使用上有广义和狭义的区别。广义的故事，可以泛指一切叙事散文体，神话、传说、童话、寓言、笑话等都属于广义的故事范畴，在这里我们要比较的是狭义的故事与传说的区别。

首先，传说与故事最明显的区别在于内容上的“特指”与“通称”，即传说有特定的时间和人物，而故事中的时间和人物则是泛指的。“它（故事）与民间传说相比较，常常是通称的人物，不确定的时间和地点”。③“它（故事）不像传说那样，通过历史上特有事件和人物，或地方迹象表现主题，而是以通称的人物、广泛的背景表现主题。它没有对各种事物的解释，而是原原本本地讲故事”。④“通称的人物”如张三、李四、王五，故事中人物的名字是个泛指的符号，不具体指向任何历史上或现实中的人物。此外，故事发生的时间和地点也是随便的，常以“很久以前”等作为故事的时代背景。但传说不同，一般来说，传说都指向特定的时间，并有明确的发生地点。

其次，传说有特定的时间和指定的人物，因此表现得较为可信，甚至很多古代传说都被当作信史；故事则相反，由于它的时间和人物都是泛指的，与现

---

① 吴蓉章：《民间文学理论基础》，四川大学出版社 1988 年版，第 87 页。

② 萧兵：《神话是人类与自然斗争的原始性幻想故事》，《民间文学论坛》1985 年第 2 期。

③ 吴蓉章：《民间文学理论基础》，四川大学出版社 1988 年版，第 108 页。

④ 张紫晨：《民间文学基本知识》，上海文艺出版社 1979 年版，第 34 页。

实的关联性不强，因此在民众中的可信度也不高。“传说总是与一定实有的事物、人物相联系，给人的印象好像是实录，即实实在在发生的事情，具有较强的历史性和可信性；而民间故事的人名、地名是泛指的、不确定的，不受历史人物、事件及地方风物的限制”。①因此，故事更具有娱乐性而欠严肃性。

再次，传说是“特指”的，因此传说往往具有“中心点”，解释性传说的“中心点”表现得尤其明显。“所谓‘中心点’，有时是某个著名人物，有时是某一处风景名胜，有时指地方特产、风俗习惯。中心点犹如圆心，所有同一主题范围内的传说在人物和情节上都指向这个圆心，从而维系一定的共同特性”。②故事是非特指的，内容指向随意，因此它的讲述并不是围绕任何中心点展开的，解释功能不强。

上述三点是传说与故事的主要区别，但两者也并不是截然分明的，它们之间存在不少交叉和重叠，甚至有相互转化的现象。“民间传说和民间故事虽系两种体裁，内容和形式上具有不同特征，但又是互相影响和转化的，传说可以脱离开具体的历史地理背景，泛化成为故事；故事也可以落脚在具体的历史地理背景上演化成传说。搜集整理和研究民间文学时须注意这种传说故事化和故事传化的特殊现象。”③

3. 本书对传说概念的界定

本书探讨传说研究，势必要为“传说”正名。

首先，传说一词有广义和狭义的区别。广义的传说包括一切可以用口头形式表达的散文体作品，“从民间文艺学的观点来看，实际上就是神话、民间传说和民间故事的总和”。④此种意义的传说不属于本书探讨的范畴。学术史意义上的传说指的是狭义的传说，即指向了一种与神话、故事并列且有所区别的口头叙事散文。

其次，传说与民间传说也不完全一样。民间传说重在强调“民间”，指向民间口头流传的散文体作品。但传说中除了口头流传的作品外，还有一部分被文字记录下来，比如古史传说就不能被称为民间传说，两者最重要的区别在于口头性。鉴于载入典籍的这部分传说也曾口头流传，一般学者在对传说进行

---

① 吴蓉章：《民间文学理论基础》，四川大学出版社1988年版，第89页。

② 黄景春：《民间传说》，中国社会出版社2006年版，第29—30页。

③ 刘守华：《民间文学概论十讲》，湖北教育出版社1985年版，第77页。

④ 万建中：《民间文学引论》，北京大学出版社2006年版，第169页。

界定时就采取了忽略或者模糊的方法，不特别强调两者的区别。但因为中国现代传说研究始于古史传说领域，而且在传统书斋研究方法的指导下，不少学者在初涉传说研究时首选对象都是典籍中的传说材料，所以本书特意在这里指出两者的区别。20 世纪前期进入传说研究领域的传说文本既有典籍文本也有民间口头流传的文本，而且研究过程是由典籍文本进入到口头文本。不过，典籍传说文本与口头传说文本除了口头性之外，区别并不大，所以本书接下来对传说的界定也将采用模糊法，将两者合在一处进行讨论。

综上分析，鉴于传说概念的开放性，难以周详，又因为传说与神话、故事有着交叉和重叠，难以明确区分，因此本书给出一个由如下 6 个条件组成的传说概念：

第一，传说首先是一种叙事散文；

第二，传说采用了虚构、夸张等文学性表现手法；

第三，传说产生于神话之后；

第四，传说具有现实性。古代传说大都具有历史性，现代传说大多与社会生活密切相关；

第五，无论是古代传说还是现代传说，都具有可信性的特点，这是由它的现实性决定的；

第六，传说的传承传播方式包括语言（口头与书面）的、仪式行为的与物象的（图像的、景观的）三种。

田兆元先生认为："民俗是一种叙事的形态，叙事性是其存在的重要方式。但是这种叙事绝非仅仅局限于口头和书面文字。我们把民俗叙事分解为语言（口头的、书面的）的叙事，仪式行为的叙事，物象（图像的、景观的——人造的和自然的）的叙事三位一体的构成"。①传说是一种民俗事象，因此民俗叙事的三位一体结构也适用于传说。过去将传说的传承传播仅局限于口头语言，这是一种比较狭隘的观点，即使是在传统农业社会不识字的民众占绝大多数的情况下，传说也与一定的风物、特产、图象以及生活生产仪式等相联系，使这些风物、特产、图象、仪式成为"讲述"传说的媒介，这就是传说的物象传承传播与仪式行为传承传播方式。而那些载入地方志、诗词歌赋、游记、笔记等各类作品中的传说数量也不少，这是传说的书面语言传承传播。随着时代的发展，我

---

① 田兆元：《民俗学的学科属性与当代转型》，《文化遗产》2014 年第 6 期。

们应该对传说的传承传播方式有更为开放的认识。

总的来说，传说是在神话之后产生的，或通过口耳相传，或依靠文字、物象、仪式的方式记录和传播的叙事散文；它虽然采用虚构、夸张的手法进行叙事，但却具有一定的真实性，与历史或现实有着较为密切的关系。

（二）20世纪前期传说研究的主体——知识分子

"知识分子"(intelligentsia)是一个现代概念，源自西方。1898年，法国总理克雷门梭首次使用了英文"intellectual"(法文作 intellectuel)。"intellectual"的内涵受康菲诺提出的五项特征的影响，即：深切关怀一切公益事业；并视为己责与义务；视政治与社会问题为道德问题；追求终极逻辑结论；深信事物不合理，须努力改正之①。也就是说，"知识分子"一词所指称的群体不仅拥有知识文化，更重要的是他们具有与生俱来的对国家与民族的政治关怀。

中国现代知识分子诞生于晚清向西方学习的潮流中，与中国资产阶级的成长密切相关。可以这么说，中国最早的现代知识分子是资产阶级知识分子或者说是具有资产阶级改良思想的知识分子。中国现代知识分子自诞生起就持有救亡理念，这是由当时的社会背景决定的。从晚清开始，救亡就成为中国社会政治文化的主题，掌握着知识文化的群体更能体会到救亡的责任之重，再加之中国古已有"经世致用"之说，掌握着知识文化的群体的政治自觉性完全被调动起来，知识分子由此掀起了一场轰轰烈烈的启蒙运动。

现代知识分子的构成是多元的，既有从古代知识阶层内部发展而来的，也有因出国留学接受了欧风美雨的浸洗而成长起来的，还有在中国近代化的过程中成长起来的；现代知识分子的出路也是多元的，有一部分进入仕途的，也有干脆从商的，更多的现代知识分子则进入了公共文化领域，从事教育、出版、新闻传媒等公共文化活动。对中国传说研究和传说学学科建构有深刻影响的就是这部分进入公共文化领域的知识分子。

"知识分子"与"学者"并不完全等同。"知识分子"一词强调其政治关怀。他们从国家危亡的角度，关注传说的概念及其研究。但当传说研究深入到一定程度，在传说研究方面着力颇深的一部分知识分子对学术的热忱已经超越了其政治关怀，后来这部分知识分子逐渐变为强调学术本位的"学者"。在本

---

① 余英时：《士与中国文化》，上海人民出版社1987年版，第3页。

书的具体行文中，有时出于强调现代知识分子的学术研究而使用“学者”代替“知识分子”。

（三）传说学与民间文学、民俗学、民间文艺学的关系

传说学、民间文学、民俗学和民间文艺学是本书在行文中经常出现的四种学科名称，这里也有必要交代一下传说学与相关学科的关系。传说学是以传说作品和传说理论为主要研究对象的学科；民间文学是以神话、传说、故事、谣谚、谜语等民间口头文体及其理论为研究对象的学科。这些研究对象大体分为以神话、传说为代表的散文体和以民谣、谚语为代表的韵文体两类；民俗学是以民间信仰、习俗、行为及传说、故事、谣谚等为研究对象的学科。从我国民俗学学科发展的历程来看，民间文学作品及理论是民俗志及民俗学的重要组成部分；民间文艺学是以民间文学和民间文艺（如民间小戏、乐曲等）为研究对象的学科。以上四门学科，从学科范围来排列，民俗学最广泛，民间文艺学次之，民间文学更次，传说学最小，四种学科的关系如图 0-1 所示。传说学是民间文学的分支学科，与其关系最密切，因为就四门学科内在关系而言，传说学的学科建设实际上直接影响着其他三门学科的学科建设，尤其是民间文学。

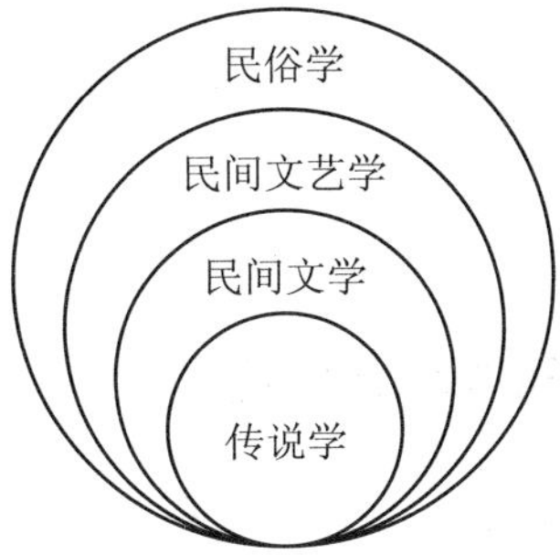


**图 0-1　传说学与相近学科的关系示意**

# 第一章　现代传说概念的发生

现代传说概念的发生是中国民间文学与民俗学学科发展的前提之一，也是它们发展史上的重要问题。现代传说概念产生以后，传说就成为民间文学与民俗学最初研究的两大重要对象之一（另一重要对象是歌谣），在20世纪前期的中国现代学术史中散发出耀眼的光芒。

现代传说概念萌发于知识分子掀起的文化救亡运动中。在西方思想文化的冲击下，很多知识分子都选择了向西方学习，他们将西方的知识话语和价值体系翻译介绍到中国，并努力促进中国本土学术文化的发展及其与世界的接轨。尤其是那些具有国外留学经历的知识分子，更身体力行地将西方学说及理论运用在自己的学术研究中。现代传说概念便由此萌发并演进。

## 第一节　现代传说概念发生的学术背景

### 一、中国古代传说概念及其研究

“传说”一词并非现代才有。从现存古籍来看，至迟在汉代，古汉语中已经有了“传说”一词，古代学者也在很早的时候便对传说类文体形成了独特的见解。

（一）古汉语“传说”概念

古汉语中的传说含义十分丰富，大体可以划分为两大类：第一类指同一著作的不同传本或其解说本；第二类指人群中口头流传的故事或消息等。

1. 指向著作的传本和解说本的传说概念

在传说的诸种含义中，指向著作的传本和解说本的含义产生较早且应用较广泛。这种用法在儒家经典及诸子著作中都很常见，比如《汉书》中就多次出现了“诸子传说”一词：

汉兴，改秦之败，大收篇籍，广开献书之路。迄孝武世，书缺简脱，礼坏乐崩，圣上喟然而称曰：“朕甚闵焉！”于是建藏书之策，置写书之官，下及诸子传说，皆充秘府。（《汉书·艺文志第十》）

《尚书》初出于屋壁，朽折散绝，今其书见在，明师传读而已。《诗》始萌芽。天下众书往往颇出，皆诸子传说，犹广立于学官，为置博士。（《汉书·楚元王传第六》）

很明显，上述“诸子传说”即诸子的不同传本及其解说著作。用“传说”一词来指儒家经典和诸子著作的不同传本及其解说本的用法，在《后汉书》《宋书》《宋史》《隋书》等历史文献中也屡见不鲜：

初，慎以《五经》传说臧否不同，于是撰为《五经异义》，又作《说文解字》十四篇，皆传于世。（《后汉书·儒林列传第六十九(下)》）

《丧服》本书省略，必待注解事义乃彰；其传说差详，世称子夏所作。（《晋书·志第九·礼上》）

景平好学，著诗书传说数十篇，终秘书丞。（《宋史·列传五十四》）

有司奏：伏寻明堂辟雍，制无定文，经记参差，传说乖舛。名儒通哲，各事所见，或以为名异实同，或以为名实皆异。（《宋书·志第六·礼三》）

其后张苍治律历，陆贾撰新语，曹参荐盖公言黄老，惠帝除挟书之律，儒者始以其业行于民间。犹以去圣既远，经籍散逸，简札错乱，传说纰缪，遂使《书》分为二，《诗》分为三，《论语》有齐、鲁之殊，《春秋》有数家之传。（《隋书·志第二十七·经籍一》）

上述《后汉书》中的“《五经》传说”即指《五经》的古文经、今文经的不同传本，《晋书》中的“传说”指对《仪礼》中《丧服》篇的注解，《宋史》中的“诗书传说”指对《诗》《书》两经的解说著作，《宋书》中的“传说”明显指对儒家经典的解说，《隋书》中的“传说”也指对儒家经典的解说。

除了指儒家经典和诸子著作的不同传本和解说本外，“传说”还泛指其他著作的传本和解说。比如：

一代之记，至数十家，传说不同，闻见舛驳，理失中庸，辞乖体要。致令允恭之德，有阙于典坟，忠肃之才，不传于简策。斯所以为蔽也。班固以《史记》附《春秋》，今开其事类，凡十三种，别为史部。(《隋书·志第二十八·经籍二史》)

史志五行，始自《汉书》，详录五行传说及其占应。后代作史者因之。粤稽《洪范》，首叙五行，以其为天地万物之所莫能外。而合诸人道，则有五事，稽诸天道，则有庶徵。天人相感，以类而应者，固不得谓理之所无。而传说则条分缕析，以某异为某事之应，更旁引曲证，以伸其说。(《明史·志第四·五行一》)

上述《隋书》中的“传说”指的是记录历史的各类文献的传本，而《明史》中的两个“传说”指的都是对五行学说解释。

除了历史文献，唐人笔记《乐府古题要》中也使用了“传说”一词：“《古今注》云‘上苗田’，此云‘上留’，盖传说之误。未知孰是。”(《乐府古题要解·卷下·上留田行》)这里的“传说”指的是不同著作对乐府古题“上留田行”的著录。因为不同内容的著录有差别，所以作者也无法肯定究竟哪一个才是真正的乐府古题。

指向著作的传本和解说本的“传说”含义又活用为动词，指著作的流传或对其加以解释，如：

高祖亲讲丧服于清徽堂，从容谓群臣曰：“彦和、季豫等年在蒙稚，早登缨绂，失过庭之训，并未习礼，每欲令我一解丧服。自审义解浮疏，抑而不许。顷因酒醉坐，脱尔言从，故屈朝彦，遂亲传说。将临讲坐，惭战交情。”(《魏书·列传第九下·献文六王》)

秦政奋豺狼之心，刬先代之迹，焚《诗》、《书》，坑儒士，以刀笔吏为师，制挟书之令。学者逃难，窜伏山林，或失本经，口以传说。(《隋书·志第二十七》)

上述《魏书》中的"遂亲传说"意思是高祖亲自讲解传授《礼记·丧服》。《隋书》中的"传说"指的是用口传的方式讲授儒家经典。秦始皇焚书坑儒后，幸存的学者靠口传来教授儒家经典。

2. 指向口头流传的故事或消息的传说概念

古汉语中的传说一词还指向口头流传的故事或消息。这是一种特殊文体，因为长期口耳相传，并没有受到足够的重视，也没有一个专有名词来概括。司马迁在《史记·太史公自序》中说"罔罗天下放矢旧闻"。"旧闻"也就是指民间口头流传的历史传说。后来，这种文体与传说一词相结合，产生了传说指向口头流传的故事或消息的含义。《旧五代史》记录了起居郎贾纬上奏说：

> 伏以唐高祖至代宗已有纪传，德宗亦存实录，武宗至济阴废帝凡六代，惟有《武宗实录》一卷，余皆阙略。臣今搜访遗闻及耆旧传说，编成六十五卷，目为《唐朝补遗录》，以备将来史官修述。(《旧五代史·高祖纪五》引《五代会要》)

唐武宗以后的历史缺乏记录，贾纬就搜集访问那些没有著录到文献中的传闻，以及民间口耳相传的事迹，编写了六十五卷，将其定名为《唐朝补遗录》，以备将来史官修史的时候使用。这里的"遗闻及耆旧传说"中的一部分所指与现代传说的含义已经相当接近了。类似的还有：

> 子产卒后二十年而邓析死。传说或称子产诛邓析，非也。其论无厚者，言之异同，与公孙龙同类，谨第上。(汉·刘向《〈邓析子〉序录》)

邓析是春秋末期郑国大夫，法家先驱。子产是春秋时期郑国的大夫，政治改革家。有传说称子产杀了邓析，汉代的刘向考证说这不是真的。《〈邓析子〉序录》中的"传说"指口头流传的邓析之死的故事，与现代传说的含义几无二致。

由指向流传的故事或消息的传说含义还引申出传播、传布、传颂故事、消息等文化现象的含义：

且往者则天皇后欲令相王为太子，王累日不食，请迎陛下。固让之诚，天下传说，足明冉祖雍等所奏，咸是构虚。（《旧唐书·列传第四十二》）

十二月乙卯朔，日有食之。是岁大饥。禁百姓不得传说边事。（《金史·本纪第十三·卫绍王》）

吴中自枝山辈以放诞不羁为世所指目，而文才轻艳，倾动流辈，传说者增益而附丽之，往往出名教外。（《明史·列传第一百七十四·文苑二》）

阮步兵啸，闻数百步。苏门山中，忽有真人，樵伐者咸共传说。（《世说新语·栖逸第十八》）

某坚守不听，唯运独见。见在子弟无三举，门生旧知才数人，推公擢引，且既在门馆，日夕即与子弟不生，为轻小之徒，望风传说曰，笔削重事，闺门得专。（《唐摭言·主司失意》）

上述《旧唐书》中的"天下传说"指天下的老百姓都在传颂辞让的德行；《金史》中的"传说边事"是民众私下里传布、议论边事的意思；《明史》中的"传说"指讲故事、编故事，而"传说者"则指讲述故事的人、编故事的人；《世说新语》《唐摭言》中的两个"传说"都是传播、传布消息的意思。

由是观之，中国古代已有一个现成的词即"传说"，来表达一种特殊的文体类型和文化现象。

（二）古代典籍中的传说文本

中国古代典籍中也早已存在着众多传说文本。这些传说文本，依照其来源，大致可以归为三类：历史文献中的传说文本，笔记小说中的传说文本，讲史说书类文献中的传说文本。

1. 历史文献中的传说文本

历史文献中的传说文本，大致可以分为两类。

第一类是民族英雄传说，此类传说文本与历史记载杂糅在一起，往往被当作信史对待，如：《尚书》中的《尧典》《舜典》《大禹谟》，《大戴礼记》中的《帝系》，《史记》中的《五帝本纪》等篇目都大量使用了传说材料。《尧典》《舜典》记载了原始社会后期著名部落首领尧、舜的功绩和品行。《大禹谟》记录了大禹、伯益、皋陶在舜帝面前商讨政务，舜将帝位禅让给大禹，大禹推辞之事，以及大禹征讨三苗、开疆拓土的功绩。《帝系》记载了轩辕氏黄帝家族世系的黄帝、颛项、帝喾、尧、舜、禹等人物的事迹传说。《五帝本纪》记录了早期部落联盟首领的事迹，部落之间的战争，远古初民战猛兽、治洪水、开良田、种嘉谷、观测天文、推算历法、谱制音乐舞蹈等多方面情况。此外，《后汉书・南蛮传》所载的盘瓠传说，《诗经・玄鸟》所记录的玄鸟生商传说等也属此类。

第二类是记录在野史、杂史中的历史传说，具有很多神奇情节，常被当作茶余饭后的消遣，弥补了正史过于庄重、严肃的不足，满足了民众的猎奇心理。比如《吴越春秋》《越绝书》《蜀王本纪》这三种汉代“杂史”性质的书中都收录了不少此类历史传说。《吴越春秋》在演述春秋末期吴国和越国的兴亡历史中加入了很多民间传说，如：《勾践阴谋外传》写越国剑女与袁公比武，袁公“飞上树，变为白猿”；《阖闾内传》写干将莫邪铸剑的传说，“干将妻乃断发剪爪，投于炉中，使童男童女三百人鼓橐装炭，金银乃濡，遂以成剑”；《越王无余外传》述及越的先祖，推源到禹，记录了不少大禹的传说。下面两段大禹诞生与婚娶的传说都属于古代的首次记录：

> 禹父鲧者，帝颛顼之后。鲧娶于有莘氏之女，名曰女嬉。年壮未孳。嬉于砥山，得薏苡而吞之，意若为人所感，因而妊孕，剖胁而产高密。家于西羌，地曰石纽，石纽在蜀西川也。
>
> 禹三十未娶，恐时之暮，失其制度，乃辞云：“吾娶也，必有应矣。”乃有九尾白狐造于禹。禹曰：“白者吾之服也，其九尾者，王者之证也。涂山之歌曰：‘绥绥白狐，九尾痝痝。我家嘉夷，来宾为王。成家成室，我造彼昌。天人之际，于兹成行。’明矣哉！”禹因娶涂山，谓之女娇。（《吴越春秋・越王无余外传》）

《越绝书》中也有不少传说。比如，《外传记宝剑》中薛烛对宝剑制造过程的描述神乎其神：“当造此剑之时，赤堇之山破而出锡；若耶之溪涸而出铜，雨师扫洒，雷公击橐，蛟龙捧炉，天帝装炭，太一下观，天精下之。”《德序外传》写伍子胥死后，吴王夫差让人将其尸体抛进大江口，伍子胥成为水神。“胥死之后，吴王闻，以为妖言，甚咎子胥，王使人捐于大江口。勇士执之，乃有遗响，发愤驰腾，气若奔马，威凌万物，归神大海，仿佛之间，音兆常在。后世称述，盖子胥水仙也。”《外传记地》记录了茅山因大禹而改名会稽山的传说：“禹始也，忧民救水，到大越，上茅山，大会计，爵有德，封有功，更名茅山曰'会稽'。及其王也，巡狩大越，见耆老，纳诗书，审铨衡，平斗斛，因病王死，葬会稽。"

《蜀王本纪》大量记述了蜀之先王蚕丛、鱼凫、杜宇、开明等的传说，其中关于杜宇与开明帝之间的斗争，以及五丁力士的记录更具神奇色彩：

> 蜀王之先名蚕丛，后代名曰伯濩，后者名曰鱼凫。此三代皆数百岁，皆神化不死，其民亦颇随王化去。王猎至湔山，便仙去，今庙祀之于湔。时蜀民稀少。后有男子名杜宇，从天堕止朱提；有一女子名利，从江源地井中出，为杜宇妻，宇自立为蜀王，号曰望帝，治汶山下邑郫，化民往往复出，望帝积百余岁，荆有一人鳖灵，其尸亡去，荆人求之不得，鳖灵尸至蜀复生，蜀王以为相。时玉山出水，若尧之洪水，望帝不能治水，使鳖灵决玉山，民得陆处。鳖灵治水去后，望帝与其妻通，帝自以薄德不如鳖灵，委国授鳖灵而去，如尧之传舜。鳖灵即位，号曰开明。奇帝生卢保，亦号开明。天为蜀王生五丁力士，能徙蜀山。王死，五丁辄立大石，长三丈，重千钧，号曰石井，千人不能动，万人不能移。（《太平御览》八百八十八所引《蜀王本纪》）

2. 笔记小说中的传说文本

笔记小说是兼有"笔记"和"小说"特点的带有散文化倾向的小说创作。秦汉以来流行的搜神述异、志怪稽古的笔记小说中大量著录了传说文本，如《西京杂记》记载昭君出塞、卓文君私奔司马相如等事，其细节刻画生动，明显来自民间传说：

> 元帝后宫既多，不得常见，乃使画工图形，案图召幸之。诸宫人皆赂画工，多者十万，少者亦不减五万。独王嫱不肯，遂不得见。后匈奴入朝，求美人为阏氏。于是上案图，以昭君行。及去，召见，貌为后宫第一，善应对，举止娴雅。帝悔之，而名籍已定，帝重信于外国，故不复更人。乃穷案其事，画工皆弃市。籍其家资，皆巨万。画工有杜陵毛延寿，为人形，丑、好、老、少，必得其真，同日弃市。京师画工，于是差稀。（《西京杂记》卷二）
>
> 司马相如初与卓文君还成都，居贫愁懑，以所着鹔鹴裘就市人阳昌贳

酒，与文君为欢。既而文君抱颈而泣曰："我平生富足，今乃以衣裘贳酒。"遂相与谋，于成都卖酒。相如亲著犊鼻裈涤器，以耻王孙。王孙果以为病，乃厚给文君，文君遂为富人。文君姣好，眉色如望远山，脸际常若芙蓉，肌肤柔滑如脂，十七而寡，为人放诞风流，故悦长卿之才而越礼焉。长卿素有消渴疾，及还成都，悦文君之色，遂以发痼疾。乃作《美人赋》，欲以自刺，而终不能改，卒以此疾至死。文君为诔，传于世。(《西京杂记》卷二)

《汉武故事》是关于汉武帝交往、经历的描述，其中既有根据历史记载所写成的部分，也有来自民间传说的内容，比如汉武帝迎候西王母降临的一节：

是夜漏七刻，空中无云，隐如雷声，竟天紫色。有顷，王母至，乘紫车，玉女夹驭，戴七胜履，玄琼凤文之舄，青气如云，有二青鸟如乌，夹侍母旁。下车，上迎拜，延母坐，请不死之药。母曰："太上之药，有中华紫蜜、云山朱蜜、玉液金浆，其次药有五云之浆、风实、云子、玄霜、绛雪，上握兰园之金精，下摘圆丘之紫柰。帝滞情不遣，欲心尚多，不死之药，未可致也。"因出桃七枚，母自啖二枚，与帝五枚。帝留核著前。王母问曰："用此何为?"上曰："此桃美，欲种之。"母笑曰："此桃三千年一著子，非下土所植也。"留至五更，谈语世事，而不肯言鬼神，肃然便去。东方朔于朱鸟牖中窥母，母谓帝曰："此儿好作罪过，疏妄无赖，久被斥退，不得还天；然原心无恶，寻当得还。帝善遇之。"母既去，上惆怅良久。

雍容华贵的西王母出场时天空都变成了紫色，不仅有玉女为驭，还有青鸟陪伴，呈现一幅上神降临人间的令人震撼的场景。汉武帝一见面就迫不及待地请求不死之药，还因桃子甜美，就留下桃核想种它。这些细节极富生活情趣，明显是取自传说的材料。

此外，《世说新语》《太平广记》等笔记小说中形形色色的文本也大都是采自民间口头流传的传说。

3. 讲史、说书类作品中的传说文本

宋元时期，一些说书艺人把历史加工为故事，其中包括不少长期在民间流传的历史传说，作为他们说书表演时的底本，即平话。这种讲史类的说书表演当时非常受欢迎，因此宋元及之前的几乎历代历史都进入了平话，这些底本中也容纳了各朝代的众多历史传说。到了明代，文人对平话进行了加工整理，形成了讲史小说，包括《三国演义》《隋唐演义》等历史演义，以及《水浒传》《说岳全传》等英雄传奇。在此过程中，民众不断地将历史传说化，不断地创造、增添，使历史传说文本的内容不断丰富。

以三国传说为例。隋唐时期就已经出现了曹操谯水击蛟、刘备檀溪跃马等三国人物传说的木偶戏，也有李商隐在《骄儿诗》中所提到的："或谑张飞胡，或笑邓艾吃。"也就是说，三国的历史传说早已在民间广为流传了。到两宋时期，三国传说又成为民间艺人讲唱的重要题材。苏东坡在《志林》中记录王彭曾经讲过："涂巷中小儿薄劣，其家所厌苦，辄与钱，令聚坐听说古话。至说三国事，闻刘玄德败，颦蹙有出涕者。闻曹操败，即喜唱快。以此知君子小人之泽，百世不斩。"即使是顽童也被说书人讲的三国传说所吸引。他们听到刘备兵败的时候都紧皱眉头，还有人流泪；当听到曹操兵败，就高兴地拍手称快。由此，顽童们受到了辨别君子与小人的教育。这一段文字说明在代代相传中，三国历史传说逐步形成尊刘贬曹的倾向，在后世影响深远。宋代艺人讲三国传说的形式甚至从讲史①的表演门类中分离出来，成为专门的"说三分"，并涌现出一批著名艺人。《东京梦华录》卷五"京瓦伎艺"记载说当时有一位名叫霍四究的艺人，非常擅长讲述三国传说。三国传说影响深远，甚至出现了根据艺人讲述的三国传说创作的皮影戏。《事物纪原》卷九"博弈嬉戏部"记录说："宋朝仁宗时，市人有能谈三国事者，或采其说加缘饰作影人，始为魏、蜀、吴三分战争之像。"

金元时期，三国传说被搬上戏曲舞台，出现了金院本《赤壁鏖兵》《襄阳会》《骂吕布》等剧目，以及《关大王独赴单刀会》等南戏剧目。讲述三国传说的元杂剧就更多了，比如《单刀会》（关汉卿）、《双赴梦》（关汉卿）、《襄阳会》（高文秀）、《王粲登楼》（郑光祖）、《三战吕布》（郑光祖）、《黄鹤楼》（朱凯）等。元代还有一部讲说三国传说的《全相三国志平话》，其情节与历史事实相距较远，有浓厚的民间色彩。《全相三国志平话》是当时艺人讲述三国传说的底本，为上图

---

① 讲史是宋元民间艺术表演——"说话"的一科。"说话"类似于现在的说书。讲史就是讲说历代兴废和战争故事。

下文的读本，内容从“桃园结义”开始，到司马懿统一三国，刘渊又灭晋为止。全书的叙事以蜀汉为中心，在蜀汉群英中又以张飞的形象最生动，主要情节包括“桃园结义”“张飞鞭督邮”“三英战吕布”“王允献貂蝉”“曹操勘吉平”“关公刺颜良”“云长千里独行”“关公斩蔡阳”“古城聚义”“三顾孔明”“赵云救阿斗”“关公单刀赴会”“孔明斩马谡”“秋风五丈原”等。这一部以民间传说为主要材料写作而成的史话为《三国演义》的创作提供了基本的框架，成就了一部不朽的古典小说名著。

以上这些传说文本都为现代“传说”概念的诞生提供了用作例证的材料。

（三）古代学者的传说研究

我国古代学者很早便对传说类文体有独到的见解和研究。

司马迁首先认识到了传说的正面作用：“仆窃不逊，近自托于无能之辞，网罗天下放失旧闻，考之行事，稽其成败兴坏之理，凡百三十篇，亦欲以究天人之际，通古今之变，成一家之言”（《报任安书》）20 岁时，司马迁从京师长安南下漫游，足迹遍及江淮流域和中原地区，所到之处考察风俗，采集传说，即所谓的“网罗天下放失旧闻”。从各地搜集来的传说材料帮助司马迁构筑了《史记》中的众多细节。司马迁用传说补文献记录不足的做法无疑是对传说记录历史作用的充分肯定。但同时，司马迁也注意到了传说记录的古史不够真实的问题，他发现：“五帝、三代之记，尚矣。自殷以前诸侯不可得而谱，周以来乃颇可著。”（《史记·三代世表》）也就是说，殷商时期还没有三皇五帝的记载，西周以后却越来越多，时代愈后古史却愈多确是一种可疑的现象。孔子序《尚书》时由于缺乏文献资料的支持而“疑则传疑”。司马迁受其影响，在撰写《史记》时，面对上古史的不同说法，力求通过比较，找到一种有儒家典籍作依据的、有故老传说或历史遗迹可验证的比较可信的说法，即“疑则传疑，盖其慎也”。他在作《五帝本纪》时重视文献征验考核，舍弃了神农氏、伏羲氏、无怀氏和泰帝，以黄帝为起始断限，对黄帝以前的史事一概不记，不盲从、不附会，颇有疑古家的胆量和气度。

司马迁不是疑古第一人，疑古辨伪早已是中国学术传统之一。比司马迁早出生 30 多年的淮南王刘安与其门客一起编写了《淮南子》一书，其中《缪称训》就说：“三代之善，千岁之积誉也。桀纣之谤，千岁之积毁也。”古代贤君的威名是被千百年的“积誉”粉饰成的，桀、纣的恶名是被千百年的“积毁”丑化的。这样的论断已经直指上古传说在塑造历史人物中的作用。唐代刘知几等学者在考辨古书、古史上做出了很多努力。刘知几的《史通·疑古》特别对孔子以后儒家所美化的尧、舜、禹、汤等古代帝王的传说提出质疑。“是以美者因其美而美之,虽有其恶,不加毁也。恶者因其恶而恶之,虽有其美,不加誉也。故孟子曰:‘尧、舜不胜其美,桀、纣不胜其恶。’魏文帝曰:‘舜、禹之事,吾知之矣。’”到了宋代,疑古辨伪在学术界已蔚然成风。欧阳修对《史记》的古史系统产生怀疑。他依据《史记》本纪排列出远古帝王的世次图,发现前后抵牾,舛错丛生,竟至于“尧、舜、夏、商、周,皆同出于黄帝”。欧阳修以阙疑求信的态度,指出了从黄帝以来到尧、舜这段古史是司马迁因“尽集诸说而论次”。(《欧阳修全集》卷四十三《帝王世次图序》)

明清时期,我国辨伪学走向成熟。尤其是清代中叶以后,这种学风达到了鼎盛。也正因为疑古辨伪,才能将传说从古史中剥离出来,进行独立研究。他们需要一个词来描述那些历史书中记载的非历史文本,“传说”便成为一个很好的选择。

## 二、西方古代传说概念及其研究

### (一)英语“传说”一词释义

英语中至少有三个被广泛使用的含义与“传说”相近的词——“saga”“legend”和“tradition”。

saga 一词产生于 18 世纪初,源于古斯堪的那维亚语,主要有三种含义:一是指冰岛的一种叙述性的散文,这种散文主要流传于 12—13 世纪,记述冰岛和挪威的英雄时代的著名历史人物和事件,或者传奇性的人物和事件;二是指类似于第一种冰岛传奇的现代人讲述英雄传奇的叙述性文体;三是指一种篇幅较长的详细的叙述,比如“古代南方传奇”。[①](德语中也有“saga”一词,含义与英语中的“saga”基本相似)

legend 一词的历史更久远些。它产生自 14 世纪,前身是中古英语单词“legende”。legend 一词有以下几个含义与传说有关:一是指从过去一直流传

---

① 参见:Philip B. Gove, *Webster's Third New International Dictionary*(《韦氏第 3 版新国际英语足本词典》)“saga”条目。(该词典是美国结构主义语言学的硕果,篇幅极大,共收录了 1755 年以后仍在使用的词 45 万条以上,并配有 1 000 幅左右的彩图,是最大型的单卷本英语词典)。

到现在的故事。特别是那些被普遍认为是历史上发生的,但不一定能被证实的故事;二是指大量的这样的故事——“在边境传说中的某个地方”;三是指最近产生的流行神话;四是指关于人或事情的动人故事。①

tradition一词也产生自14世纪,其前身是中古英语单词“tradicioun”。tradition一词有两个含义与“传说”相关:一是指一种过去的故事,或与信仰相关的过去的故事,此故事通常被人们视为不能被证明的历史;二是指通过口耳相传的方式代代流传的信息、信仰和习俗等。②

（二）西方经典传说文本及学者研究情况概述

1. 古希腊神话传说

《荷马史诗》是古希腊最重要的口述文学作品,是许多民间行吟歌手的集体口头创作,分为《伊里亚特》和《奥德赛》两部分,囊括了迈锡尼文明以来许多重要的口头传说,到公元前6世纪才写成文字。公元前11世纪—公元前9世纪的希腊史称作“荷马时代”,就是因《荷马史诗》而得名。

特洛伊战争结束以后,一些希腊城邦的民间艺人就将希腊人在战争中的英雄事迹和胜利经过编成歌词,在公众集会的场合吟唱。这些故事由民间歌手口耳相传,历经几个世纪,经过不断的增益和修改,到了荷马手里被删定为两大部分。大约在公元前6世纪中叶,它才最后定型。公元前3—公元前2世纪间,亚历山大城的泽诺多托斯、阿里斯托芬、阿里斯塔科斯等学者对荷马史诗进行了校订,此后它的内容被基本固定下来了。《荷马史诗》中保留着大量的希腊传说,其中的主人公不是具有神的血统,就是具有神所赋予的力量,当时希腊的各个城邦都竞相把《荷马史诗》中的英雄人物尊为自己的祖先,甚至连荷马本人也成了各城邦争夺和崇拜的对象。

从考古发现来看,《荷马史诗》中的传说是对古希腊历史的文学记录。19世纪末,德国学者施里曼曾在小亚细亚西岸的希萨里克发掘一座古城的遗址,这个古城就是古代特洛伊人的都城伊利昂。它曾在公元前2000年—公元前1000年间至少被焚毁过9次,其中第7次被毁可能就是在攻打伊利昂城战争

① 参见:Philip B. Gove, *Webster's Third New International Dictionary*(《韦氏第3版新国际英语足本词典》),“legend”条目。

② 参见:Philip B. Gove, *Webster's Third New International Dictionary*(《韦氏第3版新国际英语足本词典》),“tradition”条目。

中。在希腊的迈锡尼地方，考古学家也曾发现古代巨大陵墓和巨石建筑的城址和石狮，陵墓里还发现死者所穿戴的华丽的服装和金银首饰，以及罩在死者面上的黄金面具和精美的青铜兵器。这些发现证明有关古代迈锡尼的霸主阿伽门农的传说也是有历史根据的。20世纪初，英国学者伊文思又在克里特岛发现了重要的古代文化遗址，说明这里有较迈锡尼更早且更繁荣的文化。古代希腊传说也说克里特岛曾有一个强大的君主弥诺斯，他曾建造巨大的迷宫，并使雅典等地向他纳贡；有些西方学者还曾考证史诗里许多英雄如阿喀琉斯、赫克托尔等都是北方部族传说里的英雄，不一定与攻打伊利昂城的史实有关。

希腊传说对西方文化的影响深远，但在19世纪之前，这些材料都是零散的。1840年，德国浪漫主义作家古斯塔夫·施瓦布将这些材料加以整理，改写并出版了《古希腊神话与传说》(三卷本)流传于世。该书对希腊诸神的谱系进行了整理，并将其分为“旧神谱”“新神谱”两部分，将古希腊神界清晰地呈现于世人面前。该书影响流布很广，不仅在德国知名度很高，也被翻译介绍到欧美国家和亚洲。这里必须强调一下，不少人都称赞与中国上古神话的零散相比，古希腊神话显得更完整而有系统，但这种系统性其实是人为整理的结果。

2. 北欧神话传说

北欧神话传说是在斯堪的纳维亚半岛地区的丹麦、挪威、瑞典和冰岛特有的一种神话传说体系，反映了原始部族的多神教信仰和他们同大自然作斗争的神奇瑰丽的想象。最早的北欧神话传说大都以歌曲的形式出现。这些神话传说首先在挪威、丹麦和瑞典等地流行，7世纪左右随着一批北上的移民传至冰岛等处。中世纪时，大部分记载北欧神话传说的作品被认为是异端邪说而付之一炬。英国的《贝奥武甫》、德国的《尼伯龙根之歌》，及两部冰岛神话诗集《埃达经》和一些断简残篇的英雄传说几乎就是现存北欧神话传说典籍的全部了。

从中世纪开始，冰岛学者开始用文字把北欧神话传说记载下来，两部《埃达经》是其中的重要代表。《埃达经》之一是冰岛学者布林约尔夫·斯韦恩松于1643年发现的“前埃达”，或称“诗体埃达”，由14首诗歌构成，大概写于9—13世纪；《埃达经》之二是“后埃达”，或称“散文埃达”，是解释“前埃达”的作品，由冰岛诗人斯诺里·斯图鲁松在13世纪初完成。北欧神话对于日耳曼地区和整个欧洲的文学、艺术发展产生了极大的影响，尤其是其中的《埃达经》。日耳曼英雄史诗《尼伯龙根之歌》、英国民族史诗《贝奥武甫》都受到了《埃达经》

的深刻影响，前者几乎可以看作《埃达经》的翻版。

1927年，上海开明书店出版了黄石先生在《神话研究》一书，其中对北欧神话进行了介绍；1930年，上海世界书局出版的茅盾先生的《北欧神话ABC》一书是对北欧神话的系统介绍，其内容包括天地创造的神话，众神之王奥定、众神之后佛利茄等18个主神的主要事迹，以及巨人族的传说等。

3. 西方学者对西方经典传说文本的研究

西方的神话传说研究起步比较早，从古希腊时代就开始了，但彼时的传说研究是与神话研究混合在一起的，基本上是对神话传说从定义、起源和本质等角度进行尽可能合理的解释。早在公元前6世纪，古希腊学者泰奥格尼斯就提出了"寓意说"，认为神话传说具有隐喻性，是一种寓言式故事。①亚里士多德、伊壁鸠鲁等学者也持相同看法。"寓意说"主张诗人创作神话传说是用一种隐喻，象征性地讲述超自然、社会、机构的起源和普通人的故事，把抽象的伦理理念用神话传说的外衣有意识地加以掩盖。②还有一部分学者认为部落首领、酋长或帝王等英雄死后被崇拜为神，神话传说就是对神的事迹的记录。欧赫美尔就持这种看法。他认为"一些神原来是伟人，他们之所以受到崇拜，是因为曾造福于人类"。③古希腊学者对神话传说本质的研究还集中在其真实性和传统性上。持"寓意说"的学者认为神话用隐喻阐述道德和自然世界的事实，具有真实性。柏拉图则称神话为"假话"(lies)，但具有某种特别的表现力。柏拉图同时还对神话的传统性进行了论述，认为神话由于其传承者具有文化上的相关性，因此能被一代代传下来。④古希腊神话传说从讲述者角度分为主要神话传说和次要神话传说。柏拉图认为主要神话传说由诗人讲述，次要神话传说由妈妈、奶奶和看护们讲述；主要神话传说的讲述在公共场所进行，次要神话传说的讲述在私人场所进行。按照表述的内容，神话传说可以分为三类：起源神话，包括宇宙的诞生和创世神话；英雄神话，即人类创作或带来文明的神话，如普罗米修斯的神话；民俗神话，如婚姻习俗、伦理等方面的。⑤

① 大林太良：《神话学入门》，中国民间文艺出版社1989年版，第3页。
② 冷德熙：《超越神话》，东方出版社1997年版，第6页。
③ 刘尊琪：《简明不列颠百科全书》，中国大百科全书出版社1986年版，第143页。
④ Graf Fritz, *Greek Myth*, Johns Hopkins University Press, 1933, p.2.
⑤ Graf Fritz, *Greek Myth*, Johns Hopkins University Press, 1933, pp.3—4.

中世纪，随着宗教神学的兴起，神话研究者把希腊神话传说当成《圣经》的蓝本加以研究，努力从《圣经》中寻找希腊神话传说的原型。到了启蒙运动中，学者由质疑《圣经》而扩展到古希腊罗马知识，其中就包括希腊罗马神话传说。当时有学者主张把公元前776年第一次奥运会之前的事情统统归为神话传说，而非历史。1870年，一批希腊出土的文物让学者重新认识到古希腊的确经历过灿烂的文明，而非虚无缥缈的神话传说。此后，学者们开始仔细研究考证古希腊流传下来的著作，区分神话传说和历史。①

19世纪中叶以后，文化人类学诞生，包括对中国传说研究有重要影响的神话学人类学专家安德鲁·朗、格林兄弟、弗雷泽等在内的一大批人类学者首先对传说进行了研究。比如施彭斯（Lewis Spence）在《神话学绪论》（*An Introduction to Mythology*）一书就对“传说”概念进行过解释：“传说（tradition）是故事的传承形式（traditional form of narration），神话、民谭与古谈都包含在内。”②班尼女士的《民俗学手册》第十六章对“地方传说”的概念进行过解说：“……这等传说（按：指地方传说）的大部分，在那非历史的事项中，包含着历史的事实之断片。其大多数是原因论的故事（setiological stories），民间语源学（folk etymology）及其他类此的。又其中亦有如比德喀拉德故事、威兰德冶工的洞穴故事、斯哇非哈姆的行商故事，是地方化了的民间故事……”③

20世纪初，西方传说概念和神话传说文本通过日本与欧洲两条线路大量被翻译介绍到中国。比如，从日文翻译过来的几部文明史著作如《西洋文明史》就介绍了西方经典的神话传说，还有一些中国知识分子的见闻录里也记录了神话传说，如单士厘的欧洲见闻录《归潜记》中的《章华庭四室》和《育斯》两章就首次系统地将希腊罗马神话传说介绍到中国。人类学理论的译介也将诸如《荷马史诗》这样的神话传说作品带入了中国，尤其是对人类学理论著作的译介是导致近代中国知识分子关注传说，进而促生传说概念的一个直接原因，而将saga、legend等英文词汇译为中文是中国的传说概念发生的重要依据。

---

① 《〈希腊神话故事〉后记》，载[德]施瓦布《希腊神话故事》，刘超之、艾英译，宗教文化出版社1996年版。

② 谢六逸：《神话学ABC》，世界书局1928年版，第3—4页。

③ 钟敬文：《论地方传说》，《开展月刊》民俗学专号第10、11期合刊（即《民俗学集镌》第1辑），1937年。

综上，西方传统的引进，中国古代传说概念发展的漫长历程，是现代传说概念发生的两大背景。

## 第二节　现代传说概念的萌发

20世纪初，中国史学家开启了具有近代科学意义的研究历程。康有为在《孔子改制考》中对三皇五帝文献记录的真实性作了彻底的否定："'六经'以前无复书记。夏、殷无征，周籍已去，共和以前不可年识，秦、汉以后乃得详记。"[①]梁启超也将黄帝之前的时代称为"有史以前之时代"，认为：古史中的三皇、五帝不足凭信，只有到了大禹以后，中华民族才形成。"中国自古称诸夏，称华夏，夏者以夏禹之朝代而得名者也。中国民族之整然成一社会，成一国家，实自大禹以后。"[②]康梁对上古史的否定，继承了中国的疑古辨伪传统，使得历史中的一部分材料需要一种新的表达方式。康梁的著作中并未出现"传说"概念，但他们所质疑的那部分材料毫无疑问便成为后来"传说"收编的对象。

当时"向西方寻求真理"的表现之一就是对西方和日本论著的大量译介，这些书籍涉及历史学、民俗学、人类学、社会学、文学等许多领域。对传说研究起到重要影响的著作包括：日本学者西村真次的《神话学概论》，高木敏雄的《比较神话学》，欧美学者泰勒的《原始文化》，安德鲁朗的《神话学》《近代神话学》，戈姆的《历史学之民俗学》，哈特兰的《童话学》，迪克生的《各民族的神话》，塔洛克的《希腊罗马神话》，李维迪塔的《印度神话》，比安其的《希腊罗马神话》，麦肯琪的《中国和日本的神话》，缪勒的《埃及神话》，若卜的《北欧神话》《凯尔特人的神话与传说》，威纳的《中国的神话与传说》，等等。[③]

上述这些著作或直接介绍传说作品，或者述及传说理论，在中国传说研究史上意义非凡。1907年，周作人翻译出版了英国著名通俗小说家赖德·哈葛德与安德鲁·朗根据《荷马史诗》创作的《世界之欲》(*The World's Desire*)，定

---

① 康有为：《孔子改制考·上古茫昧无稽考》，载刘梦溪主编《中国现代学术经典　康有为卷》，河北教育出版社1996年版，第343页。

② 梁启超：《中国史叙论》，《中国上古史》，商务印书馆2016年版，第10页。

③ 参见谢六逸：《神话学ABC》，上海书店出版社1990年版（据世界书局1928年版影印），第125—127页；玄珠：《中国神话研究ABC》，上海书店1990年版（据世界书局1929年版影印），第100—107页。

名为《红星佚史》。此书被商务印书馆标为“神怪小说”，1913年第3版时被列入商务印书馆的“说部丛书”初集第78编。在该书的译序中，他首次向国人介绍了英国神话学人类学家安德鲁·朗及其学说：“罗达哈葛德（即赖德·哈葛德）、安度阑俱（即安德鲁·朗）二氏掇三千五百年前黄金海伦事著为佚史，字曰《世界之欲》。尔时人间尚具神性，天神神迹，往往遇之，故所述率幽秘荒唐，读之令生异感，顾事则初非始作，大半本诸鄂谟（Homer）。”[①]也是1907年，商务印书馆编译出版了美国通俗作家詹姆斯·鲍德温的《古代希腊故事》（*Old Green Stories*），并定名为《希腊神话》[②]，也收入“说部丛书”，题为“神怪小说”。

此后，周作人、茅盾、谢六逸、黄石等人相继介绍了西方的神话传说。这些译介作品，不断开拓国人的视野，也促使当时的知识分子认识到传说是与神话有所区别的一种文体。需注意的是：这些率先认识到传说是一种独立文体的知识分子几乎都有留学背景，接受过西方现代科学教育，对传说文体的论述正是他们将西方理论与中国社会现实相结合的实践。

较早认识到神话与传说区别的是鲁迅。在1908年发表的《破恶声论》中，他批判了两种“恶声”，对神话传说持肯定态度：“古则有印度希腊，近之则东欧与北欧诸邦。神话古传以至神物重言之丰，他国莫与并，而民性亦瑰奇渊雅，甲天下焉，吾未见其为世诟病也。”[③]其中的“古传”一词，与“神话”并列，指的就是古代传说。此时学界对传说的认识，也正像“古传”一词一样，不甚清晰。

到了1910年，在中国最早走出国门、走向世界的中国知识妇女之一——单士厘的《育斯》一文中出现了“传说”一词：“多神之为学也，有神话、教式二事。神话传于言，教式见乎行。在罗马之多神，夙于教式上重罗马习惯，而于神话上则多取希腊传说。故言罗马多神者，实不能不并及希腊多神。”[④]单士厘的丈夫是五四时期著名学者钱玄同的长兄钱恂。钱恂曾先后在中国驻伦敦、巴黎、柏林、彼得堡、东京等地使馆工作，曾任驻荷兰、意大利等国的公使。在陪伴丈夫的过程中，单士厘写作了《癸卯旅行记》《归潜记》两部著作，记述了她

---

① 周作人：《〈红星佚史〉序》，载钟叔河编《周作人文类编8希腊之余光：希腊·西洋·翻译》，湖南文艺出版社1998年版，第528页。

② 该书署原作者为英国巴德文。

③ 《破恶声论》首次发表于《河南》月刊第8号，1908年12月，署名迅行。参见鲁迅先生纪念委员会编：《鲁迅全集8》，新疆人民出版社1995年版，第528页。

④ 钱单士厘：《癸卯旅行记·归潜记》，湖南人民出版社1981年版，第212页。

旅欧活动的见闻,《育斯》为《归潜记》中的一篇。《归潜记》首次系统地把古希腊罗马神话传说介绍到中国:“《归潜记》中的《章华亭四室》和《育斯》两篇,用简洁、优美的古文,叙说了‘金苹果’‘特洛伊木马’‘阿波罗射蛇’‘黄金雨’等有名的神话故事;又从学术上考究了神话传说和宗教仪式的演变,对希腊罗马神话的源流作了概括的说明。在中国的神话文学翻译和神话学研究上,可以说是‘开山之作’”。①

但传说一词只简单地出现在单氏著作中,作者并未对其内涵或外延进行详细解释,而且此文中的“传说”与“神话”界限不清,处处混用,再加之单氏著作的流传范围较小,她所提出的传说概念影响有限。

总的来说,在20世纪初,中国古史中一部分材料需要一种新的表达方式,适逢西方人类学与神话学著作引进,“古传”“俗传”和“传说”等词的选择使用,使得现代传说概念呼之欲出。

## 第三节　现代传说概念的初步形成

现代传说概念的形成,所指的不仅是传说一词的出现,更重要的是对“传说”概念的阐释以及逐步确认的过程。

### 一、辞典所使用的传说概念

辞典无疑是界定概念的权威工具书,笔者在20世纪前期的中文辞典看到了中国“传说”概念的演进历程。

在公开出版的辞典中,较早出现“传说”一词是1915年出版的《辞源》,但《辞源》还没有将其列为词条,而是在解释“神话”时提到了“传说”。《辞源》对“神话”的解释如下:“古代以宇宙所有各现象,归功于神之行为,遂生种种传说,谓之神话。如盘古开天,女娲炼石,及西王母之类。世界各国,无不有此。近世有神话学家,专研究之。”②这个词条虽是对“神话”的解释,却出现了“传

---

① 钟叔河:《从闺房到广大的世界——钱单士厘的两本国外游记》,载钱单士厘《癸卯旅行记·归潜记》,湖南人民出版社1981年版,第17页。

② 《辞源》,商务印书馆1935年版,第190页。《辞源》为1915年10月初版,本引文出自1935年再版。

说”一词。从内容来看,编者似乎将“神话”与“传说”等同视之。显然,“传说”尚无独立属性。

1926年出版的《哲学辞典》也将“神话”与“传说”混为一谈,它解释“神话”条说:

> 以神格为中心之古代传说,谓之神话。其所谓神,不问为人格的,或为拟人的自然力(例如河伯雨师),亦不问其近理背理,凡起自有史以前,由一民族之公共宗教心,不期然而流出者,皆属之。虽亦为一种想像谈,然与个人有意构造之寓言故事,截然不同。是实民族精神之产物也。别详神话学条。①

在1933年出版的《现代汉语辞典》中,“传说”已经作为一个独立的条目被解释:“传说是关于古代的文物制度,以及各种历史史迹之遗留于民间的故事中者,它常夹带着神话。历史学者有时亦根据传说,溯究古代社会的生活状态。”②这个解释,就当时而言,已经颇有见地了。它注意到了神话与传说经常合一的现象,也注意到了史学家对传说文体研究的贡献。但它对传说内容的考察还不全面,仅仅注意到了传说中的古代文物制度和史迹。

1936年中华书局出版的《辞海》中也有对“传说”一词的界定:

> 传说,谓凭口耳相传之旧说也。《汉书·艺文志》:“下及诸子、传说,皆充秘府。”……今史学家分史前史料为神话(Myth),传说(Logend),以别于信史。神话谓关于神式或有神性之先民故事;传说则不必有神话,泛指无可徵信之记载为参证之先民故事也。③

这条界定可以视为中国现代传说概念基本成熟的标志,它不仅对传说进行了界定,还对“传说”和“神话”进行了区别:“神话”是关于神或有神性的人的,而“传说”则指其他不能被证明的古人故事。这一观点后来长期为学界所崇信。

---

① 樊炳清编:《哲学词典》,商务印书馆1926年版,第501页。

② 李鼎声:《现代语辞典》,光明书局1933年版,第588页。

③ 舒新城:《辞海》,中华书局1936年版,第122页。

## 二、知识分子所阐释的传说概念

知识分子对传说的阐释促进了传说概念的初步形成，其中主要功劳可以归为文学家。

20 世纪初，周作人发表了两篇对后世传说研究有重大影响的文章——《童话研究》①和《童话略论》②。周氏用“传说”和“世说”两个概念，大体上指的是同一文体。周作人最初是在解释童话时提到传说：

> 童话之源盖出于世说，惟世说载事，信如固有，时地人物，咸具定名，童话则漠然无所指尺，此其大别也。生民之初，未有文史，而人知渐启，鉴于自然之神化，人事之繁变，辄复综所征受，作为神话世说，寄其印感，迨教化迭嬗，信守亦移，传说转昧，流为童话。征诸上国，大较如是，而荒服野人，闻异邦童话，则恒附以神人之名，录为世说用之。二者之间，本无大埂，惟以化俗之殊，乃生转移而已。③

从以上引文来看，“世说”即指传说这种口头叙事文体，只是名称有所不同罢了。传说、世说两词的混用说明对于传说这种口头文体当时还没有一种确定的称呼。

周作人还用“国民传说”来指传说：

> 国民传说，原始之时类甚简单，大抵限于一事，后渐集数式为一，虽中心同一，而首尾离合，故极其繁变，如上举二式，同为食人，节目亦近，而终乃变异，一为物原传说，一为动物故事，可以见矣。④

虽然名称还未能统一，但周作人对于传说特征的论述却已经比较清楚了，即：民众相信实有其事，其中的时间、地点、人物都有确定的名字。

---

① 周作人：《童话研究》，《教育部编纂处月刊》1913 年 8 月第 1 卷第 7 期。

② 周作人：《童话略论》，《绍兴县教育会月刊》1913 年 11 月 15 日第 2 号。

③ 周作人：《童话研究》，载吴平、邱明一编《周作人民俗学论集》，上海文艺出版社 1999 年版，第 29 页。

④ 周作人：《童话研究》，载吴平、邱明一编《周作人民俗学论集》，上海文艺出版社 1999 年版，第 35 页。

在《童话略论》中，周作人对“世说”下了一个与童话、神话相关联的定义：

> 童话(marchen)本质与神话(mythos)世说(saga)实为一体。上古之时，宗教初萌，民皆拜物，其教以为天下万物各有生气，故天神地祇，物魅人鬼，皆有定作，不异生人，本其时之信仰，演为故事，而神话兴焉。其次亦述神人之事，为众所信，但尊而不威，敬而不畏者，则为世说。童话者，与此同物，但意主传奇，敬而不畏者，则为世说。童话者，与此同物，但意主传奇，其时代人地皆无定名，以供娱乐为主，是其区别。盖约言之，神话者原人之宗教，世说者其历史，而童话则其文学也。①

那些叙说具有神奇力量的人的事，被人们相信是真实的，但民众对他们已不像对待神那样完全敬重，这样的故事就是世说。这个界定虽然很简单，但已经注意到了传说与神话的区别，神话向传说的演变，及传说被民众信以为真的特点。这些都对后世产生了很大影响。

周氏著作中出现的“传说”“世说”“国民传说”这些词都是对“saga”的翻译。也就是说，现代传说一词在中国的发生，一定程度上是与知识分子对外语单词的翻译相关的。当时西方和日本的大量著作被译介到我国，在翻译这些作品的时候，知识分子面临的一个重要问题就是找到与外语词汇相对应的汉语词汇，或者创造一个能与其对应的新词汇。周作人将“saga”译作“世说”，指向传说。

1921年，胡愈之发表了《论民间文学》②一文，将“place legends”译作“地方传说”，将“sagas”译作“演义”。③胡愈之是用“legend”一词来指“传说”的第一人。1923年，周作人在《神话与传说》④一文中，同时使用“saga”和“legend”对应“传说”，并在这两个英文单词中间使用了“＝”号。⑤在此后知识分子的相关

① 周作人：《童话研究》，载吴平、邱明一编《周作人民俗学论集》，上海文艺出版社1999年版，第39页。

② 周作人：《论民间文学》，《妇女杂志》1921年1月第7卷第1号。

③ 胡愈之：《论民间文学》，载王泉根《中国现代儿童文学文论选》，广西人民出版社1989年版，第694页。

④ 周作人：《神话与传说》，载周作人《自己的园地》，北京晨报社1923年版。

⑤ 周作人：《神话与传说》，载吴平、邱明一编《周作人民俗学论集》，上海文艺出版社1999年版，第1页。

著作中，legend逐渐替代了saga。

1923年12月至次年6月，北京大学新潮社出版了鲁迅从1920年开始撰写的授课讲义——《中国小说史略》(上下册)，它不仅是我国第一部小说史专著，其中第二篇《神话与传说》在传说研究史也具有重要意义。《神话与传说》分析了神话发展为传说的过程，对传说进行了简单界定，并对传说的主人公进行了论述：

> 迨神话演进，则为中枢者渐近于人性，凡所叙述，今谓之传说。传说之所道，或为神性之人，或为古英雄，其奇才异能神勇为凡人所不及，而由于天授，或有天相者，简狄吞燕卵而生商，刘媪得交龙而孕季，皆其例也。此外尚众。①

鲁迅与周作人的观点很接近，而更精炼。他首先论述了由神话到传说的先后发展过程，其次说明了传说的主人公与神话不同，是有神性的人或古代英雄。

周作人、胡愈之、鲁迅等文学家研究的最初着眼点本不是专门在传说上——周作人的目标是童话，胡愈之的目标是民间文学，鲁迅的目标是小说史，但因为要区别相似文体或要进行整体论述，所以述及传说，便也成就了传说概念的初步形成。到1923年，“传说”概念已经比较成熟。

总的来说，现代传说概念的发生过程是曲折和复杂的：中国传统文化中早已有了“传说”的身影，一些学者也直接或间接地对其进行过论述，但传说概念在几千年中始终没有显露出它的真实面目。西方传说概念的诞生和对传说的研究均早于中国。这些研究成果被译介到中国，成为促生中国现代传说概念的一个重要原因。现代知识分子在国家危亡之际开始深刻检讨和批判传统文化，掺杂大量传说的古史成为史学家批判的标靶，也因此引起了对传说概念的关注。史学家以外，长于翻译的知识分子在译介日本、西方著作时不断接触到传说概念，西方的传说概念由此进入了史学和文学领域。这些新情况已经为传说概念的诞生做好了准备。1913年，在《童话研究》和《童话略论》两篇文章

① 鲁迅：《中国小说史略》，载《鲁迅全集》(9)，人民文学出版社1981年版，第18页。

中出现了对传说概念的最初界定。1923年以后，传说概念成为一种正式的学术名词。

笔者感兴趣的是，为何当时知识分子对传说概念特别在意？他们对传说概念的研究，以及对传说文体的研究都是有意识的，其目的大约在于唤醒民众心灵和民族感情。比如周作人在《童话研究》中讨论到童话教育问题时曾提到："故童话者，其能在表见，所希在享受，撄激心灵，令起追求以上遂也。"[①]童话（包括传说）的重要功能在于鼓舞民心，使他们有更高的追求。胡愈之更直接指出包括传说在内的民间文学中流露出民族共同的思想感情："民间文学是表现民族思想感情的东西，而且又是表现'人的'思想'人的'感情的最好的东西……流露出来的是民族共通的思想感情，不是个人的思想感情。"[②]他说："现在要建立我国国民文学，研究我国国民性，自然应该把各地的民间文学，大规模的采集下来，用科学的方法，整理一番才好呢。"[③]也就是说，知识分子研究民间文学的目的其实在研究国民性，而研究国民性的目的，联系当时的社会背景不难理解，是为了唤醒民众的心灵和思想感情，鼓舞他们建立一个新社会。所以，虽然知识分子从学术研究入手，但他们的目的却在于社会变革，从属性上来说是政治性的。笔者将此称为知识分子的政治关怀。

## 三、现代传说概念的特点及其发生的意义

上述传说概念20年左右的历程，从依附"神话"到与"神话"相区别，从与史学相关到与历史分家，标志着一个新的文体门类的诞生，同时也是一种新的文化观念的诞生。

### （一）现代传说概念的特点

中国现代传说概念与传统文化中的"传说"以及西方的legend、saga等词汇都不同，具有鲜明的特点：

首先，中国现代传说概念与中华历史密不可分。传说中很重要的一部

---

① 周作人：《童话研究》，载吴平、邱明一编《周作人民俗学论集》，上海文艺出版社1999年版，第37页。

② 胡愈之：《论民间文学》，载王泉根评选《中国现代儿童文学文论选》，广西人民出版社1989年版，第690页。

③ 胡愈之：《论民间文学》，载王泉根评选《中国现代儿童文学文论选》，广西人民出版社1989年版，第692页。

分——古史中的传说是史学界首先注意到的，并由古史辨派知识分子进行过深入研究。因此，现代传说概念一开始就带有浓厚的历史学色彩，与历史人物、历史事件密不可分。这里需要说明的是：虽然传说与历史的关系经常被知识分子论述，但这种关系不是天生的，也不是必然的。只是部分内容涉及历史人物和历史事件的传说才具有历史性。比如，美国学者就注意到了与历史无甚关系的当代都市传说。①

其次，现代传说概念与神话概念纠缠不清。现代神话概念的诞生要早于传说。由于神话与传说文体的相似性，不论是历史学家还是文学家，最初都将两者混为一谈。后来，一些知识分子率先认识到传说与神话的区别，但鉴于已有的传统，及传说概念还未明朗化的原因，论著中时而神话、时而传说的情况屡见不鲜。即使在传说概念确立后，现代知识分子的著作中依然存在着以神话代传说的情况。这造成了一种学术传统，即传说概念与神话概念纠缠不清。后世学者常称的"神话传说"就是这种学术传统的一种表现。（当然，传说与神话无法截然分开，这是造成传说概念与神话概念纠缠不清的内因。此问题本书暂不讨论）

再次，现代传说概念的多元性。传说概念产生以后，不少知识分子对其进行过阐释。但只要粗略地考察一下近百年的传说概念的发展史就不难发现：中国学者对传说的界定具有多角度性。有的学者从传说的历史性角度进行界定，有的从传说的文学性角度进行界定，有的从相近文体区别的角度进行界定……几乎没有一种界定能在较长时间内得到众多学者的一致肯定。究其原因，恐怕与传说概念的产生受众多因素的影响有莫大关系。正如前文所述，传说概念的产生，既受中国传统文化的影响，也受西方传说概念的影响。它的萌芽首先由史学界的古史传说研究开始，又由文学家确立起概念。传说概念确立前后的这些情况最终导致了传说概念的多元性。

（二）现代传说概念发生的意义

现代传说概念的发生在学术和文化上都具有重要的意义。

（1）传说概念的确立使传说研究具有了具体对象，使传说学具备了基础

① 参见：[美]布鲁范德著：《消失的搭车客：都市传说及其意义》，李扬，王珏纯译，广西师范大学出版社2006年版。

概念,这是传说学产生和发展的前提条件。

(2) 传说概念的确立,促使知识分子对传说、神话与故事这三种相似文体的区别进行研究,从而使各自概念的界定更加清晰和明确。

(3) 传说概念的确立,丰富了口头叙事文体系统,为这方面的研究打开了新的广阔天地。从文化角度来看,传说是一种蕴含了无数民间知识、智慧、道德、感情等内容的文化载体,传说概念的确立使我们对这一载体的内容、价值和意义的认知更加明确,有利于对它的保护、传承和利用。

# 第二章　现代传说研究的多角度展开

对中国学术文化的发展而言，20 世纪前期是非常重要的。一部分传统学科经历着现代化的转型，比如历史学。更多的现代学科则逐渐萌发，包括人类学、社会学、民俗学等在内的学科都在此时期逐渐发生并初步演进。无论是传统学科的现代化转型还是新学科的萌发，都与现代知识分子的实践密切相关。史学家、文学家、民俗学家、社会学家及人类学家等先后进行了不懈探索，从多方面、多角度展开了传说研究。

## 第一节　史学角度：还原传说

现代传说研究是从史学领域肇始的，因此本章将史学角度的研究放在首位进行论述。史学角度的传说研究以古史辨学者的传说研究为主。古史辨学说形成于 1920—1923 年。顾颉刚在《古史辨》第 1 册《自序》里回顾道："自从读了《孔子改制考》的第一篇之后，经过了五六年的酝酿，到这时始有推翻古史的明了的意识和清楚的计划。"①到 1923 年 5 月 6 日，《读书杂志》第 9 期上刊登了《与钱玄同先生论古史书》一文，在学界掀起了轩然大波，辩论文章相继发表，古史辨学派在论争中形成了。顾颉刚明确指出：

> 我很想做一篇《层累地造成的中国古史》，把传说中的古史的经历详细一说。这有三个意思。第一，可以说明"时代愈后，传说的古史期愈长"。如这封信里说的，周代人心目中最古的人是禹，到孔子时有尧、舜，

---

① 顾颉刚：《古史辨自序》上册，商务印书馆 2011 年版，第 55 页。

到战国时有黄帝、神农，到秦有三皇，到汉以后有盘古等。第二，可以说明“时代愈后，传说中的中心人物愈放愈大”。如舜，在孔子时只是一个“无为而至”的圣君，到了《尧典》就成了一个“家齐而后国治”的圣人，到孔子时就成了一个孝子的模范了。第三，我们在这上，即不能知道某一件事的真确的状况，但可以知道某一件事在传说中的最早的状况。我们即不能知道东周时的东周史，也至少能知道战国时的东周史；我们即不能知道夏、商时的夏、商史，也至少能知道东周时的夏、商史。①

此文无论对历史研究还是传说研究都具有重要意义。它提出古史是层累造成的，引发了古史大讨论，由此拉开了古史辨运动的序幕。古史辨运动将传说从古史中分离出来，进而对传说进行了独立研究。这在传说研究史上的重大意义表现为：传说第一次不依附神话或者古史，而具有了独立的学术地位。这种对于传说的明确而科学的研究，比日本学者柳田国南论及传说与历史关系的论著——《传说论》问世早了十几年。

1926年，《古史辨》第1册结集出版。古史辨的活跃期持续了30多年，杨宽《中国上古史导论》的发表和《古史辨》第7册的出版是此思潮渐近结束的标志。古史辨学说的重要代表人物除顾颉刚外，还有杨宽和童书业。古史辨派力求把与历史融为一体的古代传说与历史史实剥离开来，所以他们清理或分解古史的过程，也就是清理或还原传说的过程。因此，古史辨派学者的研究是传说研究史上不可忽略的重要一环。

## 一、古史辨学派研究的焦点

### （一）尧舜禹的地位及关系问题

尧舜禹的问题，尤其是禹的问题是顾颉刚对古史的最早疑问，也是他研究古史进行辨伪的第一个重要问题，在这方面用力颇深。尧舜禹地位问题的关键是古人对禹的观念及其演变，于是他便把禹的“演进史”作为重点讨论，在《与钱玄同先生论古史书》中阐释道：

---

① 顾颉刚：《古史辨自序》上册，商务印书馆2011年版，第2页。

> 我以为自西周以至春秋初年，那时人对于古代原没有悠久的推测。《商颂》说："天命玄鸟，降而生商。"《大雅》说："民之初生，自土沮漆。"又说："朔初生民，时维姜嫄。"可见他们只是把本民族形成时的人作为始祖，并没有很远的始祖存在他们的意想之中。他们只是认定一个民族有一个民族的始祖，并没有许多民族公认的始祖。
>
> 但他们在始祖之外，还有一个"禹"。《商颂·长发》说："洪水芒芒，禹敷下土方……帝立子生商。"禹的见于载籍以此为最古。《诗》《书》里的"帝"都是上帝。这诗的意思是说商的国家是上帝所立的。上帝建商，与禹有什么关系呢？看这诗的意义，似乎在洪水芒芒之中，上帝叫禹下来布土，而后建国。然则禹是上帝派下来的神，不是人。《小旻》篇中有"旻天疾威，敷于下土"之句，可见"下土"是对"上天"而言。①

根据《诗经》中的记载，当时的人并未将大禹作为始祖，而是民族始祖之外的天神。这位天神用土掩的方式解救下界民众于大洪水的灾难，后来，神禹就留在下界建立了商国。这是对禹的最早记载了。此时的禹是天神。

顾氏认为尧舜的出现比禹晚，这方面的最早记录要数战国时《尚书》中的《尧典》和《皋陶谟》了。因此，他在《讨论古史答刘胡二先生》中说：

> 《诗经》中有若干禹，但尧、舜不曾一见。《尚书》中除了后出的《尧典》《皋陶谟》，有若干禹，但尧、舜也不曾一见。故尧、舜、禹的传说，禹先起，尧、舜后起，是无疑义的……尧、舜的传说本来与治水毫没干系，《论语》上如此，《楚辞》上也是如此。自从禹做了他们的臣子之后，于是他们不得不与治水发生关系了。但治水原是禹的大功，口碑载道，尧、舜夺不得的；没有法想，只得请尧做了一时的矇瞳，由他任鲧治水；等到"九年，绩用弗成"，尧没有办法，就做了尧、舜交替的关键，并为舜举禹的地步。如此，禹的功绩既没有减损，而尧举了舜，舜举了禹，成就了这件事，尧、舜也很有间接的功勋，治水的事是他们合作的成绩了。②

---

① 顾颉刚：《古史辨自序》上册，商务印书馆 2011 年版，第 3—4 页。

② 顾颉刚：《古史辨》第 1 册，上海古籍出版社 1982 年版，第 127 页。

顾颉刚的这段分析描述了尧舜禹地位变化的过程，他总结说："禹是西周中期起来的，尧舜是春秋后期起来的，他们本来没有关系，他们的关系是起于禅让之说上；禅让之说乃是战国学者受了时势的刺激，在想象中构成的乌托邦。"①顾颉刚试图理清尧舜禹三者的关系、地位及其变化，还原禹的本来面貌。他的相关论述是对大禹传说极其精辟的整理和经典的分析。他在《〈古史辨〉第一册自序》中说：

> 就现存的最早的材料看，禹确是一个富于神性的人物，他的故事也因各地的崇奉而传布得很远。至于我们现在所以知道他是一个历史上的人物，乃是由于他的神话性的故事经过了一番历史的安排以后的种种记载而来。我们只要把《诗》《书》和彝器铭辞的话放在一边，把战国诸子和史书的话放在另一边，比较看着，自可明白这些历史性质的故事乃是后起的。②

禹本来是神，但经过一番历史性的安排以后成为历史人物。也就是说，禹的历史人物这个身份是后起的。通过对尧舜禹的神话分析，尤其对禹的身份的确认，顾颉刚验证了他的"层累说"：

> 因为得了这一个指示，所以在我的意想中觉得禹是西周时就有的，尧、舜是到春秋末年才起来的。越是起得后，越是排在前面。等到有了伏羲、神农之后，尧、舜又成了晚辈，更不必说禹了。我就建立了一个假设：古史是层累地造成的，发生的次序和排列的系统恰是一个反背。③

"层累说"有三个要点："时代愈后，传说的古史期愈长"；"时代愈后，传说中的中心人物愈放愈大"；"我们在这上，即不能知道某一事件的真确的状况，但可以知道某一事件在传说中的最早的状况"。遵照这三点，顾颉刚在《我的

---

① 顾颉刚：《古史辨》第1册，上海古籍出版社1982年版，第129页。

② 顾颉刚：《古史辨自序》上册，商务印书馆2011年版，第76页。

③ 顾颉刚：《古史辨自序》上册，商务印书馆2011年版，第64页。

研究古史的计划》中认为，如黄帝、神农、庖牺、三皇、盘古等，出现的时间比尧舜更晚，大约在战国至西汉间，可是他们在古史上的地位却一个比一个更居前，与传说相对照，“恰是一个反背”。

> 古人心中原无史实与神话的区别，到汉以后始分了开来。因为历来学者不注意神话，所以史实至今有系统的记载，而神话在记载上就崭然中绝（在实际上，当然至今没有间断过……）。①

顾颉刚遵循他所发现的这个规律，一方而根据传说的演化去审视和判断史实，另一方而又反过来根据历史演进去分析传说：禹最早见于西周，春秋时又出现了尧舜，战国时又出现了黄帝、神农，秦时又出现了三皇，汉代又出现了盘古。越是后出现的人神，他们的辈分越高或资格越老。而古史的顺序，则恰恰反过来：盘古最晚出现却辈分最高资格最为古老，三皇次之，黄帝、神农再次，尧舜更次，禹的辈分最小。

（二）禹传说的演进过程

“层累说”是顾颉刚的神话观，相应地，他还建立了一套古史传说的研究方法，即“历史演进法”。正像胡适所说的：“顾先生的主要观点在于研究传说的经历”，“这种见解重在每一种传说的‘经历’与演进。这是用历史演进的见解来观察历史上的传说”。②对禹传说历史演进的研究是顾颉刚所做的一个经典案例。

“在顾颉刚的笔下，禹的神话的历史演进，大致有三个时期：(1)南方民族的祖先神禹传入中原时期；(2)尧舜禹的故事粘连在一起的时期；(3)禹与后稷发生关联的时期”。③

根据顾颉刚的研究，在商周时期，禹本是南方崛起的新民族——越族的祖先神。越族所居之地地势低下，容易积水，“有宣泄积水的需要”，④于是他们创

---

① 顾颉刚：《古史辨》第1册，上海古籍出版社1982年版，第215页。

② 胡适：《古史讨论的读后感》，载马昌仪选编《中国神话学百年文论选》上册，陕西师范大学2013年版，第44页。

③ 刘锡诚：《二十世纪中国民间文学学术史》上卷，中国文联出版社2014年版，第251页。

④ 顾颉刚：《古史辨》第1册，上海古籍出版社1982年版，第123页。

作出禹治水的神话传说，并将禹奉为本族的祖先神。后来，禹的神话传说传至与越族地域相邻，生存条件相近的楚地。到了西周中期，禹的神话传说又传到了与楚地来往频繁的中原，并为中原的周民族所接受。到了周穆王末年，《吕刑》上开始有了关于禹的记载。禹成为周族的祖先神之外的天神，“他（禹）不是周族的祖先而为周族所称，不是商族的祖先而亦为商族所称”。[①]禹到中原以后的最初神职是敷土、甸山、治水，顾颉刚把这个时期的禹称为“山川之神”。西周后期，禹的神职扩大了，山川之神之外又兼了社神的职能，治沟恤、事耕稼都算是他的事情了。此时，《大雅》《小雅》《商颂》《鲁颂》中禹的名字和事迹多起来了，民众“说土地是禹铺填的，山川是禹陈列的，对于禹有了一个‘地王’的观念”。[②]这是禹的神话传说演进的第一阶段。

前面已经论及，顾颉刚认为禹的神话传说早于尧舜，前者起于西周中期，后者起于春秋后期。从《论语》和《楚辞》的记载看，本来与治水毫无关系的尧舜传说，到战国时与禹的传说粘连起来了，先起的禹成了后起的尧舜的臣子。这是禹传说演进的第二个时期。顾颉刚认为尧舜禹传说粘连的原因是战国时的政治背景：

> 战国时，各强国的国王都有统一天下的大志，不息的战争攻伐，贵族又是说不尽的豪侈，残伤民命，暴夺民则；人民憔悴于虐政之下，真是创深痛钜。那时的学者看着人民的苦痛，对于政治问题的解决方法非常要求得急切。解决方法最直截的无过革命，革命的事原有汤武的好例在前，所以他们竭力地骂桀纣，颂汤武。但当时人民对于国王，正和现在人民对于军阀一样，虽是疾首痛心到极点，而要自己起来划除他们的势力终是无力的。他们在这般有心无力的境界中，只有把自己的希望构成一种根本解决的想象，做宣传的功夫。根本解决的想象是什么？乃是政治的道德化。他们想象：若有一个道德最好的天子出来，舍弃了一切的权利，他的目的单是要天下安乐，自然可以“天下为公”，没有争夺的事。他们想象：倘若天子的位不是固定的，做天子的必是天下最贤的人，他必能识拔许多贤才

① 顾颉刚：《古史辨》第1册，上海古籍出版社1982年版，第109页。

② 顾颉刚：《古史辨》第1册，上海古籍出版社1982年版，第127页。

做各项的职务，使得天下之民归心，成就最好的政治。这一种想象就是禅让说。①

顾颉刚认为，正是禅让说的鼓吹使尧舜禹的关系坚固起来。

禹传说演进的第三个时期是与后稷传说的关联时期。顾颉刚认为西周人的后稷传说集中反映在《诗经·生民》中。从此诗看，“后稷只是后稷，他没有做帝喾的儿子，没有做禹的辅佐，没有做舜的臣子，也没有做契的同官”。而《鲁颂·閟宫》的“是生后稷……缵禹之绪”与“至于文武，缵大王之绪”，则将禹与周人的先祖耕稼之神后稷联系了起来。缵绪意思是君主继位，也就是说，后稷是在大禹之后继承王位的。“后稷的绪为稼穑，他所由缵绪的禹自然也是稼穑。”因为后稷是耕稼之神，因此禹也就应该是耕稼之神了。“《閟宫》对于禹的态度和《论语》是一致的，它们看得禹是在后稷之前的一个耕稼的人王，对于治水方而反甚轻忽。”②

（三）传说的历史化问题

顾颉刚研究古史传说的目的是将传说从古史中剥离出来，还原古史的真实面貌。因此，传说的历史化问题，即传说中的人物如何成为历史上的帝王和英雄，就成为他研究的一个重点。

在《战国秦汉间人的造伪与辨伪》（1934年）中，顾颉刚说：战国以前的古史“真可谓‘民神杂糅’”，“那时的古史可以断定一半是神话……古史的性质是宗教的，其主要的论题是奇迹说”。③顾颉刚认为古代神话传说发展的大趋势就是传说的历史化，尤其是春秋以后，传说的历史化趋势愈演愈烈，造成了中国古史真假难辨的局面。

神话传说的历史化过程，顾颉刚将其称为“造伪”，就是把传说伪装成历史，把传说人物伪装成历史上的帝王或英雄。他指出，在《大戴礼记》的《五帝德》《帝系姓》诸篇中记载的黄帝及其属系，就是传说历史化的结果。

黄帝本是一个最有权力的上帝，于是他们就把他从天上拉下来

① 顾颉刚：《古史辨》第1册，上海古籍出版社1982年版，第127—130页。
② 顾颉刚：《古史辨》第1册，上海古籍出版社1982年版，第133页。
③ 顾颉刚：《古史辨自序》上册，商务印书馆2011年版，第122—123页。

了。他们说：黄帝生昌意，昌意生颛顼，这是一支；黄帝生玄嚣，玄嚣生蟜极，蟜极生帝喾，这是又一支。靠了这句话，颛顼和帝喾就成了同气连枝的叔侄。二千余年来，大家都以为是黄帝的子孙，原因就在这里。①

这种历史化的过程是相当彻底的，不仅把天帝拉做了人间帝王，把神的系统变成了人的系统，而且"把四方小种族的祖先排列起来，使横的系统变成了纵的系统"。②姜姓的祖先伯益、偃姓的祖先皋陶、嬴姓的祖先益都被放在《尧典》里，与夏祖禹、商祖契、周祖稷并列。太皞、少皞、共工、大庭氏这些不同地域的祖先也都被说成是与颛顼、帝喾一样的古帝王。"这样一来，任何异种族、异文化的古人都串联到诸夏民族与中原文化的系统里，直接把'地图'写成了'年谱'。"③禹同样没有逃脱"历史化"的命运：

禹在古代的传说中，本是平地成天的一个神人。到了这时，既由始皇统一的反映，逼得古帝王的土地必须和他一样广，于是禹的偶像遂重新唤起，而有《禹贡》一篇的著作，把当时的境域分做九州，硬叫禹担此分州的责任。④

顾氏在总结战国秦汉间人的"造伪"运动时说："战国、秦、汉之间，造成了两个大偶像：种族的偶像是黄帝，疆域的偶像是禹。"⑤传说历史化现象的原因很复杂，顾氏总结了几个主要方面：

第一，古人缺乏历史观念，不爱惜史料，因此大量的史料散失了，只能用传说当作历史：

凡是没有史料做基础的历史，当然只得收容许多传说。这种传说有真的，也有假的；会自由流行，也会自由改变。改变的缘故，有无意的，也

① 顾颉刚：《古史辨自序》上册，商务印书馆2011年版，第132页。

②③ 顾颉刚：《古史辨自序》上册，商务印书馆2011年版，第133页。

④⑤ 顾颉刚：《古史辨自序》上册，商务印书馆2011年版，第136页。

有有意的。中国的历史,就集结于这样的交互错综的状态之中。①

古人在缺乏历史观念的同时,还有很深的致用观念。"因为周人有致用观念,所以把凡是值钱的东西都带走了。有因为他们没有历史观念,所以想不到开办一个'故宫博物院'。他们看盘庚以来二百余年卜用的甲骨,正如我们看一大堆废纸似的。"②在致用观念的支配之下,传说就被默认为历史了。"古时虽以孔子之圣知,也曾起过'文献不足'的感叹,但究竟受时代的束缚,惟有宛转迁就于致用的观念之下而已。"③

第二,儒、墨和道家的提倡推进了传说的历史化。孔子对"黄帝四面""黄帝三百年""夔一足"的解释等,"出发点虽在辨伪,但是结果则反而成了造伪:造了孔子的假话和古代的伪史来破除神话"。④墨子的"尚贤""尚同"的政治主张,对社会制度的变化发生了重大影响,"社会组织的大变动,当然对于思想学术有剧烈的影响,古史传说遂更换了一种面目"。⑤最明显的一个例子是,在墨子尚贤主义影响之下,出现了尧舜的禅让故事。尧舜禅让故事是传说"历史化"的一个典型案例。

第三,传说历史化还受了五德始终说的影响。顾颉刚说:"到了西汉的末叶,刘歆作《世经》,又另创了一种五德始终说,从伏羲的木德为始,以五行相生说为次:木生火,故炎帝以火德继;火生土,故黄帝以土德继;土生金,故少皞以金德继;金生水,故颛顼以水德继;水又生木,故帝喾以木德继;木又生火,故帝尧以火德继;火又生土,故帝舜以土德继……这样排下去,从伏羲到汉,这五德的系统共转了两次半,比邹衍的原说,丰富多了。因为中国一切学问都是到东汉时才凝固的,所以他的话非常占势力,所有讲古史的书不提伏羲则已,一提到则未有不说他'以木德王'的。"⑥五德始终说,迎合了帝王们的政治需要,因此大行其道。它不仅严重地掩盖了史实的真相,同样也以一种新的传说系统和政治逻辑,改变了神话传说的本意。

---

① 顾颉刚:《古史辨自序》上册,商务印书馆 2011 年版,第 117 页。
② 顾颉刚:《古史辨自序》上册,商务印书馆 2011 年版,第 116 页。
③ 顾颉刚:《古史辨自序》上册,商务印书馆 2011 年版,第 122 页。
④ 顾颉刚:《古史辨自序》上册,商务印书馆 2011 年版,第 158 页。
⑤ 顾颉刚:《古史辨自序》上册,商务印书馆 2011 年版,第 132 页。
⑥ 顾颉刚:《古史辨自序》上册,商务印书馆 2011 年版,第 147 页。

## 二、古史辨学派研究的意义与缺陷

古史辨学派的传说研究在传说研究史上占据了重要的地位,形成了一个独特的传说研究流派,这里就姑且称作"古史辨传说学派",简称为"古史辨学派"。1957年,徐旭生评价古史辨学派的功绩说:"最大的功绩就是把古史中最高的权威,《尚书》中的《尧典》《皋陶谟》《禹贡》三篇的写定归还在春秋和战国的时候……由于疑古学派(广义的)历史工作人及考古工作人双方的努力,才能把传说时代和狭义历史时代分开。"①这是历史学家的观点。从传说学的角度来看,"古史辨传说学派"研究的意义在于:对古今神话与传说资料进行了认真的辨伪和考释,为传说的进一步研究提供了可资信赖的文献资料。

但古史辨学派对传说的研究也存在很明显的缺陷:

第一,研究方法上的缺陷。古史辨学派学者在研究方法上的重大缺陷是疑古过甚,认为上古史尽是"作伪",这种缺陷同样也反映在传说研究中。从顾颉刚开始,古史辨学派研究传说的目的就在于将传说从古史中剥离出来,还原历史的真实面貌。这样的目的使古史辨学派学者一开始就将传说作为历史的对立面,将其归为"伪史""虚假"的一类东西。虽然他们研究古史中的传说可谓尽心竭力,但他们也把古史中的传说当作"不好"的东西,希望把其从"好"的历史中驱逐出去。这便是古史辨学派的传说研究与其他学者(比如民俗学者)的传说研究的本质区别,也是其最显著的特点。

第二,研究观点上的缺陷。古史辨学派在研究观点也有不少武断之论。比如顾颉刚认为禹是商周时期越民族的祖先神。禹的传说先传播至与越地相邻的楚地,后来又通过楚地与中原的交往而传播到中原,并为周民族所接受。顾先生分析的这一过程实在值得怀疑。夏商周三代是华夏族形成的重要时期,每一朝建立以后都将前朝的土地和人民囊括在内,促进了夏、商、周这三个古老部族的融合。在此过程中,三族产生了共同的民族认同意识。共同的民族意识就意味着排外,正如《左传·成公四年》所言:"非我族类,其心必异。"具有共同民族意识的群体怎能轻易接纳遥远的异族的祖先神呢?更不用说将其奉为地位崇高的天神了。这一过程如果反过来倒是很容易理解:禹本来为中

---

① 徐旭生:《中国古史的传说时代》增订本,科学出版社1960年版,第22页。

原地区民众所信奉的天神，后来在中原民众与吴越民族交往的过程中，禹的传说随着中原比较先进的技术文化、社会制度等一起传播到吴越地区，在当地产生了深广的影响。禹传说中的斩防风情节就很说明问题。防风氏是吴越当地部落首领，在与中原部族交往的过程中，该部族可能被武力征讨，首领被俘甚至被杀。这一段吴越部族被征服的历史在传说中就反映为代表中原势力的禹斩杀了代表吴越势力的防风。

## 三、其他历史学者的传说研究

古史辨学派之外，徐旭生等历史学家也对传说研究贡献颇多。

徐旭生的《中国古史的传说时代》初版于 1943 年，是一本具有很高学术价值的古代史著作和传说学著作。抛却史学上的分歧不论，单从传说研究的角度来看，此书有以下几方面论述值得重视：

第一，指出了什么是"传说时代"，以及"传说时代"的时间结点。"在早期发展的各民族中，它们最初的历史总是用'口耳相传'的方法流传下来的"①，这个时代就是"传说时代"。"我国，从现在的历史发展来看，只有到了殷墟时代（盘庚迁殷约当公元前 1300 年的开始时），才能算进入狭义的历史时代。此前约 1000 余年，文献中还保存一些传说，年代不很可考，我们只能把它叫作传说时代"。②

第二，指出"传说时代"传说与神话混杂的情况，并总结出时代越古，传说中混杂的神话越多的结论。"并且当时神权极盛，大家离开神话的方式就不容易思想，所以这些传说里面掺杂的神话很多"；③"至于传说里面所掺杂神话的多少，大致是越古越多，越近越少。……总之，传说与神话是很相近却互有分别的两种事情，不能混为一谈。"④

第三，还对古史传说流传到民间以后历史价值减少乃至消失的情况进行了论述。"这就像在《三国演义》一书渗入民间以前，广大人民不很知道诸葛亮和刘、关、张诸人的时候，如果民间偶然有关于他们的传说，虽不见于正史，只要与正史不冲突，未必不可信；可是等到《三国演义》渗入民间以后，广大民众

① 徐旭生：《中国古史的传说时代》，科学出版社 1960 年增订版，第 19 页。
②③ 徐旭生：《中国古史的传说时代》，科学出版社 1960 年增订版，第 20 页。
④ 徐旭生：《中国古史的传说时代》，科学出版社 1960 年增订版，第 21 页。

的脑筋中全有这几个人的印象，他们看见有可以捕风捉影的事情，就常常地附会上去。所以从这个时候起，民间再有关于他们几个人的传说，可以说全不能相信为历史上的真正经过。”这段文字可以看作是对民众加工传说材料的过程和传说不断发展演变的过程的论述。徐旭生、苏秉琦合著的《试论传说材料的整理与传说时代的研究》①、郑师许的《中国古史上神话与传说的发展》②也是史学家在传说研究方面的重要论作。

## 第二节　文学角度：廓清概念

传说概念的界定是发生在文学领域的，因此笔者继史学角度之后对文学角度的传说研究进行探讨。1927年，北新书局出版了赵景深的《童话概要》。与周作人的论述相同，此书也是由童话而述及传说。该书认为童话与神话传说是先后发生的，童话是从神话传说转变而来的，神话传说的发生早于童话的发生：

> 童话是从神话传说转变下来的；换一句话说，神话、传说发生较早，童话发生较迟。神话和传说都是民族文学，由民族全体创造出来的，不是一个人创造出来的；并且是口述的，不是笔书的。③
>
> 但原始信仰渐到人民知识开化时便失其效力，于是“信以为真”的故事便不得不改为“当他是真”的故事。这样传说便成了童话。④

赵景深认为神话、传说、童话本质上是一样的：

> 神话、传说、童话三者虽各不同，却又时常相混，其实他们是一个东西。有时一篇故事，可以当作神话，又可以当作传说，又可以当作童话。

① 徐旭生、苏秉琦：《试论传说材料的整理与传说时代的研究》，《史学集刊》第5期，1947年12月。

② 郑师许：《中国古史上神话与传说的发展》，原载《风物志集刊》，中国民俗学会1944年版，现据重庆风物志社版。

③ 赵景深：《童话概要》，北新书局1927年版，第10页。

④ 赵景深：《童话概要》，北新书局1927年版，第12页。

历史上的人物西洋如亚述王、所罗门等人，中国如诸葛亮、包拯等人，都很有吸收神话的能力。其实撒豆成兵、梦游地府都只有神仙能做，倘世上真有神仙的话；现在将神的事拿来加在人的身上便成了传说。①

其中，神话与传说的差别小于神话传说与童话的差别：

至于神话传说，原始人类都极信仰。他们把神话和传说看作严肃的故事。因之神话传说都有时间，地点，人名可据，神话是记神的事，传说是记半神和英雄、伟人的事。这是神话、传说与童话不同的地方……所以神话和传说是"严肃的故事"，而童话是"游戏的故事"。②

赵景深对传说的观点集中表现在两点：第一，神话、传说、童话是先后相继发生的，传说晚于神话；第二，当主人公由纯粹的神转变为具有人性的神、半神、英雄或其他伟大人物时，神话就变为了传说。这两个观点与上一章所述的周氏兄弟的论点较为一致。

1929年，世界书局出版了茅盾的《神话杂论》，对传说也有相关论述：

传说（Legend）也常被混称为神话。实则神话自神话，传说自传说，二者绝非一物。神话所叙述者，是神或半神的超人所行之事；传说所叙述者，则为一民族的古代英雄（往往即为此一民族的祖先或最古的帝王）所行的事……传说内的民族英雄，自然也是编造出来的，同神话里的神一样，可是在原始人的眼中，这些英雄是他们的祖宗，或开国帝皇，而不是主宰自然现象的神。所以传说的性质颇像史传。这便是神话与传说的区别。然因二者同是记载超乎人类能力的奇迹的，而又被原始人认为实有其事的，故通常也把传说并入神话里，混称神话。③

茅盾将讲述"半神的超人"的故事归入神话，而将传说的主人公限定为"一

① 赵景深：《童话概要》，北新书局1927年版，第11页。
② 赵景深：《童话概要》，北新书局1927年版，第10—11页。
③ 茅盾：《神话研究》，百花文艺出版社1997年版，第3—4页。

民族的古代英雄”，由此指出了“传说的性质颇像史传”，论述了传说的历史性特征。此外，茅盾还指出了神话与传说经常被混淆的事实，以及传说被并入神话，共称广义神话的情况。茅盾对神话与传说的主人公的划分或许有待商榷，但他论述了传说的历史性，提出了广义神话的概念，指出了神话传说界定混乱的事实，这在当时都是有针对性的真知灼见。

以上这些文学家，通过相似文体的比较，试图廓清当时知识分子含混使用的“大神话”术语，为传说学的发展创造了条件。除了上述几位集中于传说与其相类似文体的区别上，还有一些注意到了具体的传说专题，比如赵景深的《徐文长故事与西洋传说》。除赵景深外，胡适也对传说专题，如“包公传说”进行过研究。他在《〈三侠五义〉序》中提出了“箭剁式的人物”，并进行了较为详细的说明：

历史上有许多有福之人。一个是黄帝，一个周公，一个是包龙图，上古有许多重要的发明，后人不知道是谁发明的，只好都归到黄帝的身上，于是黄帝成了上古的大圣人。中古有许多制作，后人也不知道究竟是谁创始的，也就都归到周公的身上，于是周公成了中古的大圣人，忙的不得了，忙的他“一沐三握发，一饭三吐哺”！

这种有福的人物，我曾替他们取个名字，叫做“箭垛式的人物”；就同小说上说的诸葛亮借箭时用的草人一样，本来只是一扎干草，身上刺猬也似的插着许多箭，不但不伤皮肉，反可以立大功，得大名。[①]

联系到包公断案的传说，胡适进一步解释道：

包龙图——包拯——也是一个箭垛式人物。古来有许多精巧的折狱故事，或载在史书，或流传民间，一般人不知道他们的来历，这些故事遂容易堆在一两个人的身上。在这些侦探式的清官之中，民间的传说不知怎样选出了宋朝的包拯来做一个箭垛，把许多折狱的奇案都射在他身上。

① 胡适：《胡适文存3》，外文出版社2013年版，第293页。

包龙图遂成了中国的歇洛克·福尔摩斯了。①

“箭垛式的人物”的提出，对传说研究有重要意义，它直接指向了传说的认同功能。传说是民众集体创作的，他们往往把同一类行为和情节安置在某一人物身上，使某种性格在该人物身上强化并定型下来。而强化的过程其实就是民众认同形成的过程，比如：黄帝成为箭垛式人物体现了华夏各族追求融合统一的心理，包公成为箭垛人物体现了民众追求公平和正义的心理。

## 第三节　民俗学角度：开拓视野

继史学和文学之后，民俗学者也从民俗学角度展开传说研究，其中重要的知识分子首推由历史学家成长为民俗学家的顾颉刚先生。

作为民俗学家的顾颉刚，在孟姜女传说研究中着力颇多，这一点笔者在下一章将重点介绍。除了孟姜女传说研究之外，顾颉刚也注意过地方传说。1928年9月的《文学周报》第七卷合订本刊登了顾颉刚先生的另一篇重要文章——《论地方传说——〈两广地方传说〉序》。在这篇文章里，顾颉刚先生首次明确地从解释功能角度对传说的产生进行了论述：

> 他们最美妙的想象是神，所以他们的事物解释就是他们的泛神论。他们在无数古人中只认得几个古人，所以他们所解释的事物的主人说来说去总是这几个。事物是最美妙的，人物是大家认识的，所以一种解释出来，便会给大众所乐道，成为世代相传的传说。②

这段文字不仅指出传说的解释功能，还将传说的诞生与民众信仰结合起来，并以此解释了传说能被广泛接受和流传的原因。

作为史学家出身的民俗学家的顾颉刚，传说是其着力研究的对象，他的主要着眼点在传说与历史的关系、传说的解释功能这两方面。顾颉刚还从学科

① 胡适：《胡适文存3》，外文出版社2013年版，第293页。

② 顾颉刚：《论地方传说——〈两广地方传说〉序》，载《文学周报　第七卷（第326—350期）》，上海书店1929年版，第883页。

建设的角度，倡导进行全面的、系统的、长期的传说研究，并提出到民间去研究传说的思路。顾颉刚先生对传说的研究，既有专题性质的研究，也有宏观的整体研究，是20世纪前期中国传说研究的杰出代表。

与文学家、史学家相比，民俗学家的研究更为细致。1928年，《民俗》周刊第1期刊登了夏廷棫所作的传说研究文章——《环境与神仙传说》。此文提出了"神仙传说"的概念，并论述了传说的产生与环境的关系，认为奇异幽远的环境能促发传说的产生："山水既然隐秀，我们日夕和它接触，自要令人发生一种缥缈的思想；而这种神仙传说就起来了。"①"总之奇异幽远的地方，有产生仙界冥想、传说的可能，这是一件很显然的事呵。"②此文独辟蹊径，从环境问题入手探讨传说的产生，虽然结论未必能让人信服，但观点却令人耳目一新，有开拓研究视野的作用。

1928年《民俗》周刊发表了容肇祖的《传说的分析》一文，从消遣娱乐的角度论述了传说的产生：

> 历史上的故事，每每是平平无奇，而人们的娱乐，是需要奇异的事迹。崇拜与惊异，梦想与胡猜，自然会把一切的旧事或古迹成了莫大的神奇，而撒谎和笑话，也是柴积日黄的绝好消遣品，时间的逐渐过去，故事逐渐增多，平庸的历史一天剥落似一天，而柴积日黄的余谈，便要占据人们的脑海了！③

因为历史事实平淡无味，基于消遣娱乐的需要，民众制造了神奇的传说。随着神奇的传说愈来愈多，事实就愈来愈少。这种消遣说也颇为新颖。当然对传说的产生和传说入侵历史过程的解释也可以看作对传说的消遣娱乐功能的论述。

1928年第11、12月号的《大江月刊》发布了钟敬文的《楚辞中的神话和传说》。1930年，《楚辞中的神话和传说》作为中山大学民俗学会丛书之一出版单

---

① 夏廷棫：《环境与神仙传说》，《民俗》1928年3月第1期，第35页。

② 夏廷棫：《环境与神仙传说》，《民俗》1928年3月第1期，第36页。

③ 容肇祖：《传说的分析》，载宋文坤等选编《民俗选粹》，辽宁大学出版社2001年版，第22页。本文原载《民俗》1928年第47期（民俗专号）。

行本。该书第七章为《英雄传说及其他奇迹》，提出了“英雄传说”的概念。

此外，在传说研究方面比较活跃的民俗学家还有黄石和江绍原。1930 年 7 月，在《妇女杂志》16 卷 7 号上，黄石发表了《桃花女的传说与民间的婚俗》一文。他从传说与民俗的关系入手，论述到了传说的解释功能：“概括言之，传说与民俗的关系，大约不外两种：（一）先有一种礼制风俗流行于民间，然后民众造作一种传说，来说明它的来源或意义。质言之，就是先有事实，后有传说。”①

黄石注意到的传说的解释功能比较单一，只集中于传说对礼制风俗的解释上。黄石的其他研究成果还包括：《月亮的神话与传说》（《北新》4 卷 16 号，1930 年 8 月）、《关于龙的传说》（《青年界》1 卷 2 号，1931 年 4 月）、《关于植物的神话传说》（《青年界》2 卷 2 号，1932 年 9 月）、《烂柯山传说的起源与转变》（《太白》2 卷 2—3 期，1935 年 4 月）。

江绍原的研究集中于古代传说上，如《玉传说探讨》（《鞭策》周刊第 2 卷 3—5 期，1932 年 9 月）、《关于殷王亥传说的研究》（《华北日报》“中国古占卜术研究”专刊第 16、17、18、19、20 辑，1936—1937 年）等。这些都是有价值的文章。

民俗学家的传说研究集中表现出热衷于研究具体问题的倾向，开拓了传说研究的视野。比如上述的“神仙传说”“英雄传说”和“地方传说”，这是民俗学家研究传说概念时的特点。他们深化了传说概念的内涵，并坚持到民间采风调查。与文学家和史学家努力区别神话与传说的概念、历史与传说的概念不同，民俗学家更加重视传说的功能和历史特性，力图在更为广阔的背景中来理解和研究传说。

## 第四节　社会学-民族学角度：走向田野

从 1928 年起，蔡元培主持的中央研究院民族学组开展了对广西瑶族、台湾高山族、黑龙江赫哲族、湖南苗族、浙江畲族、海南岛黎族、云南彝族等民族的实地调查。②从 20 世纪 30 年代起，一些在国外学习文化人类学、社会学、民

① 黄石：《黄石民俗学论集》，上海文艺出版社 1999 年版，第 215 页。

② 陈永龄、王晓义：《二十世纪前期的中国民族学》，《民族学研究》第 1 辑，民族出版社 1981 年版。

族学的留学生，如吴文藻、杨堃、林惠祥、杨成志、费孝通、李安宅等，纷纷回国从事教学和研究工作，他们将国外现代人文科学多种学派的理论方法传入中国，或培养学生、或开展研究，为建立现代科学意义上的中国人文科学打下了坚实的基础。20世纪20—40年代，一些知识分子深入偏远地区和少数民族地区进行社会调查，记录了一些极有价值的民间文学资料。①神话传说是其搜集研究的重要内容。这一派被称为“社会-民族学派”，他们的研究集中于西南地区，重要论文包括：岑家梧的《槃瓠传说与瑶畲的图腾制度》②、吴泽霖的《苗族中祖先来历的传说》③、楚图南的《中国西南民族神话的研究》④等。

这一派学者常运用的方法是比较法，“在文化人类学的范围内，语言的比较，当然是非常重要的方法，但是风俗、传说及神话的比较，也是非常有价值的”。⑤他们用不同民族之间的神话传说的比较来说明社会的衍进、人类的发展：

> 比较民族间的神话传说及故事，美国人类学派极为重视，因为从他们共同的传说或故事中，可察见部落间相互影响的证据。这种研究的方法，普通称为人类学的历史方法。它并不顾到部落内的神话所表现的历史价值，不述及神话在部落中的作用，也不去讲求神话的文学价值。这种方法仅是把神话的各种事节作一种客观的比较，借可明白民族的隶属及部落流动的途径。
>
> ……
>
> 关于人种的来源，各民族间都有不同的神话传说，惟其中常有若干类似之点。例如洪水泛滥，少数被神鬼所宠爱者的得救，兄妹结婚，等等，贵州苗族中这类的神话也很多，但是中心思想与世界上若干民族所流行的

---

① 刘守华、陈建宪：《民间文学教程》，华中师范大学出版社2002年版，第13页。

② 岑家梧：《槃瓠传说与瑶畲的图腾制度》，《西南民族文化论丛》，岭南大学西南社会经济研究所1949年版。本文原载于《责善》半月刊，1941年第6期。

③ 吴泽霖：《苗族中祖先来历的传说》，载吴泽霖、陈国钧等《贵州苗裔社会研究》，贵州文通书局1942年版。原载《革命日报　社会旬刊》1938年第4、5期。

④ 楚图南：《中国西南民族神话的研究》，载《西南边疆》1938—1939年第1、2、7、9期。全文约2.3万字，共分为五个部分：绪言、金马碧鸡的神话、西南民族的人祖神话、土主庙、星回节的传说。

⑤ 吴泽霖：《苗族中祖先来历的传说》，载马昌仪选编《中国神话学百年文论选》上册，陕西师范大学出版社2013年版，第225页。原载《革命日报　社会旬刊》1938年第4、5期。

传说，颇有相同的地方。兹将花苗及黑苗中的神话录后，以供民族学者的参考。①

这派学者将少数民族的神话传说当作史料来运用，比起文学价值来，他们更看重神话传说的历史价值：

我们现在所有关于西南民族的史料，大部分还只是神话或传说。在中国民族的古史中，这些神话或传说也实在别开生面，丰饶而美丽。不单是在文学上极有价值，还是没有被开垦被耕耘过的处女地；即就历史的、考古的或民俗学的见地说，也是极为珍贵的资料，本编即拟根据于这个目的，作一种初步的尝试，最先尽其可能的将西南民族的神话或传说加以搜集、分类、整理，并约略给以一种合理的解释，也尽其可能的将它拿来和别种民族的神话和传说，互相对证、比较，或者探究出它们之间的相互关系。②

社会学和民族学学者对西南地区神话传说的研究有如下的特点：第一，他们比历史学家、文学家、民俗学家更重视田野调查，可以说是完全走向了田野；第二，他们的首要目的也并不是神话传说本身，他们看重的是神话传说背后的历史学和考古学的价值；第三，在他们的研究中，神话传说混为一体，难分彼此；第四，比较法是他们常用的方法，因此他们并不注重对单一神话传说进行完整的研究，而是对几个神话进行横向的比较研究。

## 结语：走向深化、走向田野的传说研究

前文把 20 世纪前期的传说研究进行了粗略的归类，分为：历史学角度、文学角度、民俗学角度和社会学-民族学角度，大致是以知识分子首要或主要的学术领域进行分类的，并以传说研究发生的先后进行排列。20 世纪初的资产

① 吴泽霖：《苗族中祖先来历的传说》，载马昌仪选编《中国神话学百年文论选》上册，陕西师范大学出版社 2013 年版，第 225—226 页。原载《革命日报　社会旬刊》1938 年第 4、5 期。

② 楚图南：《中国西南民族神话的研究》，载马昌仪选编《中国神话学百年文论选》上册，陕西师范大学出版社 2013 年版，第 235—236 页。原载《西南边疆》1938—1939 年第 1、2、7、9 期。

阶级历史学家对古史的辨伪研究将知识分子的目光吸引至传说领域，其后，古史辨学派进一步对古史领域内的传说进行了深入研究，并努力将传说从古史中还原出来，古史中的传说因此获得了独立的地位。但此时的传说研究基本上是在书斋里进行的。传说概念最早的界定发生在文学领域，此后的文学家从相似文体的区别角度对传说进行了比较研究，也有一些文学家对人物传说专题初步产生了兴趣。但是，因为文学家的研究重点并不在传说上，所以传说在文学领域并未获得独立的地位，而且文学家对传说的研究也大都集中在书斋里。民俗学家的传说研究范围更广阔，也更深刻，而且往往集中于单个的传说材料或传说理论，是传说研究的纵深发展。与历史学家和文学家相比，民俗学家较重视传说的田野调查，使传说研究初步走出书斋，走向田野。与民俗学家重视田野调查相关，他们所研究的传说大部分都是流传在民间的，而不是单纯记载在古籍上的，是真正的“民间传说”。不少民俗学家的研究重点在传说上，并基于这一点对传说、故事、神话进行了比较研究，努力摆脱当时学界普遍存在的“大神话”（传说、神话不分，统称“神话”）现象，为传说研究的独立、传说学的发展创造了条件。因为缺少本民族的文字，西南地区少数民族的神话传说没能大量载入古籍，所以社会学-民族学学者的神话传说研究必须以田野调查为基础。可以说，社会学-民族学角度的传说研究使20世纪前期的传说研究真正走向了田野。

由上观之，20世纪前期传说研究的一个规律是：从初步研究走向深入研究，从书斋研究走向田野研究。从书斋研究走向田野研究的一个重要表现就是：民间传说材料的大量搜集和研究。中国现代传说研究始于书斋，当时进入到知识分子视野的大多是书面记录的传说文本，直到歌谣运动兴起以后，知识分子才开始注意搜集流传在民间的传说资料，民间传说才进入传说研究领域。从20世纪初的古史辨伪领域开始，传说研究一步步深入，逐渐进入到文学领域、民俗学领域和社会学、民族学领域，传说概念与理论也获得了长足发展，可谓从初步研究走向深入研究了。

中国现代传说研究始于20世纪初，到20年代中期现代传说学初步建立起来。但现代传说学从建立开始就先天不足。表现如下：第一，最初的传说研究是与古史研究、神话研究混合在一起进行的，当传说研究从古史中逐渐独立出来，却没能完全摆脱与神话混杂的状况。这导致了日后传说研究长期依附神话研究的情况，影响了传说学的独立发展；第二，20 世纪前期的传说研究在多个领域共同进行的状况实际上削弱了传说研究的力量，导致各领域的学者都没有将传说视为本领域的独特文体而给以足够的重视，也影响了各领域学者建立传说学的自觉性。

# 第三章　现代传说专题研究

20世纪前期传说研究中最大亮点之一就是对传说专题的研究，主要包括孟姜女传说、祝英台传说、徐文长传说这三个人物传说专题和地方传说专题。本章试图对这些传说专题研究进行梳理。现代知识分子对传说专题的重视体现了他们对当时社会热点问题的关注，如男女平等、婚姻自由、个性解放等。

## 第一节　孟姜女传说专题研究

孟姜女传说研究是中国传说研究史和民间文学研究史上第一个重要的专题研究，它具有多方面的开创意义和典范价值。

### 一、孟姜女传说研究概述

（一）顾颉刚的孟姜女传说研究

孟姜女传说专题的研究是在顾颉刚先生的倡导下进行的。就20世纪20年代的相关研究成果来看，也没有哪一个知识分子在孟姜女传说方面的研究能超越顾氏。因此，本章首先梳理的是顾颉刚在此方面的研究。

1.《孟姜女故事的转变》

顾颉刚对孟姜女传说的关注起于20世纪20年代初。1921年冬，他在《通志·乐路》中读到《琴操》的一段话，知道了孟姜女故事由经传中的数十言演变成了稗官的万千言；一年多以后，顾氏点读姚际恒的《诗经通论》，知道了"孟姜"在齐国是对美而贤的女子的通称。于是他辑录了相关资料，整理出一个大体的变迁线索。1924年11月，顾颉刚因《歌谣》周刊的邀请，写出了长达1.2万字的《孟姜女故事的转变》。在此文中，顾颉刚将从春秋到北宋的孟姜女传说的发展进行了材料的罗列，勾勒孟姜女传说转变的大致轮廓。该文在《歌谣》周刊69期上刊出以后立刻引起了学术界的关注。之前从来没有一个知识分子如顾颉刚这样将一个小小的民间传说做成一篇大文章，正像刘复的称赞："你用第一等史学家的眼光与手段来研究这故事；这故事是2 500年来一个有价值的故事，你那文章也是2 500年来一篇有价值的文章。"①虽然多少有点夸张，但刘复的言论大概也能代表当时学界对孟姜女传说的评价。此文的价值首先并不在于对孟姜女传说轮廓的勾勒（因为早在《日知录》中，就已经排列好孟姜女传说的转折了），而在于他对情节转变的解释。钟敬文在1925年4月写给顾颉刚的信中说："你的那篇文章不在言人之所不知言，而在言人之所不能言。"这里所指的"不能言"即顾颉刚首次从学术上阐释了传说随时代发展而变化的情况：

> 研究孟姜女故事的结果，使我亲切知道一件故事虽是微小，但一样地随顺了文化中心而迁流，承受了各地的时势和风俗而改变，凭借了民众的情感和想象而发展。又使我亲切知道，它变成的各种不同的面目，有的是单纯地随着说者的意念的，有的是随着说者的解释故事节目的要求的。更就这件故事的意义上看去，又使我明白了它的背景和替它立出主张的各种社会。②

也就是说，孟姜女传说情节转变是时代、风俗、民众情感等因素共同作用的结果，情节变化的背后有复杂的社会原因和心理原因。

《孟姜女故事的转变》一文开了孟姜女传说研究的先河。顾颉刚对孟姜女传说的演变进行了较为详细的考辨，号召学者们整理民间传说，建立古今传说体系：

> 孟姜女的故事，论其年代已经流传了2 500年，按其地域几乎传遍了中国本部，实在是一个极有力的故事。可惜一班学者只注意于朝章国故

① 刘复：《敦煌写本中之孟姜女小唱》，《歌谣》1925年第83期。

② 顾颉刚：《古史辨自序》上册，商务印书馆2011年版，第80页。

而绝不注意于民间的传说，以至失去了好多好的材料。但材料失去了许多，至于古今传说的系统却尚未泯灭，我们还可以在断编残简之中把它的系统搜寻出来。

作为史学家的顾颉刚把传说从历史中分离，并指向民间，为传说的民俗研究开辟了新途径。此后，顾颉刚逐渐成长为民俗学家。

可惜的是，《孟姜女故事的转变》一文只叙述到南宋，还未完成。顾颉刚本来打算继续做完，但此文一出，从各方面汇集了各种有关孟姜女的材料，顾颉刚感觉到以个人的力量不能穷尽所有的材料，因此决定先从小问题着手，一点一点汇聚成一篇大文章：

我正因事务的忙冗未得续做下去时，许多同志投寄来的唱本、宝卷、小说、传说、戏剧、歌谣、诗文……已接叠而至，使我目迷耳乱，感到世界的大，就是一件故事也不是我一个人的力量所能穷其涯际的，于是我把作成一篇完整文字的勇气打消了。我愿意先把一个一个的小问题作上研究，等到这许多小问题都研究完了时再整理出一篇大论文来。①

孟姜女传说研究是顾颉刚民俗研究中一个非常重要的专题，也是20世纪前期传说研究中第一个重要的专题，其研究的主要特点是伴随着社会变迁的传说变迁研究。在《〈古史辨〉第一册自序》中，顾颉刚这样概括自己的研究过程：

但我原来单想用了民俗学的材料去印证古史，并不希望即向这一方面着手研究。事有出于意料之外的，十年冬间，我辑集郑樵的《诗》说，在《通志·乐略》中读到他论《琴操》的一段话……杞梁之妻即孟姜女，孟姜女有送寒衣和哭长城的故事，这是我一向听得的，但没有想到从经传的数十言中会得演成了稗官的万千言。我读了这一段，使我对于她的故事起了一回注意。过了一年多，点读姚际恒的《诗经通论》，在《郑风·有女同

---

① 顾颉刚：《古史辨自序》上册，商务印书馆2011年版，第79页。

车》篇下见到他的一段注释……这几句话又给我一个暗示，就在简端批道："今又有哭长城之孟姜。"经了这一回的提醒，使我知道在未有杞梁之妻的故事时，孟姜一名早已成为美女的通名了。我惊讶其历年的久远，引动了搜辑这件故事的好奇心。事情真奇怪，我一动了这个念头，许多材料便历落地奔赴到我的眼前来。我把这些材料略略整理，很自然地排出了一个变迁的线索。

可见，顾颉刚对孟姜女传说的研究主要关注的是孟姜女传说随社会发展变迁而演变的过程。

2.《孟姜女故事研究》

1926年春，顾颉刚在《〈古史辨〉第一册自序》中续写了孟姜女研究的第二篇文章。该文的第一部分先发表在1926年《现代评论》的第75—77期上。1927年1月，包括第一部分在内的全文发表在《现代评论》两周年增刊上，题为《孟姜女故事研究》。《孟姜女故事研究》分为三部分。第一部分"孟姜女故事历史的系统"，是在《孟姜女故事的转变》一文的基础上充实材料，修正观点，其对孟姜女传说材料的发展进行了历史梳理，从《左传》一直写到清代乃至20世纪20年代，是纵向排列的历史脉络；第二部分"地域的系统"分析了孟姜女传说的发生、成型与定型三个阶段的所在地及地域传承脉络，涉及的地域包括山东、山西、陕西、湖北、直隶（今河北）、京兆（今北京）、奉天（今辽宁）、河南、湖南、云南、广东、广西、福建、浙江、江苏等省市，并以山东、河北、陕西、湖南、江苏为孟姜女传说的中心；第三部分是"研究的结论"，总结了6条具有普遍意义的结论：传说的传播与文化中心的迁移有关；传说的发展与历代的时势、风俗有关；传说的发展与民众的感情和想象有关；不同地区同一人物传说的具体情节内容并不一样；传说的情节内容因民众的解释的需要而发展；传说的不同情节内容体现了民众与士流的不同思想。

"研究的结论"部分体现了顾颉刚在传说研究方面的一些精辟观点，其中有三点尤其值得重视：

第一，顾颉刚对传说的流变性有清晰的认知。他在第4条结论中说："故事是没有固定的体的，故事的体便在前后左右的种种变化上。"这里，实际上指出了传说的流变性特征。正是基于传说的流变性，顾颉刚批判了传统士大夫对传说的错误做法：一是硬并，二是硬分，不是“把向来不同的传说合并到一条线上”，就是“要把变迁的面目不同的传说分别为漠不相关的两件事”[①]。顾颉刚不仅予以批判，还总结出“不立一真，惟穷流变”的传说研究原则。“又如去年考的孟姜女，知道她起初是却君郊吊，后来变为善哭其夫，后来变为哭夫崩城，最后变为万里寻夫。这样的‘不立一真，惟穷流变’地做去，即使未能密合，而这件故事的整个的体态，我们总可以粗粗地领略一过。”[②]

第二，顾颉刚还认识到传说是一个随物赋形的开放系统，它可以领受来自各个阶层的文化与思想，尤其是底层民众的文化与思想。所以，在第3条结论中顾颉刚总结说：“所以与其说是这件故事中加入外来的分子，不如说从民众的感情与想象上酝酿着这件故事的方式。”顾颉刚认为，孟姜女传说中，由哭夫崩城到旷妇寻夫转变的原因是“民众的情感中为了充满着夫妻离别的悲哀，故有捣衣寄远的诗歌，酝酿为孟姜女寻夫送衣的故事”。而以送寒衣为中心代代相传的传说形成的原因，也正是由于民众将思妇伤离别的一种普遍感情都寄托到了孟姜女身上了，“因为她汇集种种的悲伤之情于一身，所以她的人格就格外的显得伟大了”![③]

第三，顾颉刚对解释性传说有了初步的认知。结论第5条认为许多传说情节的产生不过是因为“解释的需要”罢了，而没有其他更复杂的深刻含义。这个体认实际上触及了众多传说情节产生的普遍原因——民众解释的需要。因解释而产生的传说，也就是后来学者们所区分的解释性传说。

1926年，顾颉刚离开北京到广州中山大学。1927年11月，中山大学语言历史学研究所发起成立民俗学会，同时开始编辑“民俗学会小丛书”。顾颉刚将此前在刊物上发表的《孟姜女故事的转变》和《孟姜女故事研究》两文辑为一册，题为《孟姜女故事研究集》第1册，作为《民俗学会小丛书》之一于1928年4月出版。后来又陆续出版了第2册、第3册。这3册《孟姜女故事研究》于20世纪80年代初被顾颉刚先生的助手王煦华重编，除前3册原样未动之外，补充辑选了3册之外的几篇孟姜女传说文章和顾颉刚的14篇读书笔记，作为第4册。

---

① 顾颉刚：《孟姜女故事研究集》，上海古籍出版社1984年版，第34页。

② 顾颉刚：《答李玄伯先生》，载《民国丛书第4编65历史·地理类 古史辨》（第一册），朴社1926年版，第273页。原载《现代评论》1925年2月1卷第10期。

③ 顾颉刚：《孟姜女故事研究集》，上海古籍出版社1984年版，第119页。

（二）其他学者的孟姜女传说研究

除了顾颉刚之外，也有一些知识分子对孟姜女传说进行过研究。比如在1923年12月1日，吴立模就撰写了《孟姜女故事的转变》一文，并发表在文学研究会会刊《星海》上。文章梳理了不同时期孟姜女传说的材料，指出："杞梁同万喜良，杞良之妻同孟姜女的确都是一人，不过他们的转变是渐渐而不是骤突罢了。"①当然，吴立模写作此文也是受到了顾颉刚的委托。1923年冬天，上海文学周报社要出百年纪念特刊，当时顾颉刚正准备北上，不得不将收集的材料委托吴立模作文，这就是后来的《孟姜女故事的转变》。

许多知识分子加入到孟姜女传说的研究中都是由于顾颉刚的号召。顾氏利用《歌谣》周刊和《国学门》周刊的阵地，不仅以专号的方式从事孟姜女传说研究，还号召所有的读者帮助收集材料，吸引了一大批人关注孟姜女传说。其中《歌谣》周刊推出了9个"孟姜女专号"。《歌谣》周刊停刊以后，北京大学研究所的《国学门》周刊上继续编发关于孟姜女的文章，先后推出了7期专号。顾颉刚还在几乎所有编发的通信上加按语，发表看法或加以考证，甚至进行讨论。20世纪20年代的孟姜女传说研究可以说是"众人拾柴火焰高"，很快掀起了研究的高潮。其中重要的孟姜女传说研究文章除前述几篇外，还包括：顾颉刚的《杞梁妻的哭崩梁山》（《歌谣》周刊第86号，1925年）、顾颉刚的《〈孟姜女十二月歌〉与〈放羊调〉》（《歌谣》周刊第90号，1925年）、顾颉刚的《杞梁妻哭崩的城》（《歌谣》周刊第93号，1925年）、郑宾于的《孟姜女在〈元曲选〉中的传说》（《国学门》周刊第2期，1925年）、钱肇基的《黄世康〈秦孟姜碑文〉考》（《孟姜女故事研究集》第2册，1929年）、郑鹤声的《孟姜女事迹考略》（《孟姜女故事研究集》第2册，1929年）、徐玉诺的《孟姜女边塞风沙》（《孟姜女故事研究集》第2册，1929年）等。

此外，以通信的方式提供材料或探讨问题的文章还有很多，如：《送寒衣的传说与俗歌》（钟敬文）、《广东海丰的孟姜女传说》（钟敬文）、《李白诗中的崩山之说》（钟敬文）、《〈小浮梅闲话〉中之孟姜女与范夫人》（钟敬文）、《〈曹娥碑〉中之哀姜》（刘策奇）、《文人的兴会与传说》（郭绍虞）、《情史及戏曲大全中之孟姜女》（钟敬文）、《杞梁姓名的递变与哭崩之城的递变》（魏建功）、《〈畿辅通志〉中

① 顾颉刚：《孟姜女故事研究集》，上海古籍出版社1984年版，第87页。

的孟姜女》(郑孝观)、《曹娥江铁桥的传说》(何植)、《安肃县的浣衣塘》(兼士)、《绥中县的孟姜祠》(程树德)、《挡子镇河口的故事及其他》(崔渔汀)、《〈广烈女传〉中的杞植妻和杞梁妻》(郑孝观)、《孟姜女故事与〈美孟姜〉歌》(谷凤田)、《胶东道的孟姜女古迹》(马祥福)、《福佬民族的孟姜女传说及其他》(钟敬文)、《〈哭泉孟姜女祠记〉及其他》(郑孝观)、《乾城歌阙中的孟姜女哭长城》(谷凤田)等①。

## 二、孟姜女传说的研究意义

(一) 孟姜女传说专题研究是中国现代传说学起步的重要标志之一

到孟姜女传说专题如火如荼地展开时,中国现代传说研究发展脉络已经基本清晰了:它肇始于20世纪初的古史辨伪运动中。1910年,现代"传说"作为一个词汇正式出现;1913年,周作人对传说概念进行了初步界定;1921—1923年,胡愈之、周作人、鲁迅对传说概念进行了进一步探讨,使其成为一种正式的学术名词;而孟姜女传说专题研究成果的集中发表则标志着现代传说学的正式起步。一门学科的起步有几个重要因素,比如要有一群致力于本学科相关问题研究的学者,要有稳定的研究阵地,要有较多研究成果发表。而到20世纪20年代末,中国现代传说学已经有了以从历史学家成长为民俗学家的顾颉刚为代表的一批知识分子,他们以《歌谣》周刊和《国学门》周刊为主要阵地,就传说的概念、传说与相近文体的区别,以及传说专题问题等进行研究并发表了大量研究成果,尤其是前后16期的《孟姜女专号》。因此,笔者认为孟姜女传说研究的发生可以视为中国传说学起步的重要标志之一。只是彼时"传说学"之名还没有广为人知,甚至顾颉刚等民俗学者也未能清晰地判断出他们所从事的研究的重要意义。

(二) 孟姜女传说专题研究开创了新的研究方法

1. 孟姜女传说研究开创了"历史—地理"的新研究方法

孟姜女传说在我国流传了2 500多年,几乎遍布全国各地,其材料在流传过程中不免散失、粘连,以至于传说的面貌模糊不清。顾颉刚对孟姜女传说的研究主要有两条途径:一是通过纵向的即历史文献的时序整理;二是通过横向

---

① 顾颉刚:《孟姜女故事研究集》,上海古籍出版社1984年版。

的即传说在不同地理空间分布的爬梳、比较。这是前人没有使用过的方法，没有做过的事情。1924 年写《孟姜女故事的转变》时，顾颉刚只采用了纵的方法，即只对孟姜女传说进行历史考察。这种历史考察的方法是顾颉刚自己史学专业领域的常用方法，是他初步的和下意识的选择。而且，顾颉刚研究孟姜女传说的最初目的也并不在传说，而是想用传说的材料去研究古史。

但到 1926 年写作《孟姜女故事的研究》一文的时候，顾颉刚手里的材料极大地丰富起来。9 期《歌谣》周刊的《孟姜女专号》之外，他还亲自从 1924 年的暑假开始搜集孟姜女在各地流传的材料，3 年中积累了大量的孟姜女传说在地理分布上的材料，这是民俗学的研究方法。于是，在历史考察的同时，他也对孟姜女传说进行了地理考察，得出了孟姜女传说是一个由中心向四方传播的结论，并整理出"不同的地域系统"，也就是《孟姜女故事研究》中的第二部分，正如他在《孟姜女故事研究的第二次开头》中所说的那样：

> 上一年所发见的材料，纯是纵的方面的材料，是一个从春秋到现代的孟姜女故事的历史系统。我的眼光给这些材料围住了，以为只要搜出一个完全的历史系统就足以完成这个研究。这时看到了徐水县的古迹和河南的唱本，才觉悟这件故事还有地方性的不同，还有许多横的方面的材料可以收集。于是我又在这个研究上开出了一个新境界了！①

2. 孟姜女传说研究开创了"用历史的眼光看历史，用传说的眼光看传说"的新研究方法

孟姜女传说是一个典型的历史悠久的古老传说，传说中有历史，历史中有传说。研究这类传说，将历史从传说中分离出来是其首要难题。于是，顾颉刚创造出了"用历史的眼光看历史，用传说的眼光看传说"这一方法。他在《〈广列女传〉中的杞植妻和杞梁妻·颉刚按》中说：

> 传说与历史打混，最是讨厌的事。从前的人因为没有分别传说与历

① 顾颉刚：《孟姜女故事研究集》，上海古籍出版社 1984 年版，第 95 页。原载《国学门》周刊 1925 年 10 月 14 日第 1 期。

史的观念，所以永远缠绕不清，不是硬并（杞梁妻与孟姜为一），便是硬分（杞梁妻与孟姜为二）。现在我们的眼光变了，要用历史的眼光去看历史（杞梁妻的确实的事实），用传说的眼光去看传说（杞梁妻的变为孟姜），那么，它们就可以"并行而不悖"，用不着我们的委曲迁就，也用不着我们的强为安排了。①

"用历史的眼光看历史，用传说的眼光看传说"这一方法，无论是从传说学上来说，还是从历史学上来说，都是一个重要的方法。通过这个方法，顾颉刚证明了杞梁妻的故事确实是历史上发生过的，后来经过漫长的演变成为孟姜女传说，并为后来的学者研究古史传说提供了新的思路。

"历史—地理"的研究方法和"用历史的眼光看历史，用传说的眼光看传说"的研究方法的确立，实际上可以视为顾颉刚民俗学家身份确立的标志。顾颉刚从历史学的角度出发，研究古史中的传说，进而使用了民俗学的"地理"研究方法和"用传说的眼光看传说"的方法，成长为一代民俗学家。

（三）孟姜女传说专题研究还开创了合作研究的传说学研究模式

孟姜女传说的研究最终能取得巨大的成就，也是众多知识分子共同参与的结果。该专题研究团结了、带动了、启发了一批民俗研究的新生力量，为日后中国现代民俗学、民间文学的发展打下了很好的人才基础，并且创立了一种合作研究的模式，对后来的传说学研究影响深远。

顾颉刚原以为孟姜女这个题目是稍花力气便容易做完的，但众多读者投寄的丰富的材料使他打消了短时期内做完的打算。《歌谣》周刊第83期上刊登了顾颉刚的启事，他列出了24个小题目，意图先将这些小题目做好，再做大的总结，后来的进程也大致如此。众多知识分子参与孟姜女传说研究过程，不仅丰富了研究材料，实际上也促成了研究思路与方法上的修正。顾颉刚在《歌谣》周刊第96号上的《孟姜女专号的小结束》中说："现在常常见到新的材料，便使我知道旧时论断的不对；常常受到别人的驳诘，便使我愈剥愈深，寻出向来想不到的境界。"②

① 顾颉刚：《孟姜女故事研究集》，上海古籍出版社1984年版，第247页。

② 顾颉刚：《孟姜女专号的小结束》，《歌谣》周刊1925年6月21日。

在孟姜女传说的专题研究中，以顾氏为代表的一批知识分子所进行的并非一般的研究，而是对传说流变过程的研究，研究本身对材料的依赖性极强。但这些历史的与地理的材料因为时空跨度极大，个人很难穷尽所有材料，因此在具体论述时不免有错误或不周全的缺点。此外，个人的知识视野和知识结构有限，顾颉刚本人长于史学，而在民间口头文学如宝卷、唱本等涉猎极少。从这方面来看，孟姜女传说研究的确需要众多学者的共同参与。孟姜女传说在合作研究方面做出了示范，因此具有典范价值。魏建功曾对《歌谣》周刊上的专号进行过评论，尤其肯定了《孟姜女专号》掀起的热潮，他说：

专号成绩丰富多彩的是顾颉刚先生主编的《孟姜女》。顾先生用研究史学的方法、精神来对旧社会认为“不登大雅之堂”的故事传说进行研究，一时成了好几十位学者共同的课题，有帮助收集歌谣、唱本、鼓词、宝卷和图画、碑版的，有通讯分析讨论故事内容的……从那时起，人们对现行故事传说的源远流长，认识更加明确。《孟姜女》共出过9期，最典型地体现了人们自发自愿、肯想肯干、互相启发、不断影响的范例。①

## 第二节　徐文长和祝英台传说专题研究

孟姜女的传说之外，徐文长的传说和祝英台的传说也是两个颇有影响的人物传说专题。

### 一、徐文长传说专题研究

#### （一）徐文长传说专题研究概述

1924年7月9—10日，周作人在《晨报》副刊上连续发表了署名“朴念仁”的两篇文章，介绍了8个徐文长传说。他在此文的“小引”中指出：

儿时听乡下人讲徐文长故事，觉得颇有趣味。久想记录下来，不知怎地终于不果，现在偶遇机缘，就记忆所及，老实地写出。这些故事大抵各

① 魏建功：《〈歌谣〉四十年》，《民间文学》1962年第2期。

处都有类似的传说，或者篇篇分散，或者集合，属于一个有名的古人……至于我写这篇的原因，十分之一由于想供传说学的资料，十分之二由于觉得很是好玩，十分之三由于想不再讲俏皮话，以免招怨，十分之四——最重要的是怕得罪了人，法庭追问时，被报馆送了出去，虽然是用着别号或匿名。

我们在这一段文字中发现了极其重要的一个词——"传说学"。周作人收集整理徐文长传说的目的之一在于提供传说学研究的资料，这是中国现代传说研究史上第一次出现"传说学"一词，可能也是世界学术史上第一次出现将传说研究作为专门学问的企图，可以与孟姜女传说专题研究的发生一起被视为中国现代传说学肇始的标志。

7月12日、14日、15日，《晨报》副刊又陆续刊出了林兰（李小峰）、青人、李小阿的《徐文长故事》（3篇）、《再谈徐文长的故事》和《徐文长的故事》。这些徐文长传说得到热烈的响应，大批传说材料陆续在其他报刊上刊出，徐文长传说的材料越来越丰富。1929年，上海北新书局将林兰收集的徐文长传说结集出版，定名为《徐文长故事集》，掀起了"徐文长热"。1930年11月，该书再版，其中收录了102则徐文长传说，包括《掉裤》《嘴对便壶》《悖时鬼》《上头还有一撇》《哥哥，你好吧》《口袋取钱》《智捏少妇脚》《嗅妇女的脸》《骗小姨脱裤》《设法接吻》《赢到茶食》《同她睡一夜》《装僧小便》《装女调僧》《磬有鱼》《以打为不打》《休前绣鞋》《布施万忽》《谁喫了粪》《买鸡蛋》《缸几钱一个》《屠户被抓》《戏弄粪夫》《喝茶上当》《买柴一根》《弄父出屎》《用刀杀妻》《巧服恶媳》《死丐凶过恶夫役》《咬耳胜讼》《父有董卓之行》《打落门牙》《牛喫门牙》《寡妇改嫁》《免杀某盗》《移尸》等。

1933年，赵景深在《民间》月刊第2卷第7期上发表了《徐文长型故事钞》，将这些传说称为"徐文长型的故事"。"徐文长热"不仅表现在传说材料的收集上，还表现在大批知识分子参与到徐文长传说的研究中来。重要的徐文长研究成果包括：钱玄同的《徐文长的故事》（北大新潮社出版1923年版）、赵景深的《徐文长故事与西洋传说》（《潇湘绿波》1925年第2期）、钟敬文的《致赵景深君论徐文长故事》（《京报》副刊1925年第328期）、钟敬文的《呆女婿故事探讨》（《民俗》周刊1928年第7期）、钱南扬的《徐文长型故事》（《民间》月刊1933

年第8期)等。

(二)徐文长传说专题研究的重点

徐文长传说受到新一代知识分子的热切关注,其重要原因就是徐文长身上所具有的蔑视权威的特点迎合了当时知识分子启蒙的需要。被启蒙任务所驱使的现代知识分子有追求真理、正义的内在欲望,喜好打抱不平,其掌握的文化知识又成为他们达成这些愿望的有力武器,因此他们敢于对任何不公进行批判,敢于挑战任何权威。美国学者洪长泰曾评价说:

> 从多方面讲,徐文长也是"五四"一代知识分子心目中的英雄。如果我们站在更广阔的历史背景下,来放大地看传说所反映的民众情感的内蕴,我们便会进一步发现,大批中国现代民间文学家喜爱这个形象,归根结蒂,是他们通过徐文长的反儒学、反传统和蔑视权威的精神,找到了自己思想上的共鸣点。徐文长传说所提出的诸多问题,都喊出了"五四"知识分子要打烂旧世界的战斗心声。此外,对民间文学家而言,徐文长不仅是一个与他们相似的学者,而且是一个深得民心、亲近民众的学者,这后一点更为重要。徐文长因此是民间传说主人公中的一位有特殊意义的代表,是把民众和知识分子联系在一起的人。民间文学家们把他称作"中介性人物"。现代民间文学家们也许并不赞成徐文长的玩世不恭,但他们赞成他的价值观念,特别赞成他反儒学、反传统的坚定立场,以及他在那个传统社会中所表现出来的过人胆识和大无畏精神。①

洪长泰认为,徐文长传说受到知识分子的重视,一方面是因为传说中徐文长作为不得志的儒生而反对权威、反对儒学的种种言行与当时反孔的思潮相互契合,因而很容易在知识分子中引起共鸣;另一方面,徐文长是深受民众喜爱的知识分子形象,是沟通了知识分子和民众的"中介性人物",而这也是当时知识分子所追求的。新文化运动前后的知识分子自觉地想与民众亲近,希望了解民众,进而为民众造福。顾颉刚就说过,研究民间文学的目的就在于接近

---

① [美]洪长泰著:《到民间去:1918—1937年的中国知识分子与民间文学运动》,董晓萍译,上海文艺出版社1993年版,第153—154页。

民众，研究民众，为民众谋福利："总而言之，我们若要接近民众，为他们谋福利，或要研究民众，届时他们一切事实，那么他们的传说都是极贵重的材料。"①因此，徐文长与当时的知识分子在接近民众方面取得了一致性，其传说受到了知识分子的热切关注。

## 二、祝英台传说专题研究

### （一）祝英台传说专题研究概述

1925年，钱南扬的《梁山伯与祝英台的故事》发表在北大《国学门》周刊第1卷第3期上，拉开了祝英台传说研究的序幕。祝英台传说研究的主要倡导者和实践者是钱南扬先生，钱氏与顾氏一样，都是历史学出身转而研究传说的。

1930年初，《民俗》周刊第93—95期刊发了《祝英台专号》，将祝英台研究推向高潮，主要文章包括：容肇祖的《祝英台故事集序》，钱南扬的《祝英台故事叙论》《祝英台唱本叙录》《宁波梁祝墓现状》《词曲家的祝英台牌名》，马太玄的《〈清水县志〉中的祝英台故事》《宜兴志乘中之祝英台故事》，顾颉刚的《华山畿与祝英台》，刘万章的《海陆丰戏剧中之梁祝》，沅君的《祝英台的歌》，黄朴的《祝英台与秦雪梅》，顾颉刚和钱南扬的《关于祝英台故事的戏曲》，谢云声的《祝英台非上虞人考》《闽南传说的梁山伯与祝英台》，袁洪铭的《梁山伯与祝英台——广东东莞传说》。

此外，其他刊物上刊载的祝英台传说研究文章还有不少，如：1927年12月20日《民间文艺》第8期上发表了周柏芬的《英台山伯与南山士子之故事》，1930年宁波《民俗》旬刊第6期上发表了望云的《关于梁祝故事的近闻》，1930年杭州的《民俗》周刊第14期上发表了天泓生的《潮州民间传说的梁祝》，1931年7月北京晨报《学园》第142、148、151期上分别发表了陈世光的《梁祝故事的吹求》、谢兴尧的《梁祝故事的讨论》、陈世光的《梁祝故事的讨论（二）》，1932年《学园》第296、299期上发表了陈世光的《再论梁祝故事》，同年，《学园》第336—341、343、389、390期上分别发表了谢兴尧的《梁祝故事的研究》《梁祝故事的传说》《梁祝故事的戏剧及歌谣》《梁祝故事的影响》《梁祝故事中的存疑》，1933年《青年界》第4卷第3期上发表了赵景深的《祝英台故事小论》，

---

① 顾颉刚：《〈泉州民间传说〉序》，《民俗》周刊1929年第67期。

1933年绍兴《民俗》周刊上发表了钱南扬的《关于梁山伯与祝英台故事》，1935年《妇女与儿童》第19卷第12、14期上发表了洪亮的《祝英台故事的研究（上、下）》，1937年3月20日《歌谣》第2卷第39期上发表了林培庐的《潮州梁祝故事的歌谣》，等等。

祝英台传说专题是继孟姜女传说专题之后，被众多知识分子寄予厚望的研究对象。从《民俗》周刊《祝英台传说专号》的编辑思想来看，这个专号是因了“孟姜女传说专号”的成功而编辑的：“这个《祝英台故事》专号，是钱南扬先生编集的。这个专号，自然是钱先生继续顾颉刚先生《孟姜女故事》的工作而成功，并且这个专号又是顾先生到杭州时来信说及钱先生有这一大堆稿子，因此我催促他编成的。”①而参与搜集、研究的学者也希望此专号能与孟姜女专号前后辉映，“抑尤有进者，如读者诸君，能将流行各地的这椿故事尽量的记述出来，寄登民俗，供给大家的研究讨论，成一专册，使它早日抬头起来，与孟姜女故事研究集后先辉映，这是我所引领以待也”。②

（二）祝英台传说专题研究的重点

祝英台传说研究在20世纪前半期其实并未完全展开，但依然显示出一些研究重点。

1. 关注人物传说发展过程中的比附、粘连现象

从相关研究成果来看，知识分子们对一个问题的论述比较集中，那就是——人物传说发展过程中的比附和粘连现象。祝英台传说在初始时可能只有一个事件、一个人物或一个传闻作为内核。但从这个内核出发的辐射传播则是“滚雪球”式的。民众把种种近似的想象、说法通过比附、附会、粘连等方式，组合成一个有人物、有情节、能感动和激发人心的可信性较高的故事。这种人物传说大多以较明显的地域性色彩、特点、文化气韵为其标记。梁祝传说就属于这一类传说。③在“祝英台专号”的序言中，容肇祖就此问题的研究情况进行过概述：“故事的交互舛人，演变发展，是常有的。冯沅君女士录《祝英台

① 容肇祖：《〈祝英台故事集〉序》，载周静书编《梁祝文化大观　学术论文卷》，中华书局2000年版，第1页。原载广州中山大学《民俗》周刊第93、94、95期合刊《祝英台故事专号》，1930年2月12日。

② 袁洪铭：《梁山伯与祝英台——广东东莞传说》，《民俗（合订本第五册）》，上海书店出版社1983年影印版，第798页。原载《民俗》第93、94、95期合刊。

③ 刘锡诚：《梁祝的嬗变与文化的传播》，《湖北民族学院学报》2005年第1期，第21页。

的歌》(见北大研究所《国学门》周刊第3期)已‘想起梁山伯的墓忽然裂开,祝英台遂即钻入的一节和六朝时《华山畿》一节故事相似’。顾颉刚的《华山畿与祝英台》一篇,比对的更为明显。”①

《华山畿与祝英台》一文分为三部分,分别是“华山畿”“祝英台”“梁山伯”,比对了六朝时“华山畿”传说,明朝《朱秉器全集》中记录的祝英台传说,以及明清之际《识小录》中载的梁山伯传说。钱南扬在《祝英台故事叙论》中更详细地进行了分析,认定华山畿传说与祝英台传说有关系,祝英台传说可能“抄袭”了华山畿传说:

> 在六朝的时候,还有个《华山畿》的故事。惟历来对于华山的解释,都以为是西岳华山,于是云阳亦牵涉到陕西去了。胡适之先生以为南徐州治是现在的丹徒,云阳是现在的丹阳,所以华山也就是丹阳南面高淳县境的花山。(详见《白话文学史》)……现在已经定华山云阳都在江苏,我们知道故事是有地方性的,所以这个故事一定发生在那里了。已经知道他发生于江苏,江浙是邻省,所以很有机会和祝英台故事相接触,已经有接触的机会,所以便有互相抄袭的可能,试看祝英台的入墓,和华山女子的入棺,何等相象……据此,我们可以断定这二个故事一定有关系的。朱孟震《浣水续谈》里也说“事与祝英台同”,可见古人早已见到这一点了……华山故事似乎确发生在少帝,说不定祝英台故事的发生在华山畿之后,则是祝英台抄袭华山畿了。②

关于梁祝传说的发展,黄朴在《祝英台与秦雪梅》中进行了分析,认为秦雪梅传说是祝英台传说发展的第二期,葛宏梅胭脂传说则为祝英台故事的第三期:“民众悯梁之痴,祝之苦也,于是秦雪梅故事以生。梁山伯一变而为桑公子,祝英台一变而为秦雪梅。”两则传说情节大体相似,但秦雪梅传说的结局并不那么悲惨。桑公子死后,秦雪梅来到桑家成礼,而之前代替秦雪梅嫁入桑家

---

① 容肇祖:《〈祝英台故事集〉序》,载周静书编《梁祝文化大观 学术论文卷》,中华书局2000年版,第1页。

② 钱南扬:《祝英台故事叙论》,载周静书编《梁祝文化大观 学术论文卷》,中华书局2000年版,第9—10页。原载《民俗》周刊第93、94、95期合刊《祝英台故事专号》,1930年2月12日。

的侍女也有了身孕，这个遗腹子在秦雪梅的抚养下最后光耀了桑家门楣。“民众意欲祝梁之团圆也，故有秦雪梅之故事……然雪梅于桑公子死后至桑家之点，较第一期已为发展。至求其大团圆，则不能不有第三期故事。此所有又有葛宏梅胭脂故事也。”①大体在结局上，葛宏梅胭脂传说比秦雪梅传说更为民众喜闻乐见。

2. 重视忠贞的爱情

当时的知识分子也很重视梁祝传说中表现出来的忠贞爱情。梁祝传说虽然在历代也受到推崇，被许多文人歌颂过，但儒者大多是从忠义的角度来看待祝英台的殉情，并不关注梁、祝两人的感情。容肇祖在《〈祝英台故事集〉序》中就指出了传统士大夫对祝英台传说的关注，主要在于她死得贞烈，而不在于情节动人，他们关于梁祝传说的记录几乎都与忠义等字眼相关：

> 祝英台的故事在民间自有他特殊的势力，而在文人学士中当然也会引起一些同情。自然，士大夫间的注意，不在这情节的动人，而在他——死的贞烈。《四明图经》引唐梁载言《十道四蕃志》说“义妇祝英台与梁山伯同冢”。翟灏《通俗编》引唐张读《宣室志》云：“晋丞相谢安奏表其墓曰‘义妇冢’。”……虽或“俗语不实，流为丹青”，而士大夫间，似乎非有此“义”“忠”等字，恐不足以入其脑海，登之记录。②

20世纪前期的知识分子却采用了与传统儒士相反的眼光，从祝英台的传说中看到了她对爱情的追求是其人性没有被冷酷的礼教浸蚀的反映。冯沅君就指出：祝英台的殉情，殉的是情而不是贞节牌坊。“用现在的眼光看，这(注：祝如何爱梁)是祝英台的人性未被冷酷的礼教的毒水浸蚀的一点；她所殉的是情，不是贞节坊。但在迈方步维持风化的老夫子看，这是最要不得的，然而他们竟未见及此怪啊！”③钱南扬极赞同这个观点，在沅君的《祝英台的歌》后加编

① 黄朴：《祝英台与秦雪梅》，载周静书编《梁祝文化大观　学术论文卷》，中华书局2000年版，第22页。原载《民俗》周刊第93、94、95期合刊《祝英台故事专号》，1930年2月12日。

② 容肇祖：《〈祝英台故事集〉序》，载周静书编《梁祝文化大观　学术论文卷》，中华书局2000年版，第5页。

③ 冯沅君：《祝英台的歌》，载《陆侃如冯沅君合集》，安徽教育出版社2011年版，第249页。原载北大《国学门》周刊1925年第1卷第3期，后复载于《民俗》周刊第93、94、95期合刊《祝英台故事专号》。

者按，指出：祝英台本来就是爱情不得圆满而以身殉情，“而腐儒却要硬说他们‘风节超然’、‘扶伦植纪’，未免太可笑了。或者他们也知道自己的矛盾，所以在梁祝庙的楹联上有‘殉身不殉情’‘殉义不殉情’‘窀穸亦为朋友’等类的类似诡辩的话。”①

当时的知识分子对忠贞爱情的关注，其目的已经超出了传说研究的范围，而意在自然人性。男女之爱是自然人性的反映，却在数千年中受到压抑，可歌可泣的爱情传说在儒者的书中只留下“义”。这种现象成为主张个性解放的现代知识分子批判的靶子，并借机宣扬新理念、新精神。这是祝英台传说成为研究热点的重要原因。

此外，20世纪上半期较重要的人物专题研究还包括：西门豹传说研究②、包公传说研究③、唐伯虎传说研究④、刘三姐传说研究⑤等。

## 第三节　地方传说专题研究

除人物专题之外，地方专题研究也是20世纪前期传说研究中的一个重要专题。但与人物专题相比，地方专题研究还处于初步发展阶段，其研究主要集中在地方传说的理论方面，如对“地方传说”的定义、分类、功能等问题的分析。对于地方传说文本的研究还处于资料收集的初级阶段。在地方传说专题研究方面做出重要贡献的知识分子包括胡愈之、徐蔚南、赵景深、钟敬文等。

### 一、“地方传说”的概念界定

最早提出“地方传说”一词的是胡愈之先生。1921年，他在《妇女杂志》第7卷上发表《论民间文学》一文，将民间文学分为故事、歌曲、片段的材料三类，“故事”中包含“地方传说”。胡愈之提出的“地方传说”一词是对英文单词

---

① 钱南扬：《〈民俗〉“祝英台故事专号”按语》，载朱恒夫、聂圣哲主编《中华艺术论丛第15辑·钱南扬先生逸文专辑》，复旦大学出版社2015年版，第20页。

② 如董作宾：《西门豹故事的转化》，《逸经》1937年第34期。

③ 如赵景深：《包公传说》，载《小说闲话》，上海北新书局1937年版。

④ 如赵景深：《三笑姻缘的演变》，《文学》1936年第1期。

⑤ 如钟敬文：《歌仙刘三妹故事》，《民间文艺》1927年第5期；钟敬文：《几则关于刘三妹故事的材料》，《民俗》周刊1928年第19、20期合刊。

它附会在一二有名人物的身上(这种人物,或擅长于某种工作,或与其地方有相当关系;前者如鲁(班或作般)师之于工程,后者如王羲之之于绍兴,韩昌黎之于潮州等),而那些说法,有时固一望而知其为"乌有"的;但有时也不能如此容易辨识。①

钟敬文认为地方传说最大的特点是解释性。而基于地方传说对于"其对象之物事"的"注意点"的不同,其解释又可以分为解释对象的形态的、解释对象语源的和其他的三类。钟敬文也承认地方传说中往往包含着"历史的事实之片断",有历史性,其原因是与民众喜欢把地方传说附会到历史名人身上有关。在此文中,钟敬文还根据地方传说的内容对它进行了分类,分为鸡鸣型、动物辅导建造型、试剑型、望夫型、自然物或人物飞徙型、美人遗泽型、竞争型、遗物型、石的动物型、物受诅型等。

## 二、地方传说的发生论

除了对"地方传说"的概念进行界定之外,知识分子们还比较关注地方传说的发生问题。赵景深在《童话的分系》中说地方传说虽然只存在于一个地方,"但有时也有借用":

天津有个金钟桥,便有金钟的传说(《中国童话集》第一册页 18—19);四川灌县有个伏龙观,便有孽龙的传说(同书页 39—42);长沙有个水陆洲,便有龙蛋的传说;(《妇女》杂志 7 卷 7 号)山东临沂有奇石,便有落星石的传说。(《妇女》杂志 7 卷 10 号)以上所举,孽龙和龙蛋相仿佛,两篇都说的是一个人误吃生龙蛋的水,于是大渴不止,喝了好几缸水还不够,缸水完了吃河水,河水完了吃江水,江水完了吃海水。可见地方传说也有借用的。②

"误吃生龙蛋的水"是一个在不同的地方传说中都出现的情节,所谓的"借

---

① 钟敬文:《中国的地方传说》,载娄子匡编校《民俗丛书 17》,东方文化书局 1970 年版,第 68—70 页。

② 赵景深:《童话的分系》,《文学周报》第 200 期,1925 年 11 月 22 日。

用”就是一个普遍的叙事情节引入不同地方背景中产生地方传说。但这种“借用”是如何产生的？赵景深并没有深入阐述。

1928年，顾颉刚在为钟敬文的《两广地方传说》一书作序时指出：“本书所载的传说发生于两广，当然保存许多地方色彩；但和他处的传说也多相类，说不定有些是从别地方传过来的。”①顾颉刚指出了一些不同地域的地方传说情节相似的现象，并具体解释其发生原因为“从别的地方传过来”，也就是传说的跨地域传播。此观点比较直接地进行了解释，比赵氏的“借用”更进一步。

赵景深和顾颉刚的论述实际上都触及了地方传说的发生问题，但论述相对比较简略。在《中国的地方传说》一文中，钟敬文对地方传说的发生问题进行了比较详细和全面的解释：

> 从“发生”上看，地方传说，也可以作相当的类分。第一，是记述的；第二，是创造的；第三，是借用的。记述的，是指本原有其事实，一般人，不过照事实说出，或稍加渲染的一类。这一类，可算是“历史的”或“近历史的”……创造的，是指那饱含着虚构的神话性的一类。在地方传说中，最占多数的，怕没有可以比胜这一类的了……借用的，是指那假用民间本来独立流行的神话、民谈（即民间故事）而略加以附会的一类。现在民间的神话、故事等，从前代的地方传说转变成功者，当然是必须有的。反之，现在的地方传说，由前代或同代的神话、故事附会出来的，也尽有着……总之，普通流行的神话、民谈等，传到了某地方，被附会为说明性的地方传说，是很常见的，虽然二者的孰为先后，有时我们也不易十分了了。②

综合钟敬文在此文中的论述，他实际上指出了地方传说发生的四种原因。前三种是以分类的方式提出来的，也就是上述引文中提及的记述的、创造的和借用的，阐述了地方传说发生的三种原因。记述的地方传说是在历史事实的基础上渲染夸大而成，这一类地方传说与历史的关系最密切；创造的地方传说带有神话色彩，由地方民众完全虚构而成，这一类地方传说数量最多；借用的

---

① 顾颉刚：《论地方传说——〈两广地方传说〉序》，《文学周报》1928年9月第7卷合订本。

② 钟敬文：《中国的地方传说》，载娄子匡编校《民俗丛书17》，东方文化书局1970年版，第71—73页。

地方传说由前代或同代的神话、故事附会而成。此外，钟敬文还关注到各地方传说情节相似的现象。他认为赵景深的"借用说"可以用来解释这一现象，但他还认为人类学派的"心理作用相同说"也是解释此现象的"利器"①。也就是说，虽然生活于不同的地方，但出于相同的文化心理和民族心理等心理原因，各地民众创造了情节相似的地方传说。"心理作用相同说"可以视为钟敬文所阐释的地方传说产生的第四种原因。

## 三、地方传说文本的搜集整理

钟敬文是较早关注地方传说的知识分子之一。他不仅意识到地方传说悠久的历史，更注意到中国有丰富的地方传说材料。在《中国的地方传说》一文中，他提到中国学者并不注意搜集地方传说，专门的地方传说集及研究著作都比较少。为此，钟敬文在这方面进行了尝试。1928 年，他搜集整理了《两广地方传说》，并请顾颉刚写了序言。虽然此书因为种种原因未能付印，但我们也能从顾颉刚的《论地方传说——〈两广地方传说〉序》一文中窥见此书的一些面貌：

> 我觉得这部书(《两广地方传说》)确是一部别开生面的书，他(钟敬文)把民间的地方古迹的传说集在一起，很可看出那地人对于这些东西的想象的境界和解释的方法。……本书所载的传说发生于两广，当然保存许多地方色彩……从这本书里，可以归纳出许多故事的型式。例如说神力的迅速，便在一昼夜造好一座宝塔，一夜筑起一座泥城，说神鬼的怕鸡啼，就有许多可以成功而不得成功的工作；说堪舆术的灵验，就有许多科第仕宦和那地风水的种种关系出来；说人力可以克制神鬼，就有黑狗血，海棠油等等药方……这些传说，就为一般民众思想的反映，可以当作他们的思想史看。②

① 钟敬文：《中国的地方传说》，载娄子匡编校《民俗丛书 17》，东方文化书局 1970 年版，第 74—75 页。

② 顾颉刚：《论地方传说——〈两广地方传说〉序》，《文学周报》1928 年 9 月第 326—350 期第 7 卷，第 384—385 页。

1928年，上海泰东图书局出版了黄振碧编辑的《闽南故事集》，是一本广义的民间故事集，包括神话、传说和故事。钟敬文先生为其写了一篇书评，题目也是《闽南故事集》，发表于《民俗》周刊第2期上。钟敬文将《闽南故事集》中收录的篇目分为神话、趣事、童话、其他四大类。

20世纪前半期，吴堃先后编辑出版了4集《泉州民间传说》①，收集了大量的泉州地方传说，内容大体包括历史人物传说、历史事件传说、地方风俗传说、闻人轶事传说、名胜古迹传说、地名传说、仙道佛鬼神传说等。顾颉刚为第1集做了序，他评价此书：

> 晋江吴藻汀先生搜集泉州传说甚多，先编成一册，寄给我读。其中保存的传说，有的是出于本地的，有的是从他处流传来而可以寻出它的转变的痕迹的，他都随着民众的口气作细密的记录。现在地方的歌谣集虽有多种，而地方的传说集还不多，藻汀先生此书足以开出一个新风气，使我非常敬佩。②

在地方传说文本的搜集整理方面，除了结集出版之外，还有不少单一文本资料及其研究文章在各报刊上刊登，如黄仲琴的《宋帝昺遗迹及故事》(《民俗》周刊1928年第2期)和《潮州之青龙爷》(《民俗》周刊1928年第4期)，容肇祖的《德庆龙母传说的演变》(《民俗》周刊1928年第9期)和《德庆龙母传说的演变(续)》(《民俗》周刊1928年第10期)，黄诏年的《中秋节翁源的风俗和传说》(《民俗》周刊1928年第32期)，李次民的《岭东客族人民来源的传说》(《民俗》周刊1930年第101期)等。

地方传说是一类重要的传说专题，在传说学中占据了重要地位。它具有地域特色，是各地区独特的地理面貌、历史事件、文化轨迹和民众心理的反映，是研究原始社会、上古历史和地方文化的重要材料，而且具有重要的现实意义。这类传说专题在当代依然是文化热点和传说研究重点。

---

① 《泉州民间传说》(第1集)出版于1929年，到1933年又陆续出版了第2、3、4集。

② 顾颉刚：《〈泉州民间传说〉序》，载吴堃编《民俗》合订本第四册，上海书店1983年影印版，第59—60页。原载《民俗》周刊1929年第67期。

## 第四节 传说专题研究与启蒙主义社会思潮

诞生于欧洲18世纪的反封建、反教会的启蒙运动把当时的欧洲民众从愚昧、落后的封建社会中解放出来，使他们摆脱了教会散布的迷信与偏见，号召他们为自由和平等奋斗。作为启蒙运动中心的法国，启蒙运动为法国资产阶级革命作了思想准备和舆论宣传。启蒙运动不仅在欧洲广泛传播，还跨越了海洋到达英属北美殖民地，并扩展到亚、非、拉美地区。中国最早的启蒙知识分子出现于19世纪末20世纪初，他们翻译欧洲启蒙思想家的名著，介绍他们的思想，对中国20世纪上半期的文化学术有着重要影响。

与欧洲为资本主义自由发展开辟道路的启蒙运动不同，中国启蒙运动是为了解决民族与国家生死存亡的问题而产生的。因此启蒙知识分子大力传播西方思想文化，批判封建主义，抨击专制制度，希望通过他们的努力达到变革社会，救民族于危亡之中的目的。他们启蒙的对象包括个体与群体两种。其中，个体的启蒙以“自由”为目标，群体的启蒙以“平等”为目标。

个体的自由与群体的平等涉及社会人生的诸多问题，比如个性的解放、婚姻的自由、女性的独立等。而含有这些思想因素的民间传说就受到了一批知识分子的青睐。传说，尤其是长期在民间流传的传说历来是受轻视的，连民众自己都没有意识到这些传说的重要价值。因此，知识分子们所要做的事情就是将这些散布在民间的传说材料搜集整理出来，并加以研究、阐发和推广，从而达到启蒙的目的。

在启蒙的诸多问题中，最先引起知识分子重视的应该是个性解放。郁达夫曾说：“五四运动的最大成功，第一要算‘个人’的发见，从前的人，是为君而存在，为道而存在，为父母而存在，现在的人才晓得为自我而存在了。”①茅盾也曾经说过：“人的发见，即发展个性，即个人主义，成为‘五四’时期新文学运动的主要目标。当时的文艺批评和创作都是有意识的或下意识的向着这个目标。”②个性解放的重要反映就是肯定人的生存欲望和人性，反对一切对人性的

---

① 郁达夫：《中国新文学大系·散文二集》第二集，上海良友图书印刷公司1935年版，导言。

② 茅盾：《茅盾文艺杂论集》，上海文艺出版社1981年版，第298页。

束缚。最能表达自然人性和生存欲望的传说可能要属徐文长传说了。当时收集到的徐文长传说大都有着粗鄙的甚至是下流的故事情节。我们随机从林兰收集的《徐文长故事集》中选取几则就能明白。比如,第一则《掉裤》讲述说:有一人的女儿喜欢整日站在大门口,屡教不改,他请求徐文长的帮助。徐文长用3文钱买了豆腐和酱油,分别托在两手上。然后他光着背,从那人家门口路过,走到姑娘面前时,徐文长深吸一口气,裤子掉了下去。他叫嚷着让姑娘帮他系好裤子,姑娘听了赶紧跑回家,以后再也不站在门口了。调戏女性似乎是当时徐文长传说中常见的主题,《智捏少妇脚》《嗅妇女的脸》《骗小姨脱裤》《设法接吻》《同她睡一夜》等许多篇目都属此类。虽然这些传说的情节难登大雅之堂,但却因表现了人的自然欲望而受到倡导个性解放的知识分子的重视。

除了徐文长传说之外,受知识分子重视的两个人物传说专题——孟姜女传说和祝英台传说都是女性传说。在数千年的传统社会中,女性一直作为附属品遭受着不公平的对待,正所谓"在家从父,出嫁从夫,夫死从子"。女性的种种遭遇,尤其是爱情与婚姻也反映在传说中,引起了知识分子的关注。

中国传统婚姻服务于家庭、宗族的发展,是儒家传统文化的产物。在传统婚姻中,作为婚姻主体的男女双方的感情受到最大程度的抑制,他们没有权利决定婚姻的对象,婚姻的缔结是由家庭或家族的核心力量决定的。在中国启蒙主义社会思潮中,旧式婚姻因此成为知识分子的重要标靶之一。康有为曾批判这种婚姻是"男女之约,不由自主",全凭"父母定之"①。陈独秀高呼要打倒三纲,鲁迅则在《我们现在怎样做父亲》中尖锐地批判了父权,而梁祝爱情作为旧婚姻的牺牲品格外受当时知识分子的关注。

知识分子对女性传说的关注其根本目的在于启蒙大众,解决社会问题,比如倡导男女平等,提倡女性解放,提高妇女地位等。容肇祖早已指出对孟姜女、祝英台这些妇女传说的关注,其最终目的就在于解决妇女问题:"关于民间流传的妇女的故事,如孟姜女、如祝英台,已渐渐引起人们的注意。将来民间流传妇女的故事,如可多量搜集,穷究根源,则妇女在社会上的地位,民间对于妇女的见解,以及其他历史上妇女的问题,可以得部分的材料与参考。"②

---

① 康有为:《实理公法全书》,载《中国文化研究集刊》第1辑,复旦大学出版社1984年版,第332页。

② 容肇祖:《〈祝英台故事集〉序》,载周静书编《梁祝文化大观·学术论文卷》,中华书局2000年版,第5页。

总的来说，知识分子对传说的研究，尤其是对几个传说专题的集中研究是在启蒙主义社会思潮影响下的有意识的行为，甚至可以说是为了他们构建现代民族国家的设想而服务的。因为构建现代民族国家必须唤起民众的民族自豪感和自尊心，团结民众从而求得民族独立。而民间文学作品是唤起民众、团结民众的重要手段和力量，19 世纪初的欧洲民族主义运动已经是这方面很好的证明。20 世纪初的中国知识分子也试图利用民间文学作品，尤其是广泛流传的传说达到团结民众的目的。笔者注意到在对地方传说的研究中，20 世纪初的知识分子更多关注那些有相似情节的地方传说。他们试图通过对地方传说的搜集、研究和整理，唤起民众对本地区的热爱，进一步增强民族凝聚力。这不是偶然现象，而是他们凝聚民众、团结民众的思想反映，是想让中国以独立的民族国家屹立世界之林的思想反映。也就是说，当时知识分子对传说的研究与他们的政治理想密切相关，体现了他们的政治关怀。

# 第四章　现代传说研究与现代报刊发展

科举制的废除将一大批知识分子解放出来，他们中有些进入政界，有些进入商界，更多的知识分子则投身到公共文化领域，在教育、出版和报刊界继续从事文化活动。现代报刊是20世纪上半期民间文学、民俗学研究的主要阵地，也是传说研究的主要阵地。因为专著的出版还比较少，现代报刊就成为学术研究和交流的重要媒介。民俗学上三大时期的划分——北大时期、中大时期、杭州中国民俗学会时期，与这三个时期所创办的标志性刊物——《歌谣》周刊、《民俗》周刊（中山大学办）、《民间》月刊和《民俗》周刊（杭州中国民俗学会办）有重要的关系。当时，刊载传说研究文章，甚至辑成传说研究专号的刊物很多，重要的还有《妇女杂志》《民众教育》季刊、《开展》月刊等。

## 第一节　传说研究与《歌谣》周刊

《歌谣》周刊是中国第一个民间文学刊物，由北京大学歌谣研究会于1922年12月17日创刊，前后经历了约15年的发展历程，先后由常惠、顾颉刚、魏建功、董作宾等负责编辑。初创时，周刊仅在每周一作为《北京大学》日刊附张发行。但随着周刊的发展，附张发行已经不能满足读者的需要，所以从1923年9月23日第25号起《歌谣》周刊开始独立发行。1925年6月28日，《歌谣》周刊第一次停刊，其间共出版正刊96期，增刊1期。停刊后，《歌谣》周刊并入北京大学研究所《国学门》周刊继续刊登歌谣，同时其登载内容也指向更广泛的民俗学领域。1936年，北京大学决定恢复歌谣研究会的日常工作，《歌谣》周刊再度发行。其中，1922—1925年的96期汇为第1卷，1936年4月4日—1937年3月27日的14期汇为第2卷，1937年4月3日—6月5日的10期汇为第3卷。1937年6月，在抗日战争爆发前一个月，《歌谣》周刊再次停刊。

虽然名为《歌谣》周刊，但随着研究的深入，从第49号开始《歌谣》周刊所登载的歌谣研究文章比重减少，民间文学其他体裁以及更广阔的民俗研究的内容逐渐增多，“正像后来容肇祖在一次讲演里所说：‘《歌谣》周刊自49号起，虽未改名（按以前有人建议改名），而实在是民俗周刊了。’”①周刊的体例也随即改变，出了17个专号，其中包括9个《孟姜女专号》。周刊所刊载的传说类文章主要集中在第1卷45期以后至第1卷7期以前。从内容来看，这些传说类文章以传说材料的收集为主，研究成果为辅，如表4-1所示：

**表4-1　《歌谣》周刊刊发的传说类文章、启事、通信等**

| 序号 | 标　题 | 作　者 | 期　号 | 类型 |
|---|---|---|---|---|
| 1 | 《纪事》 | 编辑部 | 第1卷45号<br>1924年3月2日 | 启事 |
| 2 | 《启事》 | 编辑部 | 第1卷53号<br>1924年5月4日 | 启事 |
| 3 | 《孟姜女故事的转变》 | 顾颉刚 | 第1卷69号(孟姜女专号1)<br>1924年11月23日 | 论文 |
| 4 | 《顾颉刚启事》 | 顾颉刚 | 第1卷76号(孟姜女专号3)<br>1924年1月11日 | 启事 |
| 5 | 《广东海丰的孟姜女传说》 | 钟敬文 | 第1卷79号(孟姜女专号4)<br>1925年2月22日 | 通信 |
| 6 | 《李白诗中的崩山之说》 | 同上 | 同上 | 通信 |
| 7 | 《〈小浮梅闲话〉中的孟姜与范夫人》 | 同上 | 同上 | 通信 |
| 8 | 《曹娥碑中之哀姜》 | 刘策奇 | 同上 | 通信 |
| 9 | 《文人的兴会与传说》 | 郭绍虞 | 同上 | 通信 |
| 10 | 《临澧与澧县的孟姜女古迹》 | 伍家宥 | 同上 | 通信 |
| 11 | 《吴中唱春调的孟姜女哭夫》 | 学生界 | 同上 | 通信 |
| 12 | 《平湖的孟姜女歌曲》 | 徐光熙 | 同上 | 通信 |
| 13 | 《诸暨与上虞德孟姜女歌曲》 | 何植三 | 同上 | 通信 |

① 钟敬文：《民俗文化学：梗概与兴起》，中华书局1996年版，第126—127页。

续表

| 序号 | 标题 | 作者 | 期号 | 类型 |
|---|---|---|---|---|
| 14 | 《启事》 | 编辑部 | 第1卷83号(孟姜女专号5)<br>1925年3月22日 | 启事 |
| 15 | 《敦煌写本中之孟姜女小唱》 | 刘复 | 同上 | 通信 |
| 16 | 《〈情史〉及〈戏曲大全〉中之孟姜女》 | 钟敬文 | 同上 | 通信 |
| 17 | 《情史及戏曲大全中之孟姜女》 | 钟敬文 | 第1卷83号<br>1925年3月22日 | 通信 |
| 18 | 《杞梁妻的哭崩梁山》 | 顾颉刚 | 第1卷86号(孟姜女专号6)<br>1925年4月12日 | 论文 |
| 19 | 《杞梁姓名的转变与哭崩之城的转变》 | 魏建公 | 同上 | 通信 |
| 20 | 《孟姜女十二月放羊歌与放羊调》 | 顾颉刚 | 第1卷90号(孟姜女专号7)<br>1925年5月11日 | 论文 |
| 21 | 《黄世康秦孟姜女碑文考》 | 钱肇基 | 同上 | 论文 |
| 22 | 《送寒衣的传说与俗歌》 | 钟敬文 | 同上 | 通信 |
| 23 | 《〈南曲谱〉及民众艺术中之孟姜女》 | 钱肇基 | 同上 | 通信 |
| 24 | 《杞梁妻哭崩的城》 | 顾颉刚 | 第1卷93号(孟姜女专号8)<br>1925年5月31日 | 论文 |
| 25 | 《孟姜女鼓词与〈听稗〉鼓词》 | 钱肇基 | 同上 | 通信 |
| 26 | 《〈畿辅通志〉中的孟姜女》 | 郑孝观 | 同上 | 通信 |
| 27 | 《山海关孟姜女墓》 | 周作人 | 同上 | 通信 |
| 28 | 《孟姜女专号的小结束》 | 顾颉刚 | 第1卷96号(孟姜女专号9)<br>1925年6月21日 | 启事 |
| 29 | 《筑城曲与贯休诗》 | 钟敬文 | 同上 | 通信 |
| 30 | 《〈南曲谱〉一词两见之理由》 | 钱肇基 | 同上 | 通信 |
| 31 | 《〈万卷堂书目〉中的〈孟姜女集〉》 | 郭绍虞 | 同上 | 通信 |
| 32 | 《曹娥碑之真迹与拓本的问题》 | 容庚 | 同上 | 通信 |
| 33 | 《山歌原始之传说》<br>(转录自《语丝》周刊第4期) | 台静农 | 第1卷97号<br>1925年6月28日 | 论文 |
| 34 | 《〈民间世说〉序》 | 罗香林 | 第2卷7号<br>1925年5月16日 | 序言 |

1924年第1卷第45号《歌谣》周刊头版刊发了《纪事》，主张扩大材料的收集范围，这是《歌谣》周刊编辑思想的重要转折。从此《歌谣》周刊从较为单一的歌谣问题研究刊物向民俗学学术刊物转化。“今后《歌谣》不仅搜集韵文的歌谣，想藉这个机会收集神话故事等。关于山水、风土、英雄人物、鬼怪等传说，及童话，此时不收，将来恐怕就要感觉困难。”①此文远见卓识地指出及时收集传说材料的必要性，可以看作此后传说材料收集及传说研究文章撰写的号角。此《纪事》在传说研究史上有独特的地位，它较早②地通过大众媒介号召收集传说材料和对传说进行研究，在传说材料的收集上尤其取得了丰硕的成果。

同年第53号上，编辑部刊发了一则《启事》：

> 本会在本刊四十八号以前，曾申明扩充采辑的范围，同时注意于散文(童话、寓言、笑话、故事、传说)，韵文(歌谣、谚语、谜语、唱本、歇后语)两方面；并欢迎关于民俗学的投稿，方言调查会成立，复有藉本刊为发表文字机关之议。因此，本刊自四十九号起，扩充范围，兼载关于“方言”及“民俗”的论著，特再郑重申明，希读者及投稿诸君注意！

该启事重申了45号《纪事》的扩大收集范围的意思，并将民间文学从题材上分作散文和韵文两大类，传说与童话、寓言、笑话、故事并列在散文中，此后《歌谣》周刊上刊载的传说材料渐多。如果说45号的《纪事》还只是一个编辑思想的转变，那么到了53号，扩大搜集和研究范围的编辑思想开始付诸实践。此后，传说材料及其研究成果较早地通过大众媒介的号召，在数量上和质量上都达到了一个新高度，这是以前单纯依靠学者自己的力量所无法完成的。

传说材料的大量收集对《歌谣》周刊的发展有重要意义：通过传说材料的收集，《歌谣》周刊实际上完成了从单一歌谣研究走向民俗研究的转变。早在《发刊词》中，《歌谣》周刊的编者就表达了要进行民俗研究的愿望：“本会搜集歌谣的目的共有两种，一是学术的，一是文艺的。我们相信民俗学的研究在现今的中国确是很重要的一件事业，虽然还没有学者注意及此，只靠几个有志未

---

① 此部分涉及《歌谣》周刊刊发的传说类文章、启事、通信等引文的出处请参见表4-2。

② 最早号召收集传说材料和研究传说的期刊是《妇女杂志》，见后文所述。

逮的人是做不出什么来的，但是也不能不各尽一分的力，至少去供给多少材料或引起一点兴味。”[1]但《歌谣》周刊初创时基本只集中于歌谣一种文体，范围狭窄；等到扩大搜集范围的《纪事》《启事》出来，以及随后大量传说资料的刊布，《歌谣》周刊终于走上了《发刊词》中表达的民俗研究的道路。同时，《歌谣》周刊号召大量收集传说资料的行为不仅带动了当时传说研究的发展，也扩大和促进了民间文学、民俗学研究的范围，在中国民间文学和民俗学研究史上都具有重要的意义。

顾颉刚先后编辑了9期《孟姜女专号》，因此在所有收集到的传说材料中，孟姜女材料尤其丰富。在第69号（孟姜女专号1）上顾颉刚发表了《孟姜女故事的转变》，开启了孟姜女传说材料收集和研究的热潮。在76号（孟姜女专号3）上，顾颉刚发表了《启事》，表达了自己对收集整理和研究孟姜女材料的热情，也号召读者广泛收集材料，他说："中国的传说从来不曾经过整理，满地都是很有趣味的材料。我虽没有功夫做全盘整理的事业，但颇想打出这一条路，使民间的传说能够得着他们的相当的地位，所以关于这一类的材料，希望愈多愈好；尤其类于孟姜女的，如祝英台之类。"顾颉刚这段话一方面体现了当时传说材料尚未得到知识分子的足够重视的现状，另一方面也表现了他以孟姜女传说作为传说研究的突破口，给传说以应有的地位的学术意识。顾颉刚的这种想法可以视为20世纪前期传说学学术自觉的早期觉醒，在当时看来极其珍贵。孟姜女传说之外，顾颉刚还提到了祝英台传说，这是继孟姜女传说之后，受到学界重视的又一传说材料。《民俗》周刊后来曾刊发了3期的《祝英台专号》。此时，以顾颉刚为首的一批知识分子在方法上和思想上已经为传说的系统研究做好了准备，初步具备了建立传说学的自觉性。

在83号（孟姜女专号5）上，作为编辑的顾颉刚又刊发了一则《启事》：

孟姜女的问题，在我的脑海里已经盘旋了近三年了，至今幸有《歌谣》周刊作发表与征求的机关，又有钟敬文、刘策奇、常维钧等诸位先生常时给我以启发与助勉，极想趁着这个机会，作一番彻底的考察，整篇的论文将来是固是要做，但在各项小问题的材料未整理时，打算暂时停顿。自专

---

① 参见《歌谣》周刊1922年12月17日第1期。

号第六次起，每期登出短篇论文一篇或二篇，为整理小问题之用，并为结集长篇论文预备。

从该文来看，顾颉刚、钟敬文、刘策奇、常维钧等知识分子热心于搜求孟姜女故事的材料，但也仅限于传说材料的收集，而研究文章仅有顾颉刚一人而已。因此，顾颉刚计划从第 6 期专号开始，每期刊登一些研究短文，这些短文后来汇成《孟姜女故事研究集》。同期上还刊登了刘复给顾颉刚的信，赞扬了顾颉刚研究孟姜女传说的方法和孟姜女传说研究的历史意义，极力肯定《孟姜女故事的转变》一文的学术价值。此后，《歌谣》周刊 68、90、93 号上陆续刊登了顾颉刚的《杞梁妻的哭崩梁山》、钟敬文的《送寒衣的传说与俗歌》、顾颉刚的《杞梁妻哭崩的城》等论文和通信。

9 期"孟姜女专号"的成果异常丰富，顾颉刚曾在专号最后一期的《"孟姜女专号"的小结束》一文中回顾总结了这 9 期的成果："自去年十一月二十三日出了孟姜女专号第一期，到这一回，足足经过了七个月，出了九次的专号。每次 8 版，内第七期增刊了 8 版，共计 80 版；每版约 1 500 字，共得 12 万字。"专号的力量也是巨大的：首先，专号尽可能广泛地搜集了孟姜女传说的各种材料，从民歌到宝卷，从鼓词到唱本，孟姜女传说材料从来没有如此丰富过。这是凭借了被纳入现代化大生产的媒介——现代报刊才能达成的结果，比起中国之前存在过的任何一种媒介来，现代报刊的传播和交流的力量都异常巨大。可以说，没有现代报刊就不会有这么多孟姜女传说材料的发现和共享；其次，专号还凭借现代报刊这一阵地发现、团结并培养了一批传说研究的爱好者。学术交流向来都是促进学术进步的重要手段，而现代报刊无疑是当时重要的交流手段。它传播的快捷和广泛都是传统社会的任何一种交流手段无法比拟的，因此团结了一批有共同志向的知识分子，为传说学的建立进行了人才的培养与储备；再次，专号这种研究形式是传说专题研究迅速、深入发展的有力武器。20 世纪前期重要的人物传说专题——孟姜女、祝英台等都是凭借着专号的形式在短时间内迅速发生发展的。

此外，《歌谣》周刊刊发的传说类文章中值得一提的还有第 2 卷 7 期上罗香林的《〈民间世说〉序》。该文是为林培庐编辑的民间故事和传说集——《民间世说》所做的序言。其中谈到了作者对民间传说的理解：首先，从内容上来看，民间传说是民众对社会和自然的记录和反映，“民间故事和传说，可说是人们的社会的社会环境和自然环境的反应，是人们对于所处环境，所营生活，所历事变的一种记忆或说明，一种解释或回想，一种知识或教材”。其次，传说与历史密不可分，但传说又不是历史。文字产生之前，传说几乎担负了记录历史的功能，“它的性质，虽说与历史或‘写的历史’绝不相同，然而总不能说他竟是没有相当的关系。在人类未有文字以记载史事以前，未有‘写的历史’以前，史事的认识或传述，更是与故事或传说交结不分，几有‘二位一体’之概。要研究先史时代人们演进状态的问题，是不能不注意所遗留的故事与传说的。这是研究文化学或文化史的人所熟知的”。再次，传说是民众对生活的记录，可以补正史的不足：“传说与故事的性质，虽不若‘写的历史’的易于推识史事本身的状况，然其所代表的人们的生活过程与背景，或环境与条件，正与‘写的历史’大致相同，所谓‘查无实据，而事出有因也’。而且以其范围很广，正可以补助‘写的历史’所代表的不及。研究‘写的历史’而不明了民间故事与传说的背景，或来源。那是不能尽量的说明人们所受自然和人为二环境的影响及其生活的过程的。”以上三点论述，都是当时比较先进的民间传说理论，是现代传说研究向纵深发展的证明。

以上对《歌谣》周刊上刊载的传说类文章进行了简单分析。总的来说，《歌谣》周刊在传说研究史上的重要意义在于两个方面：

第一，借助现代传播媒介——报刊，对传说材料进行了广泛的收集，集中的展示，以及共享。在传统社会，学者们无法在短时期内对某一材料进行广泛的收集，基本上只能依靠一己之力，而对所收集材料的展示则更困难，只能通过抄写、传阅等手段进行，等到其他学者看到这些材料，时间已经过去很久；或者由于时间、空间的限制，有些材料无法被更广泛的空间内和更久远的时间后的学者所见。而现代印刷技术和现代传播媒介逐渐走向成熟以后，传统社会的种种遗憾不复存在，报刊上刊载的材料能迅速被周知，同时被共享。应该说，在传说研究史上，《歌谣》周刊最大的贡献并不在于传说理论的发展而在于大量的、较长时间内的传说材料的集中和共享。这为以后传说研究的发展奠定了很好的材料基础和方法基础。

第二，大量编读往来信件的刊登扩大了传说的影响范围，培育了不少研究人才。《歌谣》周刊刊发了大量的编读往来信件，其中关于传说的信件绝大部分是提供传说材料或进行传说问题的探讨，这些通信的理论深度和见识并不亚于正式刊登的研究文章，尤其是关于孟姜女传说的21则通信，基本上都可以看作孟姜女传说的研究论文。20世纪初的报刊上刊登读者来信的并不少见，但将读者来信作为主要内容之一，并且选登的来信质量与正式论文不相上下的，较早的大约要算《歌谣》周刊了。以“孟姜女专号”为例，专号共9期，其中包括各类文章47篇。按照当时的划分，其中有通信21篇，论文5篇①，鼓词、唱本、春调等民歌8篇②，书类考证文章4篇③，启事（包括《孟姜女专号的小结束》）9篇④。通信的数量最多，占到了全部文章的1/3强，如图4-1所示：

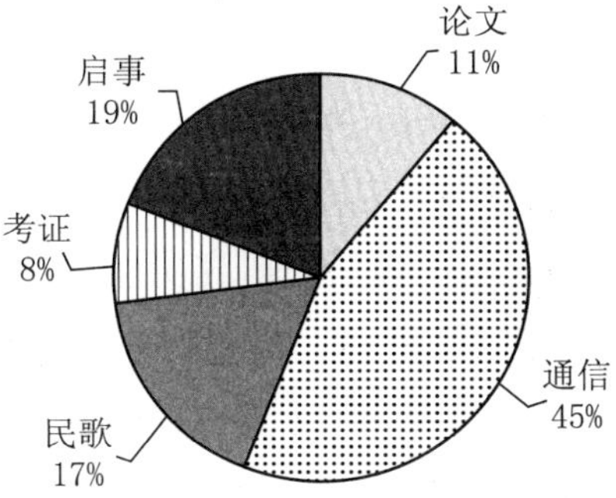


**图4-1　9期孟姜女专号的文章类型**

这些通信的作者不仅包括后来成长为民俗学家的周作人、钟敬文等，还包括一大批在民俗学和其他学科领域做出过突出贡献的学界精英，如容庚、郭绍虞、郑孝观、刘复、何植三、刘策奇等。容庚原名容肇庚，曾在北京大学研究所国学门读研究生，毕业后历任燕京大学教授、《燕京学报》主编、岭南大学中文系教授兼系主任、《岭南学报》主编、中山大学中文系教授等；郭绍虞后来成为我国著名教育家、古典文学家、语言学家、书法家，曾任复旦大学教授、中国科

---

①　包括《孟姜女故事的转变》《杞梁妻的哭崩梁山》《孟姜女十二月歌与放羊调》《黄世康秦孟姜女碑文考》《杞梁妻哭崩的城》。

②　包括《孟姜女寻夫（鼓词）》《孟姜女十二月花名（唱春调）》《最新孟姜女十二月花名（南京唱本）》《孟姜女十二月歌（通行广西象县）》《孟姜女四季歌（通行江浙）》《孟姜女哭长城（河南唱本）》《孟姜仙女包卷》《孟姜女四季歌》。

③　包括《宋本〈烈女传〉中之杞梁妻》《宝卷中之万里侯喜良与孟姜仙女》《哀情小说孟姜女的封面》《王羲之书曹娥碑》。

④　《孟姜女专号目》，《歌谣》周刊1925年第96期。

学院学部委员等职务；郑孝观即郑宾于，后成为知名学者，曾在中俄大学、福州协和大学、成都师大、四川大学、程度大学任教；刘复即刘半农，后成为著名的语言学家、文学家，是《新青年》重要撰稿人之一和编辑、北京大学预科教授，曾任《中华新报》特约编译员、中华书局编纂；何植三是五四时期著名的新诗诗人；刘策奇不仅是中国早期民俗学者，曾致力于民间歌谣的收集和少数民族习俗的研究，还是早期共产党员，为民族独立贡献了自己的青春和生命，于1927年壮烈牺牲。

## 第二节　传说研究与《民俗》周刊

《歌谣》周刊首次停刊是在1925年，时值五卅运动之际。因为军阀混战，政治局势动荡，顾颉刚等被迫转移到广州，中国民间文学研究中心也随之转移到广州中山大学，并在中山大学语言历史研究所成立“民俗学会”，其主要活动也是搜集研究民间文学与民俗学材料。出于共享收集的材料，发布研究成果等目的，中山大学民俗学会于1927年11月1日创办了《民间文艺》周刊，由钟敬文、董作宾编辑。到1928年1月10日更名，该刊共发行12期。《民间文艺》周刊主要注重民歌、民谣、故事的搜集与民风民俗的调查，后因嫌刊物名称范围过于狭小，中山大学民俗学会将其改名为《民俗》周刊，由钟敬文、容肇祖、刘万章等继续编辑，正如《〈民俗〉周刊发刊词》所说：“本刊原名《民间文艺》，因放宽范围，收及宗教风俗材料，嫌原名不称，故易名《民俗》而重为发刊辞。”关于办刊宗旨，《发刊词》指出：“我们要把几千年埋没的民众艺术，民间信仰，民众习惯，一层层地发掘出来！我们要打破以圣贤为中心的历史，建设全民众的历史。”①此宗旨具有鲜明的政治性，指出搜集与研究民俗材料的根本目的在于打破圣贤的历史，建设民众的历史，与“打倒孔家店”的五四口号如出一辙，可以视作对五四精神的继承。

《民俗》周刊第1—24期由钟敬文主编，第25—91期由容肇祖主编，第92—110期由刘万章主编。1930年4月30日，《民俗》周刊因故停刊。1933年3月21日《民俗》周刊复刊，至当年6月13日，周刊由容肇祖主编，并于6月16

---

① 顾颉刚：《民俗》发刊词，《民俗》周刊1928年第1期。

日补发了应在 1930 年 12 月刊发的第 100 期纪念号。之后，周刊再度停刊。1936 年 9 月，杨成志复刊《民俗》，并改为季刊。复刊以后的《民俗》季刊共出 8 期，一直到 1943 年 12 月最终停刊。季刊与周刊相比，从内容到形式都有了很大变化。在《民俗》季刊复刊号第 1 卷第 1 期的英文导言上，杨成志指出了复刊的目的："通过在大学讲授民俗学和人类学课程，作者决定将过去停版的《民俗》周刊改为《民俗》季刊恢复起来，努力开展中国民俗学启蒙运动，并把我们出版物介绍给国外同行。虽然我们涉及的只是一部分未经记载的资料。但我们孜孜不息希望实现目标，并以微弱成果继续争取海外同业和国内学术界发生兴趣！"①与《民俗》周刊发刊词中的内容相比，《民俗》季刊的复刊目的显然在于学术，而非政治。

本书以《民俗》周刊为主要研究对象。从 1927 年年底—1933 年 6 月，《民俗》周刊共出 123 期（含《民间文艺》周刊 12 期）。周刊发表故事近 400 篇，研究文章 300 多篇。除了周刊之外，民俗学会还出版了 30 种"民俗丛书"，内容包括各地谜语、传说、神话、民间故事、民歌、迷信、习俗、信仰等。此外，民俗学会还搜集了不少民俗用品、用具，以及记载戏曲、唱本、小调、传说故事等民间文学的小册子。与《歌谣》周刊相比，《民俗》周刊开拓了民俗学的研究视野，使民俗研究更加学术化、专业化。《民俗》周刊（含《民间文艺》周刊）大量刊发了传说材料及相关研究类文章，详见表 4-2、表 4-3：

**表 4-2　《民间文艺》周刊刊发的传说研究主要论文与书评**

| 序号 | 文章名 | 作　者 | 期　　号 | 起始页 | 类型 |
|---|---|---|---|---|---|
| 1 | 《中国古代几个鸟的传说》 | 静闻<br>（钟敬文的笔名） | 1927 年第 2 期 | 1 | 论文 |
| 2 | 《民间文学》 | 静闻 | 1927 年第 3 期 | 29 | 书评 |
| 3 | 《羊石传说》 | 刘万章 | 1927 年第 4 期 | 13 | 论文 |
| 4 | 《歌仙刘三妹故事》 | 静闻 | 1927 年第 5 期 | 1 | 论文 |
| 5 | 《马头娘传说辨》 | 静闻 | 1927 年第 6 期 | 1 | 论文 |
| 6 | 《英台山伯与南徐一士子之故事》 | 周柏芬 | 1927 年第 8 期 | 19 | 论文 |

① 《〈民俗〉季刊英文导言》，《杨成志民俗学译述与研究》，高等教育出版社 1989 年版，第 118 页。

**表4-3 《民俗》周刊刊发的传说研究主要论文、序言与书评**

| 序号 | 文章名 | 作 者 | 期 数 | 起始页 | 类型 |
|---|---|---|---|---|---|
| 1 | 《民俗学的问题》 | 何思敬 | 1928年第1期 | 3 | 论文 |
| 2 | 《数年来民俗学工作的小结账》 | 钟敬文 | 同上 | 9 | 论文 |
| 3 | 《〈孟姜女故事研究集〉自序》 | 顾颉刚 | 同上 | 13 | 序言 |
| 4 | 《环境与神仙传说》 | 夏廷棫 | 同上 | 35 | 论文 |
| 5 | 《宋帝昺遗迹及故事》 | 黄仲琴 | 1928年第2期 | 19 | 论文 |
| 6 | 《闽南故事集》 | 钟敬文 | 同上 | 26 | 书评 |
| 7 | 《潮州之青龙爷》 | 黄仲琴 | 1928年第4期 | 19 | 论文 |
| 8 | 《风俗调查计划书》 | 林 幽 | 1928年第6期 | 9 | 论文 |
| 9 | 《德庆龙母传说的演变》 | 容肇祖 | 1928年第9期 | 1 | 论文 |
| 10 | 《德庆龙母传说的演变(续)》 | 容肇祖 | 1928年第10期 | 10 | 论文 |
| 11 | 《金蚕鬼的传说》 | 叶国庆 | 1928年第13、14合集 | 8 | 论文 |
| 12 | 《池田大伍的〈中国童话集〉》 | 钟敬文 | 同上 | 22 | 书评 |
| 13 | 《山歌原始的传说及其它》 | 愚 民 | 同上 | 4 | 论文 |
| 14 | 《几则关于刘三妹故事材料》 | 钟敬文 | 1928年第19、20合集 | 27 | 论文 |
| 15 | 《中秋的起源和唐代的传说》 | 容肇祖 | 1928年第32期 | 2 | 论文 |
| 16 | 《中秋节翁源的风俗和传说》 | 黄诏年 | 1928年第32期 | 34 | 论文 |
| 17 | 《关于王昭君传说》 | 刘万章 | 1928年第35期 | 26 | 论文 |
| 18 | 《关于王昭君传说的答案》 | 魏应麒 | 1929年第44期 | 27 | 论文 |
| 19 | 《传说专号序》 | 顾颉刚 | 1929年第47期(传说专号) | 1 | 序言 |
| 20 | 《传说的分析》 | 容肇祖 | 同上 | 1 | 论文 |
| 21 | 《传说与史实——关于萧何韩信的》 | 张冠英 | 1929年第66期 | 6 | 论文 |
| 22 | 《〈泉州民间传说〉序》 | 顾颉刚 | 1929年第67期 | 1 | 序言 |
| 23 | 《〈迷信与传说〉自序》 | 容肇祖 | 1929年第77期 | 1 | 序言 |
| 24 | 《祝英台故事集序》 | 容肇祖 | 1930年第93—95合集(祝英台故事专号) | 1 | 序言 |

续表

| 序号 | 文章名 | 作　者 | 期　数 | 起始页 | 类型 |
|---|---|---|---|---|---|
| 25 | 《祝英台故事叙论》 | 钱南扬 | 同上 | 8 | 序言 |
| 26 | 《华山畿与祝英台》 | 顾颉刚 | 同上 | 52 | 论文 |
| 27 | 《海陆丰戏剧中的梁祝》 | 刘万章 | 同上 | 55 | 论文 |
| 28 | 《祝英台的歌》 | 沅君 | 同上 | 61 | 论文 |
| 29 | 《祝英台与秦雪梅》 | 黄樸 | 同上 | 69 | 论文 |
| 30 | 《关于祝英台故事的戏曲》 | 顾颉刚、钱南扬 | 同上 | 77 | 论文 |
| 31 | 《祝英台非上虞人考》 | 谢云声 | 同上 | 80 | 论文 |
| 32 | 《闽南传说的梁山伯与祝英台》 | 谢云声 | 同上 | 82 | 论文 |
| 33 | 《梁山伯与祝英台——<br>广东东莞传说》 | 袁洪铭 | 同上 | 88 | 论文 |
| 34 | 《岭东客族人民来源的传说》 | 李次民 | 1930 年<br>第 101 期 | 6 | 论文 |
| 35 | 《中国的淘金传说与希腊神话》 | 徐匀 | 1930 年<br>第 103 期 | 1 | 论文 |
| 36 | 《序伍远资之〈郑成功传说〉》 | 谢云声 | 1933 年<br>第 112 期 | 23 | 序言 |
| 37 | 《〈山海经〉内大荒海内二经<br>古代帝王世系传说》 | 朱希祖 | 1933 年第 116—<br>118 合集<br>（山海经专号） | 1 | 论文 |
| 38 | 《禹治水传说之推测》 | 杨宽 | 同上 | 39 | 论文 |
| 39 | 《〈山海经〉中蛇的传说》 | 叶德均 | 同上 | 105 | 论文 |
| 40 | 《民俗学的分类》 | 娄子匡 | 1933 年<br>第 119 期 | 16 | 论文 |
| 41 | 《王昭君故事的演变》 | 黄紫琇 | 1933 年<br>第 121 期 | 1 | 论文 |
| 42 | 《〈福建民俗丛谈〉序》 | 清水 | 1933 年<br>第 123 期 | 33 | 序言 |
| 43 | 《中国民俗学发展史》<br>（又称《我国民俗学发达史》） | 郑师许 | 1943 年<br>第 1—2 期 | 54 | 论文 |

因为《民间文艺》周刊和《民俗》周刊是前后相继的，在内容上没有明显的变化，因此本书将其合在一处介绍。总的来说，《民间文艺》周刊和《民俗》周刊所刊的传说研究文章比《歌谣》周刊更学术化、更系统化，也更直接关注传说文体本身。尤其是《民间文艺》周刊更名《民俗》周刊之后，所刊发的传说研究文章无论是数量还是质量都堪称当时之最，可以说，它集中了当时传说研究最前沿、最精华的理论。从内容来看，这些文章中既有对民俗学、民间文学作全面的关照因而论及传说的综合研究，如《民俗学问题格》《数年来民俗学工作的小结账》《风俗调查计划书》《中国民俗学发展史》等；也有对个别传说文本或某个传说问题进行研究的个案文章，如《〈孟姜女故事研究集〉自序》《潮州之青龙爷》《德庆龙母传说的演变》《几则关于刘三妹故事材料》《中国的淘金传说与希腊神话》等。具体分析如下：

## 一、综合研究

综合研究类文章包括《民俗学问题格》《数年来民俗学工作的小结账》《风俗调查计划书》《中国民俗学发展史》《传说的分析》《民俗学的分类》等，这些篇目有些着眼于整个民俗学，有些是着眼于传说学，大多是对理论问题的探讨。何思敬的《民俗学问题格》主要探讨“Folk-lore”一词的来源和发展，述及诸多民俗学的专有名词，其中就包括“传说”，可惜的是没有详细展开；钟敬文的《数年来民俗学工作的小结帐》回顾了民俗学的发展历程，肯定了周作人、顾颉刚、江绍原、赵景深、郑振铎、傅彦长、张若谷等学者对民俗学发展的工作，尤其对于周作人和顾颉刚在民间传说方面的贡献加以赞扬。钟敬文认为周作人较早提倡收集民间故事传说，有很大功绩。他对于顾颉刚在孟姜女传说方面的研究也给予了充分肯定；林幽的《风俗调查计划书》将神话与故事归入传说类，这种分类法很少见但不失为一家之言；容肇祖的《传说的分析》论述了传说的产生、性质及分类，是较全面的一篇传说学论文；娄子匡的《民俗学的分类》从首创“Folklore”一词谈到了英、法、瑞士、日本、中国等国民俗学者对民俗学分类的看法，内容非常全面；《我国民俗学发达史》不仅回顾了中国民俗学的发展历程，更叙述了欧美及日本学者对我国民俗学尤其是传说学的研究，在这方面绝无仅有。

## 二、个案研究

《民间文艺》周刊上发表的几篇传说研究除了钟敬文对《民间文学》的评论外，无一例外地都是个案研究，如刘万章的《羊石传说》、钟敬文的《歌仙刘三妹故事》《马头娘传说辨》、周柏芬的《英台山伯与南徐一士子之故事》等。其中，钟敬文的传说研究文章无论在数量还是质量上都是最突出的。

1927 年第 2 期上刊发的钟敬文的《中国古代几个鸟的传说》是对古代鸟传说的整理和研究。此文还论述了传说的演进问题："近人有以为故事传说，必定要古代才能产生，这是不尽然的话。要知传说故事，虽盛行于初民的社会，但苟其民族进化的程序，尚未至于很成熟者，便有继续着产生故事传说的可能。所以在故事传说上，也有逐渐演进的一个公则。"①作者的主要观点包括两个：第一，传说不都是产生自古代，现代社会也可以产生传说；第二，由于社会在演进，传说本身也在演进。《歌仙刘三妹故事》是对刘三姐传说的早期研究，也是一篇传说研究史著述，钟敬文对当时刘三妹传说的研究过程进行了概括：1925 年，刘策奇记录了此传说，并以《刘三姐》的提名发表在《歌谣》周刊上；1926—1927 年，《国学门》周刊先后发表了《刘三姐的故事》和《刘三妹故事与粤风续九及粤风》。此外，《歌仙刘三妹故事》还提供了若干刘三妹传说的材料，并进行了比较研究。

《民俗》刊发的专题研究类文章颇多，从内容来看，有关涉历史人物的，如《宋帝昺遗迹及故事》《〈山海经〉内大荒海内二经古代帝王世系传说》《禹治水传说之推测》等；有关涉信仰的，如《潮州之青龙爷》《德庆龙母传说的演变》《金蚕鬼的传说》等；有关涉俗年节庆的，如《中秋的起源和唐代的传说》《中秋节翁源的风俗和传说》等。这里简单谈一下关涉历史人物的传说研究。《宋帝昺遗迹及故事》一文大半是传说文本整理，仅在文末对此类传说文本稍加评述。此文后还附钟敬文的附记，号召收集此类传说，以便在合适的时间推出专号；《传说与史实——关于萧何韩信的》一文论及传说与史实的关系："事有不幸出于久远，其传说必有所不同；征诸史乘，历历不爽。推厥端由，可得而言：盖传说

① 此部分涉及《民间文艺》周刊与《民俗》周刊所刊发的传说研究主要论文、序言、书评等文章引文的出处请参见表 3、表 4。

之来，其始虽或本于事实，无如口耳相传，颠倒难免，年湮代远，增损不同，故其继必流于分歧。非若史实之笔著于书者，可经久而不变也。”作者认为传说原来的面貌是史实，但流传的时间长久，真相逐渐被掩盖，只有将史实著录于书中，才能保留历史的本来面貌。专题研究里还有一部分研究集中于孟姜女传说、刘三姐传说和王昭君传说等传说专题。

## 三、其他研究

《民间文艺》周刊还刊载有若干篇序言和书评，这一部分内容几乎都涉及传说理论，值得关注。主要包括如下三方面内容：

（一）关于传说与历史关系问题的讨论得到了很多知识分子的重视

顾颉刚在《〈孟姜女故事研究集〉自序》中对《孟姜女故事研究集》进行了一番叙述，其中谈到传说与历史的关系：“民间故事无论哪一件，从来不曾在学术界上整个的露过脸；等到它在天日之下漏出一丝一发的时候，一般学者早已不当它是传说错认为史实了。”这段论述指出了传说在经历了较长时间的流传之后，与历史事实融合而后被错认为历史的过程，是对传说与历史混淆的原因分析。

谢云声在《序〈伍远资之郑成功传说〉》一文中认为传说中最有依据的是历史传说，可以补正史的不足，顾颉刚等人就利用传说来研究古史。

受历史学者研究古史传说的影响，传说与历史的关系受到众多知识分子的重视。前文已经述及：现代传说研究萌芽于20世纪初的古史辨伪领域，以顾颉刚为代表的古史辨学派因为要还原历史，所以将传说剥离出来单独进行研究，且取得了丰硕成果。这些研究都将传说研究引向了传说与历史关系的研究方面。

（二）关于传说的研究方法、范围、意义、目的等理论问题的探讨

顾颉刚的《传说专号序》是传说研究方面的一篇重要文章，一方面论述了传说研究的意义和范围，另一方面也为传说学做了一个长远的计划。从前者看，顾氏认为传说的重要意义在于传说与历史交融，了解历史必须了解传说，因此传说研究的范围既包括传说文本本身，也包括传说的演变过程。“研究的结果，归纳出各种传说变化的方式，列举出各种传说变迁的程序，这便是一件历史学和民俗学上的大贡献。”从后者来看，顾颉刚已经意识到传说研究是一

个长期的、艰难的过程，“要归集起来，总须费上几十年的努力。至于研究完成，更不是数十年内的事了”。这是他的高瞻远瞩。

在《〈泉州民间传说〉序》中，顾颉刚对传说研究的目的进行了论述，他认为传说是民众的历史，与书本的历史不同，传说反映了民众的心声，而研究传说就是为了造福民众，“总而言之，我们若要接近民众，为他们谋福利，或要研究民众，揭示他们一切事实，那么他们的传说都是极贵重的材料”。这个论点极其重要，至少部分说明了当时知识分子在研究传说时的目的和心态——造福民众，而传说研究则成为达成此目的的手段或工具。

容肇祖的《〈迷信与传说〉自序》除了论述传说与历史、传说与迷信的关系外，还论到了研究传说的方法：“我们研究传说，可以认清传说的本来，是会从点滴的本源而逐渐扩大和发生枝叶的。剪除枝叶，穷究根荄，是我们研究传说的方法。”容肇祖所论的方法就是从细部着眼而逐渐至根源。所谓的细部就是传说理论的小问题或传说专题，由这些问题逐渐扩大至系统的传说理论，再至整个传说学。

顾颉刚和容肇祖的探讨已经具备了传说学的自觉性，他们从研究目的、意义、方法、范围等角度进行了初步的探讨，虽然论点还有待完善，但他们所做的尝试，却成为传说学发展的理论基础。

（三）对传说研究成果的介绍

在钟敬文为池田大伍的《中国童话集》所作的评论中，介绍了当时比较重要的欧美学者的中国神话传说论著，指出外国人的研究不能令人满意，希望能有中国学者努力于这方面的研究，“现在我要提出一部日本人所编著的同性质的书来谈论一下，使我们益可以见出外人在越俎替我们做这种工作，虽然于热心努力方面很可感，而在实际上，要有比较完满的成绩，确非由我们自家人动手不可，即使我们且置开了所谓丢脸与不丢脸的问题”。《池田大伍的〈中国童话集〉》一文实际上指出了中国传说研究落后的情况，并进一步说明：因为文化背景等关系，外国人对中国传说的研究并不到位，不能令中国的学者感到满意，因此还是需要中国学者自己亲自研究。这里述及的“丢脸与不丢脸的问题”含有强烈的民族主义情结，是当时中国知识分子面对外国学者对中国民间文学、民俗学的研究成果时的普遍心态。这一点笔者将在后文论及。

清水的《〈福建民俗丛谈〉序》对当时的民俗学研究进行了概述，认为江绍原、顾颉刚、郑振铎、沈雁冰、容肇祖、钟敬文等学者在此方面多有贡献，并提到了很多相关著作，其中不少都是传说研究的著述，如《发须爪》《血与天葵》《迷信与传说》《孟姜女故事集》《梁祝故事集》《神话研究ABC》《楚辞中的神话与传说》《童话学ABC》《童话概要》《民间故事研究》《民间故事丛话》《民间文艺丛话》等。

总的来说，《民俗》周刊在传说研究史上具有非凡的意义：首先，它登载的传说研究文章更系统化、更学术化，且是当时的学术前沿及核心研究，不仅注意到了国内知识分子在传说方面的重要著作，也注意与国际接轨，介绍了国外学者的研究情况；第二，它聚集了一批传说研究的中坚力量、精英人物，如顾颉刚、容肇祖、钟敬文，同时也培养了一批传说研究的青年学者及爱好者，为传说研究的进一步发展进行了人材上的准备；第三，《民俗》周刊继承了《歌谣》周刊编读互通声气的传统，共享调查研究成果，此种合作研究将传说研究向纵深推进。正像郑师许在《中国民俗学发展史》(又称《我国民俗学发达史》)曾经谈到的那样，《民俗》周刊在当时成为肩负领导发展我国民俗学运动重任的重要阵地，"由《民间文艺》周刊改为《民俗》周刊，由《民俗》周刊以互通声气，各发表部分的调查及部分的所知，以互相讨论；又另印行民俗学会丛书，以为参考。又设风俗物品陈列室，以搜集实物，为研究资料。"

## 第三节　传说研究与其他报刊

受民间文学、民俗学的搜集、调查和研究热潮的影响，尤其是受到《歌谣》周刊和中山大学《民俗》周刊的影响，当时很多杂志和报刊都刊发了民间文学、民俗学的材料和研究文章，重要的如《民俗》周刊(杭州民俗学会出版)、《妇女杂志》《青年界》《民众教育》季刊、《艺风》《开展》月刊等。刊发的传说类文章如黄石的《桃花女的传说与民间婚俗》(《妇女杂志》，1930年16卷7号)、《关于龙的传说》(《青年界》，1931年1卷2号)、《关于植物的神话传说》(《青年界》，1932年2卷2号)、《月亮的神话与传说》(《北新》，1930年4卷16号)、《烂柯山传说的起源与转变》(《太白》，1935年2卷2、3期)、胡愈之的《论民间文学》(《妇女杂志》，1921年7卷1期)、钟敬文的《中国的水灾传说》(《民众教育》季刊，1931年第1卷第2号)、《老獭稚型传说的发生地——三个分布于朝鲜、越南及中国的同型传说的发生地域试断》(《艺风》,1934 年第 2 卷第 12 期)、《中国的地方传说》(《开展》月刊民俗学专号,1931 年第 10、11 期合刊),江绍原的《玉传说探讨》(《鞭策》周刊,1932 年 9 月第 2 卷 3—5 期)、《关于殷王亥传说的研究》(《华北日报》"中国古占卜术研究"专刊,1936—1937 年第 16、17、18、19、20 辑)。

还有一些报刊开辟了民俗学和民间文学专栏,充分表现了当时报刊编辑重视民间文学的编辑思路,比如《艺风》民间专号上就刊登了编辑静云"征求神话和传说"的启事:"我国历史悠长,种族繁杂,是以在民间底(的)神话和传说上,极呈万花缭乱之观。此实世界文化研究上一块最可宝贵的园地! 惜目下注意及此的,尚少! 本刊拟于明年春间,出一期中国神话和传说专号,以为斯归集和探讨工作底(的)提倡。凡我同志,望踊跃帮忙! 材料及探究文字,一律欢迎!(关于材料方面,如自然力和自然物起源神话,文物起源神话,以及地方传说、英雄传说等,尤所需求!)来稿寄本刊编辑部。"①

商务印书馆主办的《妇女杂志》是较早关注民间文学的刊物之一。关于它的重要意义,王文宝先生曾评价道:"二十世纪 20 年代前后,(《妇女杂志》)就常刊登民俗学、民间文学方面的文章","《妇女杂志》月刊第七卷第一号起,开辟了'民间文学'和'风俗调查'两个专栏,同时发表了胡愈之的文章。这篇论文是针对该刊开辟'民间文学'专栏而作的,是我国最早较为系统地讨论民俗学和民间文学的一篇佳作。他说:《妇女杂志》从第七卷第一号里起特辟'民间文学'一栏,征集各地流行的故事、歌谣,预备作为中国民间文学的研究资料。这在中国是个创举。已把由北大发起的征集歌谣活动,从歌谣扩大到了民间故事,并提出了民间文学是'民族的全体'所创作的,具有集体性、口耳相传的口头性和在人民群众中流传修改的传承性及变异性的特点,强调了搜集民间文学作品要忠于原作,不可随意改动的意见。"②这里所指的胡愈之的文章就是前述的《论民间文学》。

从第 7 卷第 1 号设立"民间文学"专栏后,《妇女杂志》每期均发表 3 篇左右的民间传说故事和若干首歌谣,而且取得了很大的成绩,社会反响热烈:

---

① 艺风杂志社:《艺风》民间专号,上海文艺出版社 1991 年影印版,第 65 页。

② 王文宝:《中国民俗学史》,巴蜀书社 1995 年 9 月版,第 248 页。

> 《妇女杂志》从今年第一号起,征求民间文学的资料,承读者和投稿诸君的赞助,总算得了不少的成绩。在这一年中,我们收到从各处寄来的歌谣谚语,大约有二三千种,传说故事也有二百余篇,我们当初并不想到这许多。对于几位热心于民间文学的投稿先生们,我们真不知应该如何感谢呢!但是今年《妇女杂志》因为篇幅不多,所以各处寄来的故事歌谣,发表的还不到十分之一,我们自然是十分抱歉。那些没有发表的稿件,我们现在都保藏起来,希望将来刊行故事集歌谣集谚语集等,建立中国的Folk-lore的基础。从明年起,我们更想把《妇女杂志》里的民间文学栏扩充,尽量吸收各处的来稿。并把歌谣改用新体诗格式,分行排列。务使读者和投稿者,都十分满意,这是我们所希望的。因为这样,我们更不能不求投稿诸君,继续帮助我们。无论故事歌谣谚语,凡是以表现民族感情及思想的,我们都极欢迎。各地方的传说——神怪的和历史的——和较长的民谣,今年投稿,比较的缺少一点,更希望读者惠稿。但因为事实上的困难,所有民间文学的来稿,无论登与不登,都不能检还,这是要请投稿者的原谅的。①

从上面这篇《编辑人白》中不难看出当时该期刊在传说搜集和研究方面取得的成绩。《妇女杂志》的编辑思路是想把"民间文学"栏目继续办下去,并建立中国的民间文学基础。如果继续办下去,凭借着该期刊编者的民间文学学术素养,完全可以在几年之间成为中国民间文学研究的重要阵地,为中国民间文学、传说学奠定很好的研究基础。可惜,这些仅止于宏伟的设想。在《妇女杂志》第8卷上,"风俗调查""民间文学"两个专栏突然消失了,而且在整个第8卷的文字中完全找不到取消专栏的原因。唯一的解释是从第8卷第1号开始取消了所有的专栏,因此这两个栏目也随之消失了。从此《妇女杂志》上刊登的民间文学类文章大量减少,几乎只剩下童话研究和童话作品了。

约在1930年夏秋间,由江绍原、钟敬文、娄子匡、钱南扬等在杭州发起成立中国民俗学会。学会除杭州总会外,在浙江的绍兴、宁波、吴兴、永嘉等县,及广东、福建、安徽、四川等省先后建立了分会。中国民俗学会以搜集、研究各

---

① 《编辑人白》,《妇女杂志》第7卷第12号。

地、各民族风俗习惯、信仰、传说、故事、歌谣、谚语等为宗旨，先后出版了《民俗》周刊(附《民国日报》)、《民间》周刊(附《东南日报》)等。这些刊物主要发表关于各地风俗、信仰、民间娱乐活动等材料和各类民间文学作品，还出版过不少传说专号。中国民俗学会在各地的分会也大都有刊物，如浙大的《民俗》周刊，宁波民俗学会的《民俗》周刊、《歌谣谜语故事》周刊，湖州民俗学会的《民俗》周刊和《民俗》半月刊，厦门民俗学会的《民俗》周刊，漳州民俗学会的《民俗》周刊等。在总会和各地分会刊物上经常发表论文和收集民间作品的知识分子主要包括：江绍原、娄子匡、钟敬文、钱南扬、朱自清、赵景深、叶德钧、叶镜铭、曹松叶、翁国梁、孙佳讯、钱小柏、林培庐、谢云声、张长弓、清水、袁洪铭等。杭州中国民俗学会主办的刊物，继承了五四新文化的优良传统，重视人民群众的文化创造。它继 20 年代末期广州中山大学成立的民俗学会之后，扩展了中国民俗学和民间文学的学术活动，成为 30 年代民俗学、民间文学的一个重要的研究基地。

1930 年 8 月创刊于南京的《开展》月刊是提倡民族主义的文学刊物，在传说学史上也具有重要价值。至 1937 年 7 月停刊，《开展》月刊共出版 12 期。其中的第 10、11 期为民俗学专号，后来结集为《民俗学集镌》第 1 辑(1931 年)和《民俗学集镌》第 2 辑(1932 年)。两辑共收录论文、译文、资料等 30 多篇，涉及神话、传说、故事、歌谣、习俗、民俗学方法论、国外民俗学会研究和理论介绍等各方面内容，“标志着民俗学的研究已走出北京大学《歌谣》周刊时期只为新文艺服务的狭隘性；同时，与《民俗》周刊那种评论式的研究也有极大的差异，使民俗学成为一种具有自觉意识的独立的学科。这当中，钟敬文先生的《中国地方的传说》《金华斗牛习俗》及《蛇郎故事试探》和黄石的《满洲的跳神》《苗人的跳月》《迎紫姑之史考察》及周作人、刘大白、顾颉刚等先生的文章，标志着当时学术研究的最新成果”。①

## 结语：报刊使传说研究从分散走向集中

在传统社会中，文字的记录、传播的工具和媒介一直处于手工操作的低效

① 陈华文：《钟敬文与杭州中国民俗学会的活动及历史地位》，《广西民族学院学报(哲学社会科学版)》2002 年 1 月。

阶段，这就限制了思想和学术的传播范围及速度。到了近现代大工业时代，机器印刷和现代新闻事业的发展使思想和学术的传播获得了极为有利的条件。报刊是中国现代化过程中出现的新媒介。以机器印刷和迅速传播为主要特征的报刊是当时社会生产力的重要表征，也是传说材料得以扩散、传说研究成果得以交流的重要渠道。可以说，报刊的发展使传说研究成为知识分子的集体工作。许多研究传说的知识分子自任编辑，编辑传说研究相关期刊或专号，而作者和读者又往往是传说研究的爱好者，致使这些刊物具有了同人刊物的性质。出版者、编者、作者、读者形成了一个有机联系的整体，协同配合进行传说研究。比如，《歌谣》周刊中的"孟姜女专号"是顾颉刚编辑的，而顾氏是孟姜女传说研究的倡导者和集大成者，在他的周围有一批热心的读者和作者，如钟敬文、刘复、魏建功等，都是研究孟姜女传说的重要人物。他们通过通信、撰写论文、刊登启事等方式，提供材料、交流心得，推动孟姜女传说研究的发展，最终出现了《孟姜女故事研究集》这样宏大的学术成果。又比如，《民俗》周刊的《祝英台专号》是钱南扬编辑的，钱氏也是祝英台传说研究的倡导者和集大成者，他与顾颉刚、容肇祖、钟敬文等人相互应和，掀起了祝英台传说研究的高潮。虽然祝英台传说研究取得的成果不能与孟姜女传说研究的成果相比，但不能否认的是，《民俗》周刊的《祝英台专号》起到了呼唤同道、造成风气的作用，无论从收集材料的丰富性还是从研究成果的深刻性上，都取得了长足的进步。这时，传说研究已经从顾颉刚和钱南扬的个人研究中挣脱出来，成为知识分子们公共的、集体性工作。因此，现代报刊的发展对传说学最大的影响在于它使分散的传说研究走向集中，促进了传说学向纵深发展。

# 第五章　海外学者的中国传说研究及影响

20 世纪一二十年代，不少有海外留学经历的中国知识分子接受了西方学术理论，并将其介绍到中国。在民俗学、民间文学方面，影响较大的是安德留兰（Andrew Lang）的著作。他的《习俗与神话》（1884）与《神话、仪式与宗教》（1887）在中国很受重视，其神话传说研究在中国民间文学与民俗学界引起了很大的反响；班尼（Charlotte S.Burne）的《民俗学手册》也受到众多知识分子的青睐，部分章节被译成了中文。班尼对民俗学的分类（分为信仰仪式、习俗故事、民歌谣谚三类）在 20 世纪 20 年代的中国民俗学界一直占据主要地位；怀特（Arther R.Wright）的《英国民俗》、列维-布留尔（Lucien Lévy-Bruhl）的《原始思维》有中译本，德国的《格林童话》也被译介到中国。这些学术理论和观点对中国知识分子的研究产生了很大影响。但本书作为中国传说研究史的著述，更关心海外学者对中国传说的研究及其产生的影响。需要说明的是：由于神话与传说两种文体的相似性，海外学者在研究时往往并不区分中国神话与中国传说，有时还混入不少民间故事。因此本章的研究对象比其他章更宽泛一些。20 世纪前期对中国传说进行研究的主要是欧美及日本学者，他们的研究成果对中国知识分子的传说研究产生了直接影响。

## 第一节　欧美学者的中国传说研究及影响

欧美学者接触中国传说始于明清之际来华的传教士活动。他们在讨论神学问题以及翻译中国古籍资料时不可避免地接触到了中国的神话传说。19 世纪，英、法、德、荷兰等国都出现了译介中国通俗文学的热潮。由传说改编的

《铁拐李》《黄粱梦》《误入桃源》等戏曲剧本和《白蛇精记》《西游记》《聊斋志异》等小说都得到了译介。马礼逊(R.Morrision)的《中国通俗文学选译》(1812年)、丹尼斯(N.B.Dennys)的《中国民间传说及其与雅利安和闪米特人民间传说的亲和性》(1876年)、拉夫卡迪奥·赫恩(Lafcadia Hearn)的《中国鬼故事》(1887)、威达雷(B.Vitaledi Pontaggio)的《中国民间传说》(1896年)等都是值得一提的著作。①除了译介之外,也有一些学者率先对中国传说进行了研究。著名学者李福清认为海外学者第一部研究中国古代神话传说的专著是1892年圣彼得堡出版的圣彼得堡大学东方系齐奥杰维斯基(S.M.Georgievskij)教授的《中国人的神话观与神话》。②

从20世纪开始,欧美学者译介和研究中国传说的著作多了起来,其中为中国知识分子所见者也有不少,比如戴遂良(L.Wieger)的《中国近代民间传说》(1909年)、卫贤礼(R.Wilhelm)的《中国神话故事集》(1914年)、彼特曼(Norman H.Pitman)的《中国神奇故事书》(1919年)、威纳(E.T.C.Werner)的《中国神话传说》(1922年)、马伯乐(Henri Masspere)的《现代中国神话概论》(1928年)、马伯乐的《书经中的神话传说》(1924年)、拉格勒(Marcel Granet)的《古中国的跳舞与神秘故事》(1926年)、厄克士(E.Eckes)和坎勒底(August Conrady)的《屈原〈楚辞〉中〈天问〉的译注》(1931年)等。这些比较有名气、出版日期清晰的著作,不少被翻译为中文在中国出版。还有一些海外学者的中国传说研究成果影响不大,大多未在国内出版,仅有提名和内容在中国知识分子的著作里出现,比如费尔德(A.M.Fielde)的《中国夜谈》③、麦肯责的(Danald A. Mackenzie)的《中国和日本的神话》④、厄克士的《中国传说研究》和《中国开辟神话之遗闻》⑤、新狄(B.Schindler)的《中国神之观念的发展》⑥、霍德士

---

① 毕旭玲:《〈西方人笔下的中国鬼神故事二种〉译序》,载拉夫卡迪奥·赫恩等《西方人笔下的中国鬼神故事二种》,上海社会科学院出版社2014年版,第1页。

② 李福清:《国外研究中国各族神话概述——〈中国各民族神话研究外文论著目录〉序》,《长江大学学报》2006年第1期。

③ 赵景深在《波斯民间故事研究》中提到了费尔德(A.M.Fielde)的《中国夜谈》,但赵景深又在《小泉八云谈中国鬼》中提到了Brown的《中国夜谈》,并说它出版于1922年。不知两本《中国夜谈》是否为同一著作。参见赵景深:《民间故事研究》,上海复旦书店1928年版,第82、30页。

④ 参见谢六逸著:《神话学ABC·参考书目》,知识产权出版社2017年版,第132页。

⑤⑥ 参见贝德士(M.S.Bates)的《西文东方学报论文举要》,金陵大学中国文化所1943年版。

(L.Hodus)的《关圣帝君——宗教之研究》[①]等。

这些论著引入中国,给中国的民间文学运动和传说研究带来了深刻影响。洪长泰博士评论说:"它们毕竟作为初次在中国出现的著述,给中国民间文学运动带来的强刺激是不容否认的。"[②]钟敬文的《池田大伍的〈中国童话集〉》、郑师许的《我国民俗学发达史》、茅盾的《中国神话研究ABC》等都对其有过介绍。

当时欧美学者的中国民俗研究集中于神话和传说,"神话、童话、传说等,在中国学术界上,素来未有相当的认识与位置,所以她之不被人重视注意,那是当然的。但外国人,却早在代我们留心了"[③],而且已经取得了不小的成绩。比如齐奥杰维斯基的《中国人的神话观与神话》是从史学角度展开的中国神话传说研究专著,在20世纪初的西方学界较为流行。作者"把中国人历来当作历史人物的远古帝王如伏羲、神农、黄帝、帝喾、尧、舜、禹等解释为在神话观念基础上形成的民间神话形象。他还认为是儒家圣人孔子利用这些神话人物,把他们改造成指导人们社会生活的历史理想人物"。[④]其中的不少论著都在中国引起过较大反响。郑师许曾在《我国民俗学发达史》一文中对《中国传说研究》《屈原〈楚辞〉中〈天问〉的译注》《书经中的神话传说》《古中国的跳舞与神秘故事》等作品进行过评价。对于厄克士的《中国传说研究》,郑师许说它"于我国传说研究上提示了一个新态度,尤特殊的在南方诸民族的传说里,与因材料搜集困难因而忘却的亚洲北族的传说相比较,他注意到这一点,实可谓这学里的另辟途径"。对于厄克士与坎勒底合著的《屈原〈楚辞〉中〈天问〉的译注》一书,郑师许评价说:"虽然从144页至(二)六六页里天问各节中的汉字不无误排之处,但其从文字上的考察而指示同类的传说,可谓周到而中肯了。"郑师许认为法国的马伯乐和拉格勒的成绩也很大:"马伯乐为法兰西的'汉学'的巨子,以第一流的坚实学者而又有伟大的贡献。今舍别的不说,单举其最显著的,即《书经中的神话传说》一书,这是一本指示研究我国传说的方针的书,为这学的研究者所永不能忘记的。格拉勒斯所著书,为这学披荆斩棘……此外

---

① 参见贝德士(M.S.Bates)的《西文东方学报论文举要》,金陵大学中国文化所1943年版。

② [美]洪长泰:《到民间去:1918—1937年的中国知识分子与民间文学运动》,董晓萍译,上海文艺出版社1993年版,第36页。

③ 钟敬文:《池田大伍的〈中国童话集〉》,《民俗》周刊1928年6月27日13—14合集,第23页。

④ 叶舒宪:《海外中国神话学与现代中国学术:回顾与展望》,载陈平原主编《现代学术史上的俗文学》,湖北教育出版社2004年版,第415页。

还有一本名著……就是1926年所刊布《古中国的跳舞与神秘故事》两巨册。其中大胆地批判我国上代的传说，勉力以阐明我国古代社会的种种真相为务，这真是令人佩服了……总之，马伯乐、格拉斯两氏，确为现代欧洲研究我国民俗学的泰斗或明星。”①

但由于种种原因，这些论著对中国神话传说的研究存在这样或那样的缺点。“这些著作都不是系统研究的成果，有的学术概念模糊，整理粗糙，错译误解之处也不少”；②“因为种种隔膜的关系，这些书都不能使我们感到满意。”③尤其是威纳的《中国神话及传说》一书，曾引起中国知识分子的激烈批评。茅盾先生曾评价说：“英文书中有一本《中国神话与传说》，内容极为荒唐，今亦列之末后，聊以示西方人对于中国神话的见解而已。”④他详细介绍该书说：

> 《中国神话及传说》(*Myths and Legends of China*) by E. T. C almers' Werner.(1922年Harrap公司出版。约400多页，目录为：一、中国社会情状，二、论中国神话，三、中国的创造宇宙神话，四、中国的神，五、星的神话，六、雷电风雨的神话，七、水的神话，八、火的神话，九、疫神药神等，十、慈惠女神，十一、八仙，十二、天门的守卫者，十三、神之战，十四、石猴如何成神，十五、狐的传说，十六、杂传说。作者自序云：他这书大半取材于《历代神仙通鉴》《神仙列传》《封神演义》《搜神记》四书。他是把《封神演义》作为主体的，所以目录中“神之战”一章就根据了《封神演义》的通天教主摆万仙阵，又把“杨任大破瘟阵”作为中国的疫神话。所为慈惠女神就是“大慈大悲救苦救难观世音菩萨”。他又说关羽是中国的战神。所以此书之无价值自不待言。)⑤

英国汉学家E. T. C. Werner的《中国神话与传说》于1922年由伦敦

---

① 郑师许：《我国民俗学发达史》，《中山文化教育馆》季刊第3卷第2期，1936年4月。

② [美]洪长泰：《到民间去：1918—1937年的中国知识分子与民间文学运动》，董晓萍译，上海文艺出版社1993年版，第36页。

③ 钟敬文：《池田大伍的〈中国童话集〉》，《民俗》周刊1928年6月27日13—14合集，第23页。

④ 玄珠：《中国神话研究ABC》，载《民国丛书》第4编，上海书店出版社1992年影印版，第100页。

⑤ 玄珠：《中国神话研究ABC》，载《民国丛书》第4编，上海书店出版社1992年影印版，第106—107页。

Harrap 出版公司出版，同年在纽约再版，1924 年在伦敦再版，1933 年在纽约又再版，1956 年又出了新版本，1971 年再版，1978 年在台北又再版。这部在西方神话传说学界享有盛誉的著作中却几乎不见中国古代神话传说的踪迹。李福清评论说："Werner 根据的只有四部古籍，其中最主要的是明代小说《封神演义》，其他两部是道教的《历代神仙通鉴》《列仙传》，都不算古神话，只有第四部《搜神记》里面收有经后世阐释过的一些神话故事。Werner 把后代文人作品和古代民间流传的故事混在一起，并把完全不属于真正中国的佛经故事统统收罗到他的著作里，也采用中国神话的巴比伦起源说。"①

总的来说，欧美学者的中国神话传说论著有以下几个缺点：一是将中国的神话、传说混在一起，神话中包含传说，传说中混合神话；二是对中国神话传说的整理比较粗糙，有的仅仅依靠一些较晚成书的神话传说类古籍而武断地为中国的神话传说编排体系；三是由于文化背景的不同，这些学者对中国神话传说的理解有不少错误之处。

欧美学者对中国神话传说的研究成果，在中国学界虽然有所启发，但也引起了批评的意见。因为文化背景、学术理论、语言等因素的影响，这部分研究成果在中国学界的直接影响毕竟有限，但其意义是不能否定的。这部分研究成果对中国传说研究史的意义主要在于两点：其一，将中国神话传说研究纳入到世界神话传说学术体系内，使中国传说研究在诞生初期就成为国际学术的一部分。与世界接轨，接收来自世界各国学界的新思想、新方法，与各国学者进行广泛的接触和交流，才能使中国传说研究保持新鲜和活力。就这一点来说，欧美学者的中国传说研究为中国传说研究的国际化迈出了第一步；其二，欧美学者的中国传说研究，尤其是那些误解颇深的研究，提醒国内知识分子更加重视自己的民族民间文学，加紧这方面的研究，由此实际上促进了当时中国知识分子对本国传说的研究。这些论著曾广泛引起中国知识分子"内疚"的情感，刺激了他们发奋研究本国的神话传说，就像钟敬文曾经说过的那样："现在我要提出一部日本人所编著的同性质的书来谈论一下，使我们益可以见出外人在越俎替我们做这种工作，虽然于热心努力方面很可感，而在实际上，要有

① 李福清：《国外研究中国各族神话概述——〈中国各民族神话研究外文论著目录〉序》，《长江大学学报》2006 年第 1 期。

比较完满的成绩，确非由我们自家人动手不可，即使我们且置开了所谓丢脸与不丢脸的问题。”①

## 第二节 日本学者的中国传说研究及影响

日本学者大规模研究中国古代神话传说是在欧美学者的影响下开始的，但其先驱者的研究甚至早于欧美学者。1882年，井上圆了在《东洋学艺杂志》第9号上发表了一篇谈尧舜偶像的文章，认为尧舜是人造的圣人。这是日本学者论中国古代传说人物的最早文章，但是在他的文章中并没有出现“神话”“传说”的概念。②井上圆了之外，较早注意中国传说的日本学者要算日本神话学的奠基人物——高木敏雄了。1904年，高木敏雄的《比较神话学》出版。该书不仅是日本神话学的奠基性著作，也是日本学者研究中国神话传说的第一部著作。该书比较了日本、中国的神话传说，在凡例中说：“关于日本、中国的神话传说，外国人的研究几乎都言之不足。本书中，关于日本、中国神话传说部分都是作者之创见。”③该书的重要意义在于：提出上古帝王如尧舜禹等是神话传说的虚构人物，为此后日本汉学学者对中国上古史的研究指出了一个方向，也为中国的古史辨伪提供了方法论的启示。吕思勉1939年撰写的《盘古考》，举出汉译佛经《外道小乘涅槃论》《摩登伽经》中的尸体化生神话为证，论述盘古神话如何受印度影响，实际上是对高木敏雄论点的补充。④

高木敏雄之后，不少日本汉学学者加入到中国神话传说研究领域中，一方面是受西方学术思想的影响，更直接的是受到西方学者对中国古代神话传说研究的刺激：“日本学者的中国神话研究起于明治维新以后。明治维新以后，西洋的学术思想和方法取代了中国儒学，加之西方学者研究中国古代神话的刺激，促使日本汉学家以新的方法研究中国古代传说。”⑤

---

① 钟敬文：《池田大伍的〈中国童话集〉》，《民俗》周刊1928年6月27日13—14合集，第23页。

② 李福清：《国外研究中国各族神话概述——〈中国各民族神话研究外文论著目录〉序》，《长江大学学报》2006年第1期。

③ 高木敏雄：《比较神话学》，东京博文馆1938年版，第149页。

④ 叶舒宪：《海外中国神话学与现代中国学术：回顾与展望》，载陈平原《现代学术史上的俗文学》，湖北教育出版社2004年版，第417页。

⑤ 王孝廉：《中国的神话与传说》，联经出版事业公司1977年版，第274页。

日本汉学学者对中国神话传说的研究以东京大学和京都大学为中心。东京大学的白鸟库吉是日本研究中国古代神话传说的开山式人物和早期代表。白鸟库吉曾担任东京大学东洋史主任教授，在中国古代史研究上取得了不小的成绩。后来他从中国上古史研究过渡到古代神话传说的分析，1909 年发表了《中国古传说的研究》。他的主要观点是：否认中国上古史的真实性，认为尧、舜、禹都是传说中的人物而非历史人物，并称殷周的史料大都为占星的观念和传说。这种前卫的观点曾遭到当时日本维护儒家的传统派学者的强烈抨击。“白鸟治学喜创异说高论，常发前人所未发之说，他对中国古代神话最有名的是倡导尧舜禹非历史人物之说。此文他认为殷周史实也多是占星天文等观念传说。对日本学者的汉学研究影响很大。日本人谓白鸟库吉之学风正如十八世纪的中国崔述。”①但无论如何，白鸟库吉的研究奠定了日本对中国神话传说研究的基础。早在 1936 年，郑师许就对白鸟库吉的研究大加赞赏：

> ……如《关于尚书之高等批评——特别地是尧舜禹》、《周代古传说考》等均于我国传说有相当之见解，尤其是对于古代文献加以锐利的批评，试为纵横剖面的解释，这种态度，于其后学的影响很大。博士最近数年在东洋文库大开讲筵，在东洋讲座的名义之下，发表其研究的心得，或题为《极东诸民族之古传说》，或题为《中国古代史批判》，于博士的高说之中，亟待今后精密的研究者不少。以透彻纸背的眼光，为检核传说的工作，其中所阐述诸点，殊可迥异呢！②

津田左右吉也是东京大学研究中国神话传说的代表人物，他的学说大多是与白鸟库吉一脉相承的，“也是以怀疑和推翻中国上古传统为主要目的，其学风甚似顾颉刚”。③他的基本观点和后来的顾颉刚古史辨学派相近，反对儒家把神话人物历史化。④白鸟库吉的儿子白鸟清也有所创述。

京都大学的汉学家们在中国神话传说研究上的成绩超越了东京大学。他

---

① 王孝廉：《中国的神话与传说》，联经出版事业公司 1977 年版，第 275 页。

②③ 郑师许：《我国民俗学发达史》，《中山文化教育馆》季刊 1936 年 4 月第 3 卷第 2 期。

④ 李福清：《国外研究中国各族神话概述——〈中国各民族神话研究外文论著目录〉序》，《长江大学学报》2006 年第 1 期。

们大多不是专门的神话传说研究者，而是历史地理研究学者，最著名的人物如小川琢治、神田喜一郎、铃木虎雄等。小川琢治曾尝试还原中国的古史故事，恢复神话的原貌，他从最原始的文献资料出发，对西王母、嫦娥、女娲等神话传说人物的事迹都有着比较详细的研究，还将中国神话传说与西方神话传说进行了对比，比如他在《中国上古天地开辟的故事和洪水传说》中论述道：

> 原本洪水传说，是有世界共同的性质的。比《旧约全书》中所见的希伯来底(的)传说还要古的，已有加尔台亚底(的)传说，留在倍洛索斯底(的)断篇《伊兹巴尔》史诗等之中；希腊也有宙斯愤怒人类底罪恶而降洪水的传说，留在台萨利地方；又南美亚洛加尼亚底(的)印度人间，南洋费济岛土人间也有；近来，日本也有了八丈岛底(的)多娜婆底(的)传说。中国所传的洪水传说，也以种种的形态传了下来；至于传到黄河三角洲地方以外的，以为启和禹全然是同一人物，是治洪水的明主。比较这些传说，才能看到儒家未加斧削的上古神话的真面目。①

铃木虎雄是日本近代汉学家中的杰出人物，“与王国维交情很好，他的门下学生如青木正儿、吉川幸次郎、小川环树都是国际知名的汉学家”。②

除东京大学和京都大学的汉学家外，著名的中国神话传说研究学者还包括出石诚彦，他是日本第一位完全致力于中国古代神话传说研究的学者，是白鸟库吉与津田左右吉的学生。“他研究的目的在于把中国神话从各家见诸典籍的、后期形成的政治思想因素中解脱出来，同时也把中国神话从历代文人积淀下来的形形色色的道德观念中解脱出来”。③出石诚彦的专著《中国古代神话传说之研究》的思想同时继承了津田左右吉和白鸟库吉的学说，共收录了22篇相关研究文章。

20世纪前期日本汉学家研究中国古代传说的重要的论文包括但不仅限于如下这些：

---

① [日]小川琢治：《天地开辟及洪水传说》，载[日]青木正儿等《中国文学研究译丛》，汪馥泉译，北新书局1930年版，第99—100页。

② 王孝廉：《中国的神话与传说》，联经出版事业公司1977年版，第277页。

③ 李福清：《国外研究中国各族神话概述——〈中国各民族神话研究外文论著目录〉序》，《长江大学学报》2006年第1期。

白鸟库吉:《中国古传说研究》,《东洋时报》第131号,1909年8月。

白鸟库吉:《关于周代的古传说》(讲演要旨),东洋史谈话会例会发言,《史学杂志》第32编3号,1921年3月。

白鸟库吉:《中国古代史之批判》,1930年作,未刊稿,见《白鸟库吉全集》第8卷“亚细亚史论”上,第399—544页。

白鸟库吉:《突厥以及蒙古的狼种传说》(讲演要旨),东洋史谈话会讲演,《史学杂志》第49编第7号,1938年7月。

桥本循:《关于桃的传说》,《中国学》第1卷第11号,1921年7月。

青木正儿:《就尧舜传说的构成》,《中国学》第4卷第2号,1927年3月。

小川琢治:《中国上古天地开辟的故事和洪水传说》,《艺文》第4卷1号,1913年。

小川琢治:《穆天子传考》,《狩野博士还历纪念中国学论丛》,弘文堂出版,1928年。

小川琢治:《关于昆仑传说》,《民族和历史》第1卷第3号,1928年。

小川琢治:《中国本草学的起源和神农本草经》,《史林》第4卷第4号,1928年。

出石诚彦:《龙的由来》,《东洋学报》第17卷第1号,1928年。

出石诚彦:《天马考》,《东洋学报》第18卷第3号,1930年。

出石诚彦:《关于中国文献中出现的麒麟》,《史苑》第3卷第4号,1930年。

铃木虎雄:《关于桑树的传说》,《中国学》第1卷第9号,1921年5月。

铃木虎雄:《采桑传说》,《中国学》第1卷第7号,1921年3月。

今西龙:《箕子朝鲜传说考》,《中国学》第2卷第10号,1922年6月。

神田喜一郎:《从〈山海经〉看中国古代山岳崇拜》,《中国学》第2卷第5号,1922年1月。

当然,日本也有为数不多的民俗学家研究中国的神话传说,如钟敬文在1928年就介绍了日本民俗学家池田大伍的《中国童话集》:“《中国童话集》是日人池田大佐(又署池田银次郎)所编译的。全书共四八四面。富山房发行,没

(每)部售日金三圆八拾钱。初版发行于大正十三年(按:1924年)十二月,到次年九月已四版,我们可以推见这本书在日本颇为消行了……全书分四个大纲,四十六个小目,有些小目中尚分作数小节,他所列的四个大纲是:一、太古史话,二、英雄史话,三、历代小话,四、聊斋的话。"[①]此书虽然名为"童话",但从大纲来看,所研究内容大多为神话传说。

## 结语:进入世界学术体系的中国现代传说学

从发生的时间来看,中国知识分子研究本国神话传说是受到了海外学者的影响。欧美学者最先对中国神话传说进行研究,然后日本学者受其影响也转而研究中国传说。当这些成果传至中国,正是新文化运动开始的时候,出于种种考虑,在海外学者的影响下,中国知识分子开始对本国的神话传说产生了浓厚的兴趣。这是中国民间文学和民俗学产生的原因之一。"后来日本方面的学者看到了(按:指欧美学者的中国神话传说研究),便起来研究,如小川琢治,稻叶君山,白岛庆吉,八木奘三郎,藤田丰八等史学家、考古学家便发表论文不少。最后我国的学者也看见了,便也有人起来研究。恰巧那时新文化运动正在开始,于是'天后''槟榔女''彭祖''洛阳桥'等向视为不经之谈的,也起而登大雅之堂,与《诗经》《楚辞》等论文,同在一个杂志里发表了。未几风俗调查会、民俗学会等又因而呱呱地诞生,这种新科学便正式成立。"[②]当然,中国传说研究发生发展的原因是复杂的,并不完全如郑师许所言是受到国外学者的影响才生发的,这其中也有中国学术文化自己内部嬗变的原因。但这段引文也是非常重要的,勾勒了"欧美学者的中国传说研究—日本学者的中国传说研究—中国学者的中国传说研究"这样一条先后发生发展线索,从时间上来说,是基本符合事实情况的,也充分说明了国外学者的中国传说研究对我国传说研究兴起的重要影响。

中国现代传说学从建立之初就已经被纳入世界学术体系之内。这一方面与现代传说研究受西方学术文化影响而产生有关;另一方面也与早在现代传

---

① 钟敬文:《池田大伍的〈中国童话集〉》,《民俗》周刊1928年6月27日13—14合集,第24页。
② 郑师许:《我国民俗学发达史》,《中山文化教育馆》季刊1936年4月第3卷第2期。

说学诞生之前海外学者就已经注目于中国传说有关。在国际性方面，中国传说研究是非常突出的。

海外学者对中国传说的注意源自他们对中国古代神话的兴趣，并在很长时间内将其合为一体进行论述。早在1836年，法国就有了研究中国古代神话的文章，并于19世纪后期产生了《山海经》的最早译本。①1892年，中国先秦史专家——俄国学者齐奥杰维斯基出版了世界上第一部研究中国古代神话的专著——《中国人的神话观与神话》，他把上古史中的帝王如伏羲、神农、黄帝、尧、舜、禹等当作是民间神话形象，并认为是儒家圣人孔子将这些神话人物改造为指导人们社会生活的历史理想人物。齐奥杰维斯基从上古神话人物入手，实际上论述到了古史传说人物，并从历史学的角度初步阐释了古史传说产生的原因，即传说人物受到儒家思想的改造而成为历史人物。此后，从历史角度来研究中国古代神话传说的学者逐渐多了起来，历史学的阐释方法也成为一种流行的方法。德国汉学家卫礼贤的《中国神话故事集》、法国汉学家马伯乐的《书经中的神话传说》与《上古中国史》等都是这方面的重要作品。这种角度在日本汉学界也很流行，最早始于1882年井上圆了发表的谈尧舜偶像的文章，也从历史学角度论述了尧、舜是人造的圣人的观点。

20世纪初中国古史领域掀起的辨伪高潮，与世界范围内这种热衷从历史角度探索中国古代神话传说的潮流不无关系。由于近代科学意义上的现代传说研究始于古史辨伪研究，因此，世界学术范围内的对中国古代神话传说的历史研究正是促发了中国现代传说研究的原因之一。也由此，中国现代传说研究从一开始就被纳入世界学术体系内，成为国际神话传说研究领域的一部分。

到20世纪20年代，欧洲和日本出现了中国神话传说研究热。此时的中国神话传说研究中加入了新方法——人类学、社会学的方法。1917年，俄国学者麦考金(N. P. Macokin)发表了《中国神话中帝王与图腾崇拜》一文，注意到中国古代帝王的面貌具有动物形象特征的现象，从而推测这种情况与希腊古代神话中的图腾概念留存是相同的。这是首次提出的中国古代图腾问题。此外，法国汉学家葛兰言(M. Granet)于1926年出版的专著《中国古代的祭礼与

① 李福清:《国外研究中国各族神话概述——〈中国各民族神话研究外文论著目录〉序》,《长江大学学报》2006年第1期。

歌谣》(*Danses et légendes de la Chine ancienne*)从社会学的角度分析了古代神话与祭祀礼仪。他从《诗经》中的歌谣与古代农业社会季节、祭祀礼仪的关系角度,论证了古代民歌中宗教的社会功能。①这些方法在中国传说学发展史上并不陌生。周作人是中国传说学的开山人物,他对传说的最早界定就受到了人类学派理论及方法的影响。而此后中国众多的传说研究者如茅盾、赵景深、钟敬文等都或多或少地受到了人类学派理论的影响。到了20世纪三四十年代,中国传说研究领域中又出现了社会学、民族学的方法。可以说,在欧美研究方法的影响下,20世纪前期中国传说研究的方法几乎与世界学界先进的研究方法保持了较为一致的步调。这也是中国传说学进入世界学术界轨道的标志之一。更不用说,在传说学向纵深发展的过程中,中国知识分子不断地与欧美、日本的学者交流来往了。

总的来说,20世纪前期的中国现代传说学从建立之初就是世界学术体系的组成部分,这充分说明了20世纪前期中国现代传说学的学科先进性。

---

① 李福清:《国外研究中国各族神话概述——〈中国各民族神话研究外文论著目录〉序》,《长江大学学报》2006年第1期。

# 第六章　现代知识分子与传说学学科建构

在中国漫长的发展史中，20 世纪前期是一个极富革命性的、划时代的重要里程碑。从经济上来看，封建经济逐渐走向解体，大量农民随之破产；资本主义经济不断发展，资产阶级和产业工人队伍日益壮大。这些变化强行把中国的社会进程从传统封建社会直接推上了现代工业文明的轨道上。从文化上来看，中国长期保守封闭的传统文化受到西方外来文化的全面洗礼与考验，开创了一个新的历史纪元。留学生制度的推行，大量外国文化典籍的翻译、印行，西方思想文化观念的涌入，都极其猛烈地冲击着国人传统的文化心理。在现代知识分子的提倡和引导下，20 世纪前期的中国社会酝酿并发生了一场深刻的思想文化革命，传统文化遭遇了前所未有的挑战。中国现代传说研究正是伴随着这场思想文化革命的兴起与发展而发生、发展的。由此，现代知识分子与传说研究、传说学学科体系的构建之间产生了不可分割的紧密关系。

## 第一节　现代知识分子与传说学的发生

### 一、现代知识分子阶层的产生与发展

近现代中国文化领域内重大变化之一就是现代知识分子阶层的成长。所谓现代知识分子阶层是相对于传统知识分子阶层即“士”而言的，同时现代知识分子阶层又部分来自“士”内部的分化、演变。中国现代知识分子阶层的成长是伴随着近代文化的转型而发生的。

19 世纪中期鸦片战争之后，清朝官僚中出现了洋务派和顽固派的分化。后者死抱教条，企图恢复到早期的闭关时代，以保存清朝的体制；前者主张学习外国的“长技”来防止清王朝统治的崩溃。两派斗争多年终以洋务派的胜利

而告终。此后，洋务派提出6条调整机构及其职能的建议，其中包括“学习外国语言文字”。基于此，清政府于1862年设立了京师同文馆，培养懂得外国语言文字的翻译人才，后来又在上海和广州增设了广方言馆和广州同文馆。同文馆的设立在中国历史文化进程中起到了重要的作用，“同文馆的间接影响是很大的，它影响了中国的高级官吏，由中国的高级官吏又影响了中国的教育制度”。[①]同文馆对中国教育制度的影响，一方面表现在现代西方教育对传统东方教育的渗透；另一方面还表现在近代中国留学制度的建立。

1872年，清政府派出了第一批中国留学生赴美留学，不久又有一批学生赴英法留学。早期留学生中的佼佼者包括詹天佑、严复、梁敦彦、唐绍仪、伍亭芳、刘步蟾、林永升等，这些留学生在工程、文化、政治、军事等领域内都有所建树。早期中国留学生接受了多年的资产阶级思想文化技术教育，无论从思想还是知识体系上都不再属于传统知识分子阶层。可以说，沐浴了欧风美雨的这批留学生是中国最早的现代知识分子，他们大多希望通过学习西方先进科技而改变中国落后的面貌。但至少在甲午战争之前，早期现代知识分子在洋务派思想引导下对西方的注意基本上集中在技术和器物的表层上。即使被称为“资产阶级启蒙思想家”的严复从1879年回国到甲午战争爆发这段时间内，在思想文化领域也无重要建树。

甲午战争之后，国内爆发了一次由具有政治改良思想的知识分子主导的戊戌变法运动。戊戌变法关注西方政治制度，希望像日本的明治维新一样，借由政治体制的转化而强国。这些具有政治改良思想的知识分子是鸦片战争后从传统“士”阶级内部分化演变而来的。早在鸦片战争之后，一批具有先进意识的“士”就开始关注西方，以林则徐、魏源、冯桂芬等人为代表。林则徐虽然竭力阻止西方的入侵，主张严禁鸦片，但对于西方的文化、科技等则持开放态度。他努力学习外语，着力翻译西方报刊和书籍，因此被誉为近代中国“第一个睁眼看世界的人”；魏源则以超人的胆略和远见卓识提出了一个重要命题——“师夷长技以制夷”。将西方的先进技术视为“长技”而非“奇技淫巧”这一命题本身就是对传统文化观念的重大冲击，对当时的中国社会具有极大的启发意义；冯桂芬的思想是林则徐、魏源思想的继承，但又有所发展，他率先提

① 朱有：《中国近代学制史料》，华东师范大学出版社1983年版，第183页。

出了“惟善是从”以消解中西、古今的矛盾。作为改良主义的先驱人物，他最早表达了洋务运动“中学为体，西学为用”的思想。林、桂、冯等虽然是从传统“士”阶层分化演变而来，也属于现代知识阶层的一部分，但他们在政治上并不属于坚定的资产阶级知识分子。

甲午战争失败以后，清政府为了挽救岌岌可危的政权又派遣官员和学生至日本留学。从1898年起，清政府命令由各省选派青年学生留日，并作为一项固定的政策。除了这些官费留学生外，还有不少私费学生赴日留学。八国联军侵华战争平息以后，官民要求赴日留学的呼声越来越高。到1906年，留日学生超过了1万人，出现了前所未有的盛况。通过留学日本成长起来的现代知识分子除了关注西方先进的器物和技术外，更关注西方政治体制和社会思想，由此促进了资产阶级民主革命的酝酿。1911年，辛亥革命爆发。与维新变法的制度改良不同，辛亥革命是一场制度上的彻底变革。辛亥革命完成了其首要的历史使命——推翻帝制，但它并未能建立起一个西方式的民主国家。与领导戊戌变法、洋务运动的那部分从传统“士”阶层演变来的知识分子相比，领导辛亥革命的是更为坚定的资产阶级知识分子。但这两场运动都失败了，说明单纯的制度层面的改良或革命都无法挽救中国。这些失败的结局促使中国现代知识分子以挽救民族危亡，改造国民性为己任，以更坚定的决心和信念去进行更深层次的文化转型运动。他们开始全面批判旧思想、旧道德，倡扬新思想、新道德。近代文化转型从此跃入了一个以思想文化转型为核心的新阶段，并最终导致了新文化运动的发生。

中国现代知识分子除了从传统“士”阶层分化出来的、从国外留学归来的之外，还有大量是在国内的现代教育制度下培养出来的。甲午战争之后，中国各界迅速认识到开展现代教育对强国富民的重要性，现代教育制度由此获得了迅速发展。“在1907年，全国仅有大学堂3所，有学生749人，省立高等学堂23所，有学生3 963人，高等学科学校13所，有学生1 690人，特种学校84所，有学生15 859人……1917年全国高等学堂增加到84所，学生有19 823人，其中大学8所，有学生3 541人，专门学校65所，有学生13 501人，高等师范学校7所，有学生1 998人，其他学校4所，有学生506人。”①现代教育制度

① 孙玮、张礼恒：《新编中国近代史教程》，青岛海洋大学出版社1995年版，第427—428页。

的确立和发展，培养了一批具有现代文化知识的知识分子，壮大了知识分子的队伍，也为近代文化在思想层面上的转型准备了人材基础。

中国近代文化经历了从以器物为核心到以制度为核心再到以思想为核心的转型，中国现代知识分子阶层就在这样的转型中成长起来。总的来说，中国现代知识分子阶层既不是同源的，也不是绝对的前后交替，而呈现出一段时间内持不同思想的现代知识分子同时存在的状态。

从现代知识分子的成长历程来看，他们从诞生开始就面临着挽救民族危亡的重任。在西方思想文化的冲击下，他们几乎都选择了按照西方现代化的样式来改造中国的道路。维新知识分子和辛亥革命知识分子在政治领域内的救亡只是其中的一部分，更多的知识分子则选择了将西方的知识话语和价值体系转达给国人作为自己的主要任务，翻译介绍西方书籍、文章的工作从鸦片战争以后就络绎不绝，“壬寅、癸卯间，译述之业特盛，定期出版之杂志不下数十种。日本每一新书出，译者动数家。新思想之输入，如火如荼矣”。[①]现代知识分子对西学的译介是多方面的，他们既关注西方政治思想和社会学说的发展，翻译了卢梭的《民约论》、孟德斯鸠的《万法精理》、约翰·穆勒的《自由原理》等，同时也关注西方学术文化发展，介绍了进化论和遗传学说等前沿学术成果。但无论他们对于何种内容的译介与研究，都无一不打上了深深的政治关怀的烙印。

## 二、传统史学的现代化与传说研究的萌芽

前文已经述及，中国现代传说研究肇始于古史研究领域，而这正是传统史学现代化的结果。20世纪初，形形色色的西方思潮传入中国，对中国的传统史学产生了强烈的影响，传统史学开始了艰难的现代化历程。进化论就是在传统史学现代化过程中被中国知识分子所认同的一种理论工具。

进化论早在19世纪末就进入了中国，江南制造局翻译馆的《地学浅释》《金石识别》，严复的《天演论》都曾对达尔文的物种进化观点进行过译介。20世纪初，新文化的倡导者们在努力擎起“民主”“科学”两面大旗时，更觉得破除旧的封建迷信的重要性，而宣传进化论，“用生物学知识打破旧恶思想”是比较

① 梁启超:《清代学术概论》上海古籍出版社2005年版，第82页。

好的办法。于是，进化论犹如雨后春笋般崛起。马君武翻译的《达尔文物种原始》《人类原始与类择》《自然创造史》，刘文典译的《生命之不可思议》，尚志学会翻译的《生物之世界》等陆续出版，许多杂志也竞相开辟专栏，介绍达尔文及其进化论。1922 年，《民铎》杂志第 3 卷第 4 期发表了一组进化论文章，第 5 号推出了进化论专号，刊载了包括《达尔文以后之进化论》《达尔文年谱》《关于进化论之名著介绍》《进化论发达史略》《达尔文以前之进化论》《达尔文主义与社会学》《达尔文学说与唯物论的关系》等文章。《科学》月刊以及《博物杂志》《新中国》《东方杂志》《新潮》等刊物也纷纷宣扬进化理论。

进化论的观点主要应用在古史传说领域，梁启超、夏曾佑、胡适等知识分子都是运用进化论研究古史传说的代表。

梁启超运用西方的社会进化论，对上古史进行了研究，提出了较为系统的古史传说新观点。他认为：古史传说中的“三皇”“五帝”不足凭信，只有到了大禹以后，中华民族才形成，并认为可以采用司马迁的观点，把黄帝作为中国有史时代的开端。至于黄帝以前的古史传说时代，梁启超吸取了西方近代考古学的分期方法，将其称为“史前时代”，并进一步划分为三个阶段：“其一为石刀期，其二为铜刀期，其三为铁刀期。”①

夏曾佑认为史学研究应该以“发明今日之社会之原”为宗旨，并由此撰写了一部新体例的史书——《最新中学中国历史教科书》，在第一章第一节中，他介绍了两种对世界本原的解释：一是宗教的，以佛教的唯识论论述宇宙世间的变化；二是达尔文的物种起源说，并认为达尔文的学说是一种科学、可信的解释。他认为上古神话传说不可作为信史，但也不可忽视。因为这些神话传说反映了某种历史进化时代。吕思勉深受西方资产阶级史学思想和方法的影响，主张以历史进化观研究中国社会历史的发展变化，强调对古代历史文献记录不能全盘否定。

章太炎主张改革旧史学，强调史学研究的宗旨是论述社会历史发展变化的原理。他提倡从历史遗产中寻找救国方案，激发爱国主义思想，主张对上古的神话与传说应用新的思想去考证，认识到“上世草昧，中古帝之行事，存于传

---

① 梁启超：《饮冰室合集·文集之六》，中华书局 1941 年版，第 10 页。

记者已寡，惟文字、语言间留其痕迹，此与地中僵古为无形之二种大史”。[①]章太炎还主张在古史传说的研究中应把自古以来的文字资料与地下的文物资料结合起来，“今日治史，不专赖典籍，凡皇古异闻，种界实迹，见于洪积石层，足以补旧史所不逮也”。[②]

胡适主张摒弃古史传说中荒诞不经的神话传说，以使史学建立在真实可信的基础上。这种主张有力地冲击了以往传统颂古、神化古人的封建史学。郭沫若曾经评价说：“胡适对于古史也有一番比较新颖的见解，他以商民族为石器时代，当向甲骨文里去寻史料；以周、秦、楚为铜器时代，当求之于金文与《诗》，这都可算是卓识。”[③]

在古史领域的研究，其目的是为了给正在酝酿中的资产阶级革命运动寻找理论根据。刘师培吸取了西方史学著作中详细叙述太古事迹的特点，在他所著的《中国历史教科书》中加强了对上古历史的描述。他在《中国民约精神》中更以先秦典籍中有关上古史、神话传说的记载为史料依据，揭示了中国古代就已产生了与卢梭的《民约论》相符的思想。刘师培将古史神话传说中蕴含的民本主义思想与西方资产阶级的民权说相对应，主要目的是为了论证“反满革命”的合理性。

中国民主革命的伟大先行者孙中山先生在史学方面也有较高造诣。他以科学的发展观论证了进化的客观现实，认为进化是“自然之道”，社会和人类都依这一个原则发展。孙中山将人类历史的进化发展分为三个时期：物质进化时期、物种进化时期、人类进化时期。在第一时期，物质聚合而形成地球；在第二个时期，“生元之始生而至于成人”，这个过程是漫长而复杂的，“由微而显，由简而繁，本物竞天择之原则，经几许优胜劣败，生存淘汰，新陈代谢，千百万年，而人类乃成”；[④]在第三个时期，人类的进化不再以竞争为原则，而是以互助、道德仁义为原则，其趋势是达到孔子所提倡的“大道之行也，天下为公”的理想社会。

在传统史学近代化的历程中，在为资产阶级革命寻找理论根据的古史传说研究中，中国现代传说研究也萌芽了。虽然早期的古史研究并未将传说作

---

① 汤志钧：《章太炎年谱长编》上册，中华书局1979年版，第142页。

② 章太炎：《章太炎全集》第3册，上海人民出版社1982年版，第331页。

③ 郭沫若：《中国古代社会研究》书后，群益出版社1941年版，第20页。

④ 孙中山：《孙中山选集》上册，北京人民出版社1981年版，第141页。

为独立的研究对象，而是将其与神话混合，作为古史的分解或补充成分对待。但这无疑启发了后来的知识分子，将古史中的传说独立出来进行研究。古史辨学派的传说研究也是这样发生的。可以说，现代传说研究在古史领域的萌芽是中国传统史学现代化的产物。

## 三、人类学派神话学研究与传说学的发生

19 世纪后期，欧洲的文化人类学达到鼎盛时期，出现了摩尔根、泰勒、弗雷泽、安德留·兰、马林诺夫斯基等一大批著名的人类学家和《古代社会》《原始文化》《金枝》《神话、仪式与宗教》等大批人类学著作。20 世纪初，人类学派神话学通过欧洲和日本两条线传入中国，并迅速被一批知识分子接受。从五四时期前后直到 20 世纪 40 年代初，人类学派神话学的观点对现代传说研究产生了重要影响。“民间文学（主要是神话、传说、故事）研究者接过了西方人类学神话学的理论和方法，以文学的眼光加以改造，用以探究中国神话、传说、故事等领域里的问题，为我国的口头叙事文学研究乃至中国神话学的创立奠定了基础。在中国民间文艺学的初创时期，人类学派所起的作用是巨大的，甚至可以说是举足轻重的。”①现代知识分子对人类学派神话学理论和方法的接受不仅是受西方学术思想影响的表现，更与中国的诗学传统一脉相承。中国的正统文化是由文学和历史共同构成的，常常诗史不分。五四以前，中国的民间文学常常淹没在国故之中。向西方学习的浪潮被掀起以后，民间文学从国故中凸显出来，最先被关注。②

在西方人类学派神话学研究的影响下，中国现代知识分子在传说方面的研究线索其实是比较清晰的：

1907 年，留学日本的周作人读到鲁迅回国前订购的《英文学上的古典神话》《英国文学史》，由此开始了解安德留·兰的人类学派神话学说。1907 年，周作人翻译了英国哈葛德和安德留·兰合作根据荷马史诗而撰著的神怪冒险小说《红星轶史》。在其“前言”中，周作人对安德留·兰做了简要介绍。

1908 年，鲁迅发表《破恶声论》，这是神话研究史上重要的文章，同时也是

① 刘锡诚：《中国民间文艺学史上的文学人类学派》，湖北民族学院学报 2004 年第 4 期，第 54 页。
② 刘波：《20 世纪民间文学理论本土化探析》，《兰州学刊》2005 年第 6 期，第 281 页。

传说研究史上的重要文章。虽然此时“传说”一词还未进入研究视野，但文中鲁迅使用了“古传”一词指向传说文体，认为神话、传说都是一民族重要的文体。其中对神话传说的见解显然是受到了人类学派神话学的影响。

1910年，单士厘在《归潜记》中记述了她的旅欧见闻，并且在《章华亭四室》和《育斯》两篇文章中，第一次系统地把古希腊罗马神话传说介绍给国人。其中，首次出现了“传说”一词。

1913—1914年，周作人发表了《童话略论》与《童话研究》两篇文章，对安德留·兰的神话观点做了相当详细的阐述，并运用人类学神话学派的理论，对“传说”概念进行了论述，是传说研究史上的重要文章。

1921年发表的最早的民间文学理论文章——胡愈之的《论民间文学》不仅提出了“地方传说”一词，并最早将“legend”译为“传说”。该文章借鉴并介绍了西方民间文学理论，一开始就以英国的“folklore”和德国的“volkskunde”为背景。

此后，鲁迅、周作人、茅盾、赵景深、钟敬文等学者运用人类学派神话学理论和方法对传说进行了许多有益的探索，比如鲁迅的《神话与传说》(《中国小说史略》第二篇，1923年)、周作人的《神话与传说》(1923年)、钟敬文的《楚辞中的神话与传说》(1928年)与《老獭稚型传说底发生地》(1934年)等，都是这方面的重要著作。

在这些知识分子的不断努力中，现代传说学发生了。周作人是中国现代传说学发生时期最重要的代表人物。他的研究明显受到了人类学的影响，试图将西方的童话概念引入中国儿童教育中：

> 照进化说来讲，人类的个体发生原来和系统发生的程序相同：胚胎时代经过生物进化的历程，儿童时代又经过文明发达的历程；所以儿童学上的许多事项，可以借了人类学上的事项来说明……儿童的精神生活本与原人相似，他的文学是儿歌童话，内容形式不但多与原人相似，它的文学是儿歌童话，内容形式不但多与原人的文学相同，而且有许多还是原始社会的遗物，常含有野蛮或荒唐的思想……我们所注意的，只是在于怎么样能够适当的将“儿童的”文学供给与儿童。①

① 周作人：《儿童的文学》，《新青年》1920年12月1日第8卷第4号。

## 四、北大歌谣运动与传说研究的初步发展

北大歌谣运动对现代传说研究的初步发展有不可忽视的影响。"现代民间文学的搜集研究肇始于1918年的歌谣运动，它是新文化运动的一个组成部分，并且取得了巨大的成绩。"①最早提出征集歌谣的是周氏兄弟，但最早将其付诸实施的是北大歌谣征集处。1918年2月1日，《北京大学》日刊发表了刘半农拟定的《北京大学征集全国近世歌谣简章》和蔡元培拟写的《校长启事》征集歌谣。北京大学成立了歌谣征集处，由沈尹默主持，刘半农审稿，钱玄同、沈谦士考订方言。简章和启事刊出后，在全国各地引起热烈反响。不久，周作人也加入征集处的工作。至1920年年底，北大歌谣征集处共收集歌谣1 400余首。1920年12月19日，歌谣研究会宣告成立，由沈谦士、周作人主持。歌谣研究会的最大成绩就是创办了全国第一个民间文学和民俗学的专门刊物——《歌谣》周刊。

从1922年12月17日—1925年6月28日的前97期《歌谣》周刊从征集到的13 900余首歌谣中选刊了2 000多首，还发表了歌谣及其他民间文学、民俗学研究文章近200篇。歌谣周刊"发刊词"中这样阐述办刊宗旨："本会搜集歌谣的目的共有两种，一是学术的，一是文艺的。"而"学术的"又是其更重要的宗旨。这一主张不仅对《歌谣》周刊，对当时及以后的学界从事搜集、研究民间文学作品的活动也有不可低估的指导作用。《歌谣》周刊前期基本上以歌谣的收集和研究为主。1924年2月，根据容肇祖等人的意见，《歌谣》周刊在第44号上刊登启事，总结前一阶段的不足，指明了应扩大范围："歌谣本是民俗学中之一部分，但我们现在只管歌谣，而旁的一切属于民俗学范围以内的全部抛弃了，不但可惜而且颇感困难。"于是，从第49号开始，《歌谣》周刊增加了谜语、谚语、歇后语、童话、传说、寓言等材料及相关讨论研究的文章的刊载，并刊出了18个专号和11个征题，民俗色彩越来越浓重。

歌谣运动对传说学的影响是多方面的：第一，它将知识分子的目光引向下层，包括传说作品在内的民间文学作品成为知识分子研究的瑰宝；第二，歌谣研究采用了传统的书斋研究与田野调查相结合的方法，引起了研究方式的变

① 刘锡诚等：《民间文学学术史百年回顾》，《民间文化论坛》2005年第5期，第2页。

化。传说学的发展正受益于田野调查方法：一方面通过田野调查发现了大量传说文本，另一方面通过田野调查可以对传说文本的发生发展和相互影响进行研究。可以说，离开田野调查方法，传说学就无法存在；第三，歌谣运动培养了一代传说学研究者。《歌谣》周刊的刊行及其学术活动，一方面集中了当时中国文化界的精英人物，如蔡元培、胡适、周作人、顾颉刚、钱玄同、刘半农、容肇祖等，也影响了一代年轻学人，如钟敬文、黄石等，为传说学的发展准备了人材基础。

## 第二节　现代知识分子与传说学的发展

### 一、现代知识分子社会角色的转换

在中国古代社会，儒家知识分子负有传承思想文化和政治管理的双重使命。传承思想文化的职责自不必说，政治管理的使命促生了他们的庙堂情结。但从隋唐开始，儒家知识分子想要问津庙堂必须通过"科举"这座独木桥。科举考试在唐宋时代还注重一些实际能力的测试，到了后来就渐渐形式化，考试内容成为精心编排过的儒家教条。科举考试就此成为束缚古代知识分子思想的枷锁，儒家思想也沦为为政治服务和禁锢士人的意识形态工具。而且，为了通过科举考试，最终跻身权力场，古代知识分子必须"两耳不闻窗外事，一心只读圣贤书"，几乎失去了独立思考的精神空间，而最终通过激烈竞争进入权力场的知识分子，也成为专制权力的一部分。他们所传承的思想文化是顺应于专制统治的思想文化，由此这部分知识分子传承思想文化的自由也基本丧失。因此，传统知识分子的社会角色归根结蒂是政治角色。

到了近代，随着科举制的废除，知识分子走入政治的原有通道被堵塞，大批知识分子被释放到社会上。离开庙堂的现代知识分子面临着历史性的分化和组合。当然也有不少现代知识分子仍然进入了政治领域直接参与政治改良或革命，但更多的现代知识分子则进入了公共文化领域，在教育界和出版、传媒界大显身手。与儒家知识分子的政治角色不同，进入公共文化领域的这部分现代知识分子的社会角色转变为思想文化的传承者。

现代知识分子社会角色的转变正契合了中国近代文化转型的第三步，即以思想文化为中心的转型。近代思想文化的转型以新文化运动为其高潮，又被称为“思想启蒙运动”,进入公共文化领域的这部分现代知识分子正承担了思想启蒙运动的重任。现代思想启蒙运动是一场面向大众的思想文化运动,其思想体系的建构、理论方法的运用以及对象的预设等都指向了“大众”。启蒙大众就必须寻找一种能与大众生活广泛联系的工具。在当时的知识分子看来,从古至今没有哪种文化的物质载体能如报刊一样,与大众生活发生密切联系。梁启超主编《时务报》时,此报“风靡海内,数月之间,销行至万余份,为中国有报以来所未有;举国趋之,如饮甘泉”。①在史量才的经营下,30 年代初《申报》的发行量达到了 15 万份;而同时期国民党官方报纸《中央日报》的发行量不过堪堪超过 3 万份。②于是报刊受到现代知识分子的重视,以报刊为代表的现代传媒成为思想启蒙运动的重要载体。

报刊所使用的文字一开始是文言文,但文言文并不利于向大众传播知识文化,因此早在 19 世纪 70 年代就有了运用白话文的尝试。1876 年 3 月 30 日,上海申报馆附出《民报》,可以称为我国历史上第一份白话报刊。可惜,《民报》销量很少,不久就停刊了。直到戊戌变法前夕,维新派知识分子才又开始创办白话报刊,包括《演义白话报》《平湖白话报》《无锡白话报》《通俗报》《女学报》等。其中,创办最早的是上海的《演义白话报》,影响最大的要算是《无锡白话报》了。维新变法失败以后,国内又掀起了一个白话报刊的创办高潮,其中以“白话报”命名报刊的如《苏州白话报》(1901 年创办)、《杭州白话报》(1901 年创办)、《宁波白话报》(1903 年创办)、《中国白话报》(1903 年创办)、《扬子江白话报》(1904 年创办)、《济南白话报》(1906 年创办)、《吉林白话报》(1907 年创办)、《广东白话报》(1907 年创办)、《西藏白话报》(1907 年创办)等。知识分子通过创办白话报刊,传播、普及科学文化知识,宣传西方民主、科学理念,努力提高普通民众的科学素质和思想素质。到五四运动前后,白话报刊的发展已经非常繁荣。据胡适的《五十年来中国之文学》统计:仅 1919 年,“至少出了四百种白话报”。③五四运动以后,现代报刊继续发展,到 20 年代中期出现了大量的白话文化周刊。

启蒙大众的责任和报刊贴近大众日常生活的特性都促使知识分子眼光向

① 梁启超:《饮冰室文集点校》第 2 集,云南教育出版社 2001 年版,第 754 页。

② 邢建榕:《正义的觉醒 1929—1937 年的中国故事》下,上海文化出版社 2016 年版,第 174 页。

③ 胡适:《五十年来中国之文学》,《胡适文集》第 4 卷,人民出版社 1998 年版,第 395 页。

下，关注大众。由此，现代知识分子注意到了当时社会的各种问题，如妇女解放问题、婚姻自由问题、个性解放问题等。正是在知识分子对这些社会问题的关注中，中国传说学向纵深发展。

## 二、“平民意识”的觉醒与口头传说文本的发掘

新文化运动前后，为了使民众迅速得到思想文化启蒙，知识分子必须调动一切有效手段，深入到民众中间。而深入民间的直接结果就是促使知识分子觉醒了“平民意识”。“平民意识”是指平民化的价值评判标准和道德立场，是知识分子在与下层民众频繁、密切的接触中培养起来的。五四前后，一批知识分子开始有意识地深入到民间去。李大钊在《青年与农村》一文中指出：中国是一个农民占人口绝大多数的国家，农民的境遇就是中国的境遇，唯有解放农民才能解放中国。这是对到农村去的目的的阐释。他呼吁青年到农村去，一方面避开城市的污染，另一方面去从事农民教育，扫除农村落后的垃圾，负担起社会改革的重任，将自己与劳动群众结成一体。在这样的号召下，1919年1月，北京大学的部分学生组织了“平民教育讲演团”，以“增进平民智识，唤起平民之自觉心”为宗旨，在北京市内及周边农村印发传单，组织演讲会等。常惠、愈平伯等知识分子先后加入讲演团。

平民意识的觉醒使知识分子关注到向来不为人重视的平民的歌谣、传说等口头文体。他们发现了这些民间口头文体对民众的重要作用，由此开始了一场规模空前的发掘、搜集和整理民间口头文本的运动。

在民间口头文体的发掘中，最早受到知识分子重视的材料是诗歌，起源于北大的歌谣运动。随着歌谣运动的发展，要求扩大收集范围的呼声越来越高，于是传说材料进入了知识分子的视野。传说材料多了，便引起了文学家、民俗学家研究的热忱。这个过程的开端——歌谣收集运动的最初成因，与知识分子重视民间的思潮有密切的关系。《歌谣》周刊“发刊词”中引用了意大利男爵卫太尔的说法：“根据在这些歌谣之上，根据在人民的真感情之上，一种新的‘民族的诗’也许能产生出来。”卫太尔曾任意大利驻华使馆华文参赞，1896年搜集了170首北京的民歌，集成了《北京歌唱》(*Pekinese Rhymes*)一书。“发刊词”中所引用的这句话正来自该书的序言中。这句话说明收集歌谣的目的之一是要引起“民族的诗”的发展。所谓“民族的诗”就是与传统的文人诗截然

不同的，能体现民众真情实感的诗，即民间歌谣。当然，能体现民众真实感情的绝不仅仅是民间歌谣，于是就有了1924年3月2日《歌谣》周刊第45号上扩大收集范围的决定，不仅要搜集韵文的歌谣，更要搜集神话故事等散文的材料。1924年5月4日，《歌谣》周刊第53号上刊发了编辑部启事，重申扩大范围的决定，称同时注意于散文与韵文两方面。《歌谣》周刊于传说研究的重要性虽然不及《民俗》周刊，但不可否认，由于扩大搜集范围，它为传说研究提供了越来越多的口头传说文本，这是先于《民俗》周刊的。

如果说平民意识的觉醒是民间传说进入知识分子研究领域的主观原因，那么商品经济的发展、人际交往的密切、文化市场的形成等现实条件则客观上成全了传说受到重视这一事实。20世纪上半期，随着帝国主义在政治、经济和文化等多方面的入侵和中国资本主义经济的发展，中国从传统社会迅速向现代社会转变。商品经济的发展要求改变过去那种"鸡犬之声相闻，老死不相往来"的人际交往模式，人与人之间的交往日益频繁和紧密。随着现代印刷业和新闻业的发展，以及民众文化水平的提高，多样化的现代文化市场逐渐形成，底层民众的语言、文学、艺术肩负起审美与娱乐的特定使命，满足着民众的多层次文化需求。作为民众文学样式之一的传说随之受到重视。

这里需要强调的是，知识分子觉醒的"平民意识"对口头传说文本发掘的重要作用。现代传说研究开始于歌谣运动之前，20世纪初期在中国知识分子的论著中就出现了"传说"一词和对"传说"的界定及相关理论与作品分析。但歌谣运动之前的传说作品研究大多仅止于书面记录的传说文本，而极少关注到民间口头流行的传说文本，这是与知识分子惯用的书斋研究的传统方法相关的。直到歌谣运动开始，扩大搜集范围以后，知识分子才从民众中发掘出大量活态的口头传说文本，传说研究的视野才从书斋深入到民间，进入到田野。口头传说文本的发掘扩大了传说研究的范围，对传说学的发展意义重大。

## 三、对社会问题的关注与传说专题研究的发生

平民意识的觉醒促使知识分子走向民间，各种社会问题逐渐成为他们关注的热点，比如婚姻问题、妇女问题、贫富差距问题、民众与当局的关系等问题。

以妇女问题为例，早在晚清时期，知识分子就普遍认为体弱无知的妇女是

国家富强的重大障碍。比如，梁启超就指责裹脚女子“不生利”“只分利”，即女性不参加社会劳动，只享受劳动成果。当然，这种认识显然是偏见。但“母弱种弱”的确是造成中国落后的重要原因之一，不少知识分子因此提倡教育救国，兴办女学。梁启超在《倡设女学堂启》中认为倡兴女学的目的是“上可相夫，下可教子，近可宜家，远可善种，妇道既昌，千室良善，岂不然哉，岂不然哉”！[①]也就是说，女性受教育之后有助于更好地发挥其家庭功能和育儿功能，从而促进整个社会的发展。

不久，又出现了主张女性进入国家民族公共事务中的言论，比如金天翮在1903年出版的《女界钟》中提出著名的“天下兴亡，匹妇有责”的口号。到新文化运动时期，知识分子开始对传统儒家上层文化进行彻底激烈的批判，而宗法家庭中女性的悲惨处境无疑是批判儒家传统道德的最好例证，所以妇女问题成为五四知识分子瓦解旧伦理道德的突破口。新文化运动一开始就明确打出了“女权”的旗号，集中对传统思想意识和陈规陋习进行涤荡。《新青年》创刊号刊登了陈独秀翻译的法兰西人 Paul Bloueto 的《妇人观》。从第2卷第6号起，《新青年》又设了“女子问题”专栏，首篇即刊登了女作家李张绍南的《哀青年》。《新青年》征集“女子问题”的“记者启事”这样写道：

> 女子居国民之半数，在家中尤负无上之责任。欲谋国家社会之改进，女子问题固未可置诸等闲，而家族制度不良造成社会不宁之象，非今日重大问题乎？欲解决此问题，无一不与女子有关。本志与此问题，久欲有所论列。只以社友多属男子，越俎代言，虑不切当，敢求女同胞诸君于“女子教育”、“女子职业”、“结婚”、“离婚”、“再醮”、“姑媳同居”、“独身生活”、“避妊”、“女子参政”、“法律上女子权利”等关于女子诸重大问题，任择其一，各就所见，发表于本志。一以征女界之思想，一以示青年之指针，无计于文之长短优劣，主张之新旧是非，本志一律汇登，以容众见。记者倘有一得之愚，将亦附骥尾以披露焉。特布此告。[②]

---

① 梁启超：《梁启超选集》，上海人民出版社1984年版，第51页。

② 原文刊登于《新青年》1919年4月15日第6卷第4号封底。

该启事不仅将妇女问题的重要性表露无遗，还呼吁女性投入到自身解放的思想运动中去。如何解决妇女问题呢？进入公共文化领域的知识分子无法像当政者那样通过行政命令来干预社会问题，他们只能通过文化的手段教育民众，从而达到解决社会问题的目的。用传说来教育民众就是一种极好的方式。传说本来就得到了民众的认同，在民众中很有影响，且一直作为民众自我教育的手段活跃在民间。因此反映当时妇女问题的传说就成为知识分子的研究重点，形成了传说专题研究，比如孟姜女传说专题研究、祝英台传说专题研究等。

容肇祖在《祝英台故事集序》中就明确指出：研究妇女传说的目的就是要解决妇女问题。谢云声在《闽南传说的梁山伯与祝英台》中也说梁祝是“先知先觉的解放男女”，因此不得不去关注他们的传说，其目的也在于解决当时社会的男女解放问题：“所以我对于这段故事，认为是先知先觉的解放男女，我们不得不特地去注意。”①可见，对孟姜女、祝英台这些妇女传说的研究只是知识分子的一种手段，其目的则是为了解决社会问题。

为了解决这些社会问题，现代知识分子不仅持有与传统儒生极不同的观点，还对传统观点进行了批判。比如，在对孟姜女传说、祝英台传说的研究中，传统儒生看到的是孟姜女和祝英台的贞烈，而当时的知识分子看到的是真情，这同时也是民众的视角。现代知识分子不仅与民众有同一视角，而且对传说内容随时代变化而变化的特点有更清醒的认识。以顾颉刚对孟姜女传说的研究为例。在传统伦理观念关照下，古代知识分子认为孟姜女传说“塑造了一位恪守儒礼的妇女形象。她是杞梁的妻子，悲哀丈夫的阵亡，却拒绝齐侯的郊吊提议。她的作法证明她循规蹈矩地服从礼仪纲常。有的传说异文讲她埋葬了丈夫的遗体后，自绝于淄水，更反映她的从一而终的受节观念。这种看法，与历代封建文人对杞梁妻‘知礼守节’的评价是一致的。敦煌变文孟姜女唱本中的孟姜女，则被描写成一位不辞千辛万苦为丈夫送寒衣的贤妻良母，同样是出于儒家传统伦理观念的基调。”②而顾颉刚认为，传说演变的核心是民众的想象和他们真实感情的所在，“研究孟姜女故事的结果，使我亲切知道一件故事虽

---

① 谢云声：《闽南传说的梁山伯与祝英台》，《民俗》周刊 1930 年 2 月 12 日第 93—95 期。

② [美]洪长泰：《到民间去：1918—1937 年的中国知识分子与民间文学运动》，董晓萍译，上海文艺出版社 1993 年版，第 160 页。

是微小，但一样地随顺了文化中心而迁流，承受了各地的时势和风俗而改变，凭借了民众的情感和想象而发展。又使我亲切知道，它变成的各种不同的面目，有的是单纯地随着说者的意念的，有的是随着说者的解释故事节目的要求的。更就这件故事的意义上看去，又使我明白了它的背景和替它立出主张的各种社会”。[①]理解了这一点，就使现代知识分子更敢于站在新时代新思想文化背景上重新解说古代传说，并借这些解说作用于社会问题。

传说专题研究是传说学的重要内容。如果说顾颉刚发表于1924年的《孟姜女故事的转变》一文是现代传说学开始的重要里程碑，那么其后《孟姜女故事研究集》的出版及“祝英台”专号的刊发、徐文长研究的集中，都是传说学向纵深发展的重要标志，而促使传说学深入发展的主要动力正是现代知识分子对社会问题的关注。

本章所论的是现代知识分子与传说学发生、发展的关系。总的来说，没有知识分子的政治关怀，就没有现代传说学的发生。现代知识分子从诞生起就面临着国家与民族危亡的局势。无论是因留学而感受到中国与西方的巨大差距的知识分子，还是留在国内亲历中国内政外交种种颓势的知识分子，他们在面对救亡的重任时，都选择了向西方学习的道路。从器物层面的学习，到政治制度的改良与革命，再到思想层面的启蒙，西化一直都是文化领域内的主要声音。于是，对西方书籍与文章的翻译成为学习西方的重要手段，其目的是推动中国社会走上富强之路，从而免于亡国灭种。同样，没有知识分子的政治关怀，也就没有现代传说学的发展。大批现代知识分子以报刊为主要阵地，担当起了对民众思想启蒙的重任。在深入民间的过程中，知识分子发现了民间口头文体的重要价值，对包括传说在内的口头文体进行了深入研究。也是在深入民间的过程中，知识分子注意到很多传说的内容反映了当时的社会热点问题。因此，他们将传说研究作为工具，试图通过研究传说来教育民众，从而解决社会问题。

虽然知识分子的政治关怀确实促发了传说学的产生，促进了传说学的发展，但这丝毫不能掩盖现代知识分子将传说研究作为工具的现实。这种情况

① 顾颉刚：《古史辨》第一册，上海古籍出版社1982年版，第67—68页。

正是导致传说学多角度发生的根本原因。知识分子从不同学科、不同角度对传说进行的研究，虽然丰富了传说研究的视角与方法，但也削弱了传说研究的力量，使知识分子在传说学学科建设上缺乏交流、缺少设想，普遍缺乏建立传说学学科体系的自觉性。因此，20世纪前期的传说学虽然经过了建设，却没有完全建立起来。这种状况深刻地影响了以后传说研究的发展。实事求是地说，中国传说学学科体系直到现在还没有能真正建立起来。传说研究还只是一种附庸，神话研究的附庸、故事研究的附庸。

## 结语：建构中国传说学的自主话语

20世纪前期中国传说研究的发生发展是曲折的。传说研究最早发生于古史传说辨伪领域，梁启超、夏曾佑、吕思勉等大批历史学家为给资产阶级革命寻找历史根据而对上古史进行了深入研究，他们对混杂了大量传说的上古史进行辨伪，使传说初步进入到知识分子的研究视线；周作人等一批有海外留学背景的知识分子引入人类学神话学派的理论，进行童话研究。在对与童话相似文体的区别时，周作人首次提出了传说概念，并对其进行了较为详细的说明。周作人也第一次提出了“传说学”一词；不久以后，顾颉刚在对古史的研究中，提出了要将传说从古史中剥离出来进行单独研究的观点。此后，现代知识分子从历史学、文学、民俗学、人类学-民族学角度对传说进行了多角度的研究。当时的不少报刊成为传说研究的重要阵地。孟姜女传说、祝英台传说和徐文长传说成为知识分子们集中关注的几个人物专题。在综合考察了20世纪前期中国现代传说学术史以后，本书最后将给出一些结论，并想结合中国传说学自主话语的建构问题谈一些粗浅的看法。

### 一、20世纪前期传说研究的成就与意义

第一，20世纪前期传说研究从多方面展开，从多角度切入，可谓别开生面，为中国传说学的建立做了充分的准备。现代传说研究从20世纪初古史辨伪领域开始，受到文学家、历史学家、民俗学家、社会学家和民族学家的关注。虽然他们研究传说的目的有所不同，但这些知识分子对传说进行的角度、程度都有不同的研究，为传说学的建立准备了很好的基础。

第二，20世纪前期中国传说研究中诞生了不少行之有效的研究方法，比如：周作人、赵景深等使用的相近文体的比较法，能迅速掌握传说的特征；以顾颉刚为代表的古史辨派学者所采用的历史-地理的研究法，能较清晰地把握一个传说在时空两个维度上的发展和分布；民俗学家一开始就很注意田野调查和文献研究相结合，他们或者亲自研究，或者通过通信的方法提供材料，极大地丰富了传说研究；而孟姜女传说和祝英台传说在研究过程中所开拓的集体研究法不仅是方法上的开拓，更是共享、平等、参与等研究精神的发扬。这些方法都是在传说研究过程中总结和发展起来的，并为后来的传说研究者继承和发扬。直到现在，这些方法还在传说研究中有着广泛的应用。

第三，20世纪前期传说研究中产生了很多理论，比如传说的概念、分类、功能，传说与神话的异同、传说与故事的异同，等等，这些理论成为后来传说理论研究的起点与基础。从周作人对传说概念进行界定开始，传说理论不断充实和发展。比如20世纪80年代中期对日本传说学理论的借鉴引发了学者对历史传说和传说中心点问题的集中重视；又如21世纪前后对美国都市传说理论的借鉴引发了学者对传统传说理论的重新审视。但这些理论的发展都建立在20世纪前期所产生的传说研究理论的基础之上。作为起点，这些理论是必不可少的基础。其中的历史传说理论、地方传说理论等直到现在还在传说学中占据了重要的位置。

第四，20世纪前半期中国传说研究为后世传说研究提供了许多可深入开掘的问题和材料。比如祝英台传说、孟姜女传说、刘三姐传说都是在我们民族历史上产生过深远影响的重要传说，前人进行过很好的研究，研究过程中所收集的传说文本和所形成的结论，也为后人的研究提供了比较丰富的材料和可供参考的宝贵观点。“文化大革命”结束后，钟敬文写了《为孟姜女平反》(1979)的文章，由此掀起了80年代初孟姜女传说研究的小高潮。顾颉刚编著的《孟姜女故事研究集》于1984年由上海古籍出版社再版。同时，包括顾颉刚、钟敬文等老一辈学者和青年学者撰写的孟姜女故事的文章，汇编成《孟姜女故事论文集》，同年也由中国民间文艺出版社出版。孟姜女传说研究的小高潮又带动了四大传说的研究。20世纪80年代这方面的重要的成果如罗永麟的《论中国四大民间故事》、贺学君的《中国四大传说》，分别在1986年、1989年由中国民间文艺出版社和浙江教育出版社出版。这些成果都建立在20世纪前期研究的基础上，是其深入发展的结果。

第五，20 世纪前半期的传说研究作为中国民间文学研究史中不可缺少的组成部分，与民间文学研究的其他领域相比，所取得的成绩显得异常辉煌。洪长泰认为从 1910 年年末到 1920 年年初的中国民间文学中，传说、歌谣、儿童文学和谚语这四类是最重要的体裁。“其他体裁，诸如神话、笑话和谜语，无论在当时还是在其后的相当一段时期，均未引起较大反响。”①在他所列举的四种体裁中，儿童文学和谚语只在较短的一段时间内引起集中的注意，如周作人、赵景深对儿童文学的关注；而传说和歌谣则在较长时间内占据了重要位置，特别是传说所引起的全方位多角度的研究，更是歌谣无法企及的。

## 二、20 世纪前期传说研究的缺憾与影响

中国现代传说研究起步于 20 世纪初，但直到当代，完整独立的传说学学科体系还未能构建起来，传说研究还常常与神话研究、故事研究混作一团，这种状况与 20 世纪前期传说研究的不完善有着莫大的关系。

第一，20 世纪前期的传说研究从多领域展开研究，运用了多种方法，取得了丰硕的成果，但也正因为多领域的研究，导致了每个领域的学者都未把传说作为自己领域的独特文体，缺少使传说研究体系化的自觉意识，更没有建立传说学的自觉意识，从而导致现代传说学没能在 20 前期完全建立起来。

第二，与研究者缺乏建立传说学的自觉性相关，20 世纪前期的传说研究也没有建立起系统的方法。现在来看，当时传说研究的方法多样，如比较的方法、历史-地理的方法、集体研究的方法，但这些方法都是在个别研究中积累起来的，无法组成一个较完整的体系。方法论上的这个局限严重地限制了传说研究向纵深发展。直到现在，在中国的传说研究上，也没有一个系统的、成体系的方法。这也是国外传说理论屡次深刻甚至全盘影响中国传说研究的重要原因。

第三，传说、神话、故事的概念直到现在还被广泛混用，这一方面固然是因为这三类文体的相似性，无法截然分开，但另一方面也与最初的传说研究者没

---

① [美]洪长泰：《到民间去：1918—1937 年的中国知识分子与民间文学运动》，董晓萍译，上海文艺出版社 1993 年版，第 3 页。

有在这方面达成一致的意见有关。这方面最早进行研究的是周氏兄弟，他们的观点深受进化论的影响，认为最早的民间文学体裁是神话，神话演进而成为传说，儿童文学和故事等其他体裁都是在传说之后发生的。这种意见直到现在仍然占有一席之地；而此后的顾颉刚在进行古史传说的研究时，神话与传说的概念一直是混杂使用的；钟敬文等民俗学家也注意到了神话、传说与故事的区别，但他们的意见却各有差别。这些情况都导致了神话、传说、故事的概念无法皆然区分的后果。

## 三、中国传说学自主话语的建构

学术自信是文化自信的重要组成部分，而学术自信的第一步就是要摆脱国外学术理论的控制，探索自己的理论体系和学科体系，这就是学术自主话语的建构。但实际上，我们连第一步即摆脱国外学术理论的控制都没能做到。

20世纪前期，中国传说学在起步时期对国外研究理论与成果有多方借鉴，比如英国神话学人类学家安德鲁·朗、英国民俗学家班尼女士等学者的理论都曾对中国传说研究发生过深远的影响，这无可厚非，大量的现代学术理论与体系本就起源于西方。但在这些理论进入中国之后，不少知识分子根据中国的情况进行了本土化的努力，形成了具有中国特色且在当时看来十分先进的学术理论。可惜的是，20世纪前期的研究成果并未能在后来的学术研究中得到完整继承，由此出现了误把外国学者并不特别先进的理论当圭臬的风潮，如柳田国南的传说理论。

日本民俗学、传说学之父——柳田国南的学术活动从20世纪初就开始了，1909年、1910年，他先后出版了《后狩词记》《远野物语》，分别记录了宫崎县的狩猎传说与岩手县的民间传说。这两本著作都是日本传说学草创时期的重要作品，尤其是《后狩词记》更被誉为日本传说学和民俗学的第一座纪念碑。后来，他总结自己从二三十年代开始讲授的民间传说观点与理论，整理出版了专著《传说论》（也译作《民间传承论》）。此书成为日本传说学和民俗学的奠基性著作。从《传说论》的内容来看，柳田国南的传说学大致是由传说的关系论、本体论和方法论三部分组成的。在关系论部分，柳田主要论述的是传说与历史的关系，这是《传说论》的主要内容之一，占了很大篇幅。他把传说与历史的关系放在历史中审视，对此关系的总趋势做出评估，特别重视现代的历史教育对传说的影响，提出历史教育无可挽回地急剧改变了传说和历史在关系格局中的权重；在本体论部分，柳田最重要的观点是提出了“传说圈”的概念，而“传说圈”概念的提出又与传说具有可信性、中心点和叙述形式自由的特点联系在一起；柳田方法论的要点是“在对立范畴的两极之间的空间里展示传说属性的复杂性和历史变迁”[①]。

单就《传说论》本身来看，它的观点和理论新鲜、深刻，远见卓识。但将它与 20 世纪前期中国知识分子的研究相比，就会发现有许多相似之处，而且中国知识分子的观点更早。下面我们以顾颉刚先生的观点为代表进行分析。

《传说论》中的“传说与昔话[②]的区别”“传说的两极”“传说的演变”等部分论述了历史与传说的关系，讲到了传说曾与历史紧密纠缠，而在当代却越来越远离的情况：“传说的一端，有时非常接近于历史，甚至界限模糊难以分辨；而其另一端又与文学相近，有时简直要像融于其中，这也是不可否认的事实。非但如此，这两极之间的距离，也伴随着社会的发展，文明的进化而在拉长，也是事实。”[③]其实关于传说与历史的关系，早在 1923 年，顾颉刚在《与钱玄同先生论古史书》中就有过非常精辟的论述，并将传说作为一种独立文体进行研究。

柳田国南对传说中心点的论述也让不少中国学者倾倒，并反复引述、阐发。实际上早在 20 世纪初，顾颉刚先生就积累了大量的孟姜女传说在地理分布上的材料。他于 1926 年撰写的《孟姜女故事的研究》一文就在对孟姜女传说进行地理考察后，得出了孟姜女传说是由中心向四方传播的结论：

> 春秋战国间，齐鲁的文化最高，所以这件故事起在齐都，它的生命会日渐扩大。西汉以后，历代宅京以长安为最久，因此这件故事流到了西部时，又会发生奔梁山和崩长城的异说。从此沿了长城而发展……江浙是南宋以来文化最盛的地方，所以那地的传说虽最后起，但在三百年中竟有

① 邹明华：《传说学的知识谱系：解读柳田国南的〈传说论〉》，《民族文学研究》2003 年 4 月，第 93 页。

② 昔话，即故事。

③ ［日］柳田国南著：《传说论》，连湘译，中国民间文艺出版社 1985 年版，第 30 页。

> 支配全国的力量。北京自辽以来建都了近一千年，成为北方的文化中心，使它附近的山海关成为孟姜女故事的最有势力的根据地。江浙与山海关的传说联结起来，遂形成了这件故事的坚确不拔的基础，以前的根据地完全失掉了势力。①

根据顾氏的研究，齐都、长安、江浙、北京等地先后做过孟姜女传说的中心点。这种在历史发展中分析传说中心及其迁移路线的观点比起仅从地理空间分析传说的中心点要更客观、更全面。

柳田国南在传说方面最为中国学者推崇的是他的"传说圈"理论。什么是"传说圈"呢？"为了研究工作上的方便，我们常把一个个传说流行着的处所，称作'传说圈'。"②简单来说，"传说圈"就是传说的流传范围。柳田的"传说圈"似乎十分狭小，传说的不同异文都有着各自的传说圈，"但另一方面，在个个孤立存在的传说圈内，各流传着独自的传说，倘若加以比较，其内容相互矛盾而说不拢的情况，不但是有的，似乎于今日，还并不乏例"。③而传说的流传范围问题，顾颉刚也进行过分析。同样在《孟姜女故事研究》一文中，顾氏分析了孟姜女传说的发生、成型与定型三个阶段的所在地及地域传承脉络，也就是孟姜女传说的不同异文的流传范围，涉及中国10多个省份。此文还对山东、河北、陕西、湖南、江苏五大孟姜女流传区域进行了重点分析。虽然并没有使用"传说圈"类似的名词，但顾氏想表达的意思与柳氏是极其相似的。而且，顾颉刚采取了比较概括的方法对孟姜女传说不同异文的流传范围进行分析，并不像柳田那样甚至将一个村落划定为一个传说圈。前者的分析方法显然更客观、更科学，因为往往缺乏足够的资料对更小范围内传说的历史进行客观分析，大多仅能够靠想象。

柳田国南对"传说圈"的形成因素进行了分析，包括自然地理与生活习俗等。④实际上，顾颉刚先生对此的分析更详细、更有逻辑性。在《孟姜女故事研究》的第三部分"研究的结论"中，顾颉刚总结了6条有普遍意义的结论：传说的传播与文化中心的迁移有关，传说的发展与历代的时势、风俗有关，传说的

---

① 顾颉刚：《孟姜女故事研究》，《孟姜女故事研究集》，上海古籍出版社1984年版，第67页。

②③ ［日］柳田国南著，连湘译：《传说论》，中国民间文艺出版社1985年版，第49页。

④ ［日］柳田国南著，连湘译：《传说论》，中国民间文艺出版社1985年版，第50页。

发展与民众的感情和想象有关，不同地区同一人物传说的具体情节内容并不一样，传说的情节内容因民众的解释的需要而发展，传说的不同情节内容体现了民众与士流的不同思想。这 6 条有重要意义的结论不仅是关于传说流传区域形成的原因分析，而且是对传说流传区域变迁的原因分析。应该说“传说圈”理论更多的是从空间上对传说的流传范围进行分析，而疏于时间方面的考虑，但顾颉刚先于此 10 多年前就已进行过阐述。

顾颉刚等一批知识分子实际上已经为中国传说学奠定了很好的理论与实践的基础，如果在此基础上继续发展，中国传说学可能用不了很久就可以真正建立起来，并且将拥有比较完整的学科体系。可惜的是，后辈学者并没能很好地继承这些观点与理论，直到当代，还有不少学者还动辄以 20 世纪 40 年代诞生的日本传说理论为圭臬。《传说论》于 1985 年由连湘翻译，张紫晨校订而进入我国，极大地震动了我国的民间文学与民俗学界，“传说圈”“传说中心点”等理论在几十年后的中国被当作先进的传说概念和方法被广泛认可和运用。

以国外理论为中国传说研究的圭臬似乎成为一种惯性，2006 年广西师范大学出版社出版了曾担任过美国民俗学会主席的民俗学家——布鲁范德的都市传说论著——《消失的搭车客：美国都市传说及其意义》中译本。该书出版于 1981 年，成为都市传说研究的开山之作，布鲁范德也因此被称为“都市传说先生”。都市传说理论被译介入中国后，迅速受到中国学者的追捧，他们以美国都市传说理论对中国都市传说进行研究，发表了不少研究文章，掀起了一个传说研究的小高潮。但实际上在历史短暂的美国诞生的都市传说与在历史悠久的中国诞生的都市传说之间肯定有许多不同之处，用美国传说的理论分析中国传说案例，显然有许多不妥当之处。

客观来说，直到今天，中国的传说研究也未能摆脱被国外理论控制的窘境，中国传说学还未能拥有自己强有力的理论，更没有独立、完整的学术体系。由是，中国的传说学还是附庸的传说学而不是独立的传说学，还是散乱的传说学而不是系统的传说学，中国传说学未来的路程还相当漫长。

中国传说学自主话语建构的道路虽然比较漫长，但前途依然是光明的。笔者对中国传说学自主话语建构的信心主要基于以下两方面的考虑：

第一，时代创造传说，即传说在当代源源不断地产生。传说与神话不同，神话已经失去了产生的土壤，比如万物有灵论的原始思维、比如因缺乏对自然与人自身的各种知识而产生的恐惧等，但传说依然有着产生、发展的深广土壤。比如，红色传说产生于革命战争年代，但在当代和平环境中依然得到了广泛的传承、传播，甚至由于红色传说的传播在部分地区的民众中产生了红色人物信仰行为；又如，当代都市传说是在当代都市环境中产生的新传说，与传统传说相比，无论是产生原因还是传播的方式都已经有了较大区别。时代造传说意味着时代将为传说研究提供越来越丰富的研究材料，只要我们不自毁长城，中国的传说研究之路将越走越宽阔。

第二，时代需要传说学，即国家的发展与民族的复兴需要传说学为其服务。笔者在导论部分论述过传说在当代的两大主要价值：民族与国家认同的价值和地域认同的价值。前一个价值关系到国家稳定、民族团结与社会和谐的问题，后一个价值关系到地方社会和谐与地方经济发展的问题，无论哪一个问题都是重大问题，都应该慎重对待。

我们以一则“红军菩萨”的红色传说为例。该传说的中心地在贵州遵义，传说的主人公是红军卫生员龙思泉。当年，龙思泉随部队到达遵义东南桑木垭一带，并在这里为众多农民治病。一次，龙思泉外出看病，没能与部队一起转移，在追赶部队的道路上不幸遇害。乡亲们将他安葬在桑木垭。由于当时并不知道卫生员的真实姓名，他们只好在坟前树了一块“红军坟”的简易墓碑。当地民众相传，红军坟修好之后，常有百姓到坟前烧香祭拜。一些患病的民众尝试着在红军坟附近采摘草药服用，不少人的病情都有所好转。乡亲们认为是死去的红军卫生员在保佑他们，烧香的人越来越多，而卫生员也变成了护佑一方的“菩萨”。“红军菩萨”传说就此形成，并逐渐散播开去。1954年3月，遵义市人民政府将红军坟迁入遵义市烈士陵园。此后，红军坟的香火更加旺盛，红军坟显灵的各种传说也层出不穷，广为流传，不仅在贵州本省，还流传到云南、四川等地。红军菩萨传说的形成与流传说明红色文化已经深入部分省区的民众中，得到了他们的深刻认同。红军菩萨传说与传统神灵传说有着明显区别，它是贯彻了科学精神的红色文化的表现。伴随着红军菩萨传说传播开去的是中国共产党人为民族解放、国家独立的奉献精神，这样的精神即使在和平时期也可以成为国人的精神支柱，推动他们寻求真理与正义，支持他们为社会主义建设事业而奋斗。

20 世纪前期中国现代传说研究史是一段辉煌的学术发展史，充满了现代知识分子自觉、自醒的意识与积极救亡图存的社会责任感，其行为与精神都值得我辈好好学习。更重要的是，我们应该在前辈功业的基础上，积极推进中国传说学自主话语的建构。

# 参 考 文 献

## 一、著作类


1. [德]古斯塔夫·施瓦布:《希腊神话故事》,刘超之、艾英译,宗教文化出版社 1996 年版。

2. [俄]李福清:《中国各民族神话研究外文论著目录(1839—1990)》,北京图书馆出版社 2007 年版。

3. [美]布鲁范德著,《消失的搭车客——美国都市传说及其意义》,李扬、王珏纯译,广西师范大学出版社 2006 年版。

4. [美]洪长泰:《到民间去:1918—1937 年的中国知识分子与民间文学运动》,董晓萍译,上海文艺出版社 1993 年版。

5. [美]纪文勋:《现代中国的思想冲突——民主主义与权威主义》,山西人民出版社 1989 年版。

6. [日]大林太良:《神话学入门》,中国民间文艺出版社 1989 年版。

7. [日]高木敏雄:《比较神话学》,东京博文馆 1904 年版。

8. [英]艾约瑟(Edrins.J.)编译:《西学启蒙十六种》之《罗马志略》,上海图书集成印书局,光绪 24 年(1898 年)再版。

9. Dundes, A., "From Etic to Emic Units in the Structurai Study of Folktales", *Journal of American Folklore*, 1962.

10. Graf, Fritz, *Greek Myth*, Johns Hopkins University Press, 1933.

11. Thompson, Stich, *The Folktale*, The Dryden Press, New York, 1951.

12. 毕桪:《民间文学概论》,民族出版社 2004 年版。

13. 陈平原:《现代学术史上的俗文学》,湖北教育出版社 2004 年版。

14. 程蔷:《充满智慧的民间精灵:民俗文化与民间文学研究》,广西师范大学出版社 2006 年版。

15. 单士厘:《归潜记》(据 1910 年少安钱氏家刻毛本),载单士厘《癸卯旅行记·归潜记》,湖南人民出版社 1981 年版。

16. 顾颉刚:《古史辨》1—7 册,上海古籍出版社 1982 年版。

17. 顾颉刚:《孟姜女故事研究集》,上海古籍出版社 1984 年。

18. 郭沫若:《中国古代社会研究》,群益出版社 1941 年版。

19. 黄见德:《西方哲学东渐史》,武汉出版社 1991 年版。

20. 黄景春:《民间传说》,中国社会出版社 2006 年版。

21. 金天翮:《女界钟》,上海古籍出版社 2003 年版。

22. 康有为:《大同书》,上海古籍出版社 1956 年版。

23. 冷德熙:《超越神话》,东方出版社 1997 年版。

24. 李大钊:《李大钊史学论集》,河北人民出版社 1984 年版。

25. 李伟:《中国近代翻译史》,齐鲁书社 2005 年版。

26. 李泽厚:《中国近代思想史论》,人民出版社 1979 年版。

27. 梁启超:《饮冰室合集》,中华书局 1941 年版。

28. 刘守华、陈建宪:《民间文学教程》,华中师范大学出版社 2002 年版。

29. 刘守华:《民间文学概论十讲》,湖北教育出版社,1985 年版。

30. 刘锡诚:《20 世纪中国民间文学学术史》,河南大学出版社 2006 年版。

31. 鲁迅:《南腔北调集·我怎么做起小说来》,载《鲁迅全集》第 4 卷,人民文学出版社 1981 年版。

32. 鲁迅:《中国小说史略》,上海古籍出版社 1998 年版。

33. 栾梅健:《二十世纪中国文学发生论》,广西师范大学出版社 2006 年版。

34. 茅盾:《茅盾文艺杂论集》,上海文艺出版社 1981 年版。

35. 茅盾:《神话研究》,百花文艺出版社 1997 年版。

36. 孟慧英:《西方民俗学史》,中国社会科学出版社 2006 年版。

37. 钱理群:《中国现代文学三十年》,上海文艺出版社 1987 年版。

38. 容闳,沈潜,杨增麒:《西学东渐记:中国留学生之父的足迹与心迹》,中州古籍出版社 1998 年版。

39. 孙玮、张礼恒:《新编中国近代史教程》,青岛海洋大学出版社 1995 年版。

40. 唐弢:《中国现代文学史》第 1 册,人民文学出版社 1979 年版。

41. 田兆元、敖其:《民间文学概论》,华东师范大学出版社 2009 年版。

42. 王韬:《弢园文录外编》,上海书店出版社 2002 年版。

43. 王文宝《中国民俗学史》,巴蜀书社 1995 年版。

44. 王孝廉:《中国的神话与传说》,联经出版事业公司1977年版。

45. 王煦华:《顾颉刚等编著〈孟姜女故事研究集〉序》,上海故事出版社1984年版。

46. 吴蓉章:《民间文学理论基础》,四川大学出版社1988年6月。

47. 谢六逸:《神话学ABC》,上海书店出版社1990年版。(据世界书局1928年版影印)

48. 徐蔚南:《民间文学》,世界书局1927年版。

49. 徐旭生:《中国古史的传说时代(增订本)》,科学出版社1960年版。

50. 玄珠:《中国神话研究ABC》,上海书店出版社1990年版。(据世界书局1929年版影印)

51. 严复:《严复集》第二册,中华书局1986年版。

52. 叶春生:《简明民间文艺学教程》,湖南文艺出版社1987年版。

53. 张紫晨:《民间文学基本知识》,上海文艺出版社1979年版。

54. 赵景深:《童话概要》,北新书局1927年版。

55. 钟敬文:《民间文学概论》,上海文艺出版社1980年版。

56. 钟敬文:《民间文艺谈薮》,湖南人民出版社1981年版。

57. 钟敬文:《中国民间传说论文集》,中国民间文艺出版社1986年版。

## 二、著作析出文章类

58. 周作人:《神话与传说》,载《自己的园地》,北京晨报社1923年版。

59. 康有为:《实理公法全书》,载丁守和、方行主编《中国文化研究集刊》第1辑,复旦大学出版社1984年版。

60. 梁启超:《倡设女学堂启》,载《梁启超选集》,上海人民出版社1984年版。

61. 林忠亮:《传说与民俗试探》,载《中国民间传说论文集》,中国民间文艺出版社1986年版。

62. 钟敬文:《"五四"时期民俗文化学的兴起》,载《民俗文化学:梗概与兴起》,中华书局1996年版。

63. 黄石:《桃花女的传说与民间的婚俗》,载《黄石民俗学论集》,上海文艺出版社1999年版。

64. 胡适:《三侠五义序》,载《胡适文存三集》,亚东图书馆1930年版。

65. 梁启超:《有史以前之时代》,载《饮冰室文集》,中华书局1932年版。

66. 郁达夫:《导言》,载《中国新文学大系·散文二集》,上海良友图书印刷公司1935年版。

67. 康有为:《上古茫昧无稽考》,载《孔子改制考》,中华书局1958年版。

68. 刘守华:《民间童话与神话、传说》,载中国民间文艺研究会上海会分、上海文艺出版社编《中国民间文学论文选(1949—1979)》,上海文艺出版社 1980 年版。

69. 戴念祖:《五四运动和现代科学在我国的传播》,载中国社会科学院近代史研究所编《纪念五四运动六十周年学术讨论会论文选》(三),中国社会科学出版社 1980 年版。

70. 鲁迅:《文化偏至论》,载《鲁迅全集》第 1 卷,人民文学出版社 1981 年版。

71. 陈永龄、王晓义:《二十世纪前期的中国民族学》,载中国民族学研究会编《民族学研究》第 1 辑,民族出版社 1981 年版。

## 三、期刊文章类

72. [俄]李福清:《国外研究中国各族神话概述——〈中国各民族神话研究外文论著目录〉序》,《长江大学学报》2006 年第 1 期。

73. 36.[日]野口武德:《柳田国南与日本民俗学》,郭崇林、傅勇译校,《黑龙江民族丛刊》1994 年第 1 期。

74. 陈独秀:《文学革命论》,《新青年》1917 年第 6 期。

75. 陈华文:《钟敬文与杭州中国民俗学会的活动及历史地位》,《广西民族学院学报》2002 年第 1 期。

76. 楚图南:《中国西南民族神话的研究》,《西南边疆》1938 年第 1、2 期,1939 年第 7、9 期。

77. 方曙:《〈歌谣〉周刊与北大歌谣运动》,《大学图书情报学刊》2007 年第 2 期。

78. 方曙:《〈民俗〉周刊与中国现代民俗学运动》,《安徽师范大学学报》2006 年第 5 期。

79. 顾洪:《论古史辨学派产生的学术思想背景》,《中国文化研究》1995 年第 8 期。

80. 顾颉刚:《〈孟姜女故事研究集〉自序》,《民俗》周刊 1928 年第 1 期。

81. 顾颉刚:《〈泉州民间传说〉序》,《民俗》周刊 1929 年 67 期。

82. 顾颉刚:《华山畿与祝英台》,《民俗》周刊 1930 年第 93—95 期合刊。

83. 顾颉刚:《论地方传说——〈两广地方传说〉序》,《文学周报》1928 年第 337 期。

84. 顾颉刚:《论古史研究答李玄伯先生》,《现代评论》1925 年第 10 期。

85. 顾颉刚:《孟姜女故事研究的第二次开头》,《国学门》周刊 1925 年第 1 期。

86. 顾颉刚:《民俗》发刊词,《民俗》周刊 1928 年第 1 期。

87. 贺学君:《从书面到口头:关于民间文学研究的反思》,《民间文化论坛》2004 年第 4 期。

88. 贺学君:《中国神话研究百年》,《社会科学研究》2000 年第 5 期。

89. 贺学君:《中日中国神话研究百年比较》,《文学评论》2001 年第 5 期。

90. 呼立强:《中国近代文化冲突的启示》,《探求》2001年第2期。

91. 胡愈之:《论民间文学》,《妇女杂志》1921年第1期。

92. 黄华文:《对五四民主启蒙运动的审视》,《理论学刊》2001年第1期。

93. 黄子平、陈平原、钱理群:《论"二十世纪中国文学"》,《文学评论》1985年第5期。

94. 季进:《论20年代保守知识分子的现代性追求》,《镇江师专学报》2001年第1期。

95. 季进:《论新文化激进知识分子的现代性追求》,《江苏大学学报》2003年第1期。

96. 孔凡岭:《留日学生对中国近代文化的贡献》,《齐鲁学刊》1987年第6期。

97. 孔范今:《五四启蒙运动与文学变革关系新论》,《中国社会科学》2004年第3期。

98. 李大钊:《我与世界》,《每周评论》1919年第29期。

99. 刘波:《20世纪民间文学理论本土化探析》,《兰州学刊》2005年第6期。

100. 刘复:《敦煌写本中之孟姜女小唱》,《歌谣》周刊1925年第83期。

101. 刘锡诚:《顾颉刚与"古史辨"神话学——纪念〈古史辨〉出版80周年》,《长江大学学报》2006年第4期。

102. 刘锡诚:《梁祝的嬗变与文化的传播》,《湖北民族学院学报》2005年第1期,21页。

103. 刘锡诚:《中国民间文艺学史上的文学人类学派》,《湖北民族学院学报》2004年第4期。

104. 刘锡诚等:《民间文学学术史百年回顾》,《民间文化论坛》2005年5期。

105. 鲁迅:《破恶声论》,《河南》月刊1908年第8期。

106. 马兴国:《日本民俗学的开拓者:柳田国南》,《日本研究》1985年第2期。

107. 明跃玲:《神话传说与族群认同——以五溪地区苗族盘瓠信仰为例》,《广西民族学院学报》2005年第3期。

108. 彭春凌:《"孟姜女故事研究"的生成与转向:顾颉刚的思路及困难》,《云梦学刊》2007年第1期。

109. 钱南扬:《祝英台故事叙论》,《民俗》周刊1930年第93—95期合刊。

110. 任再新:《翻译对中国近代思想文化演进的作用》,《东华大学学报》2001年第1期。

111. 荣颂安:《柳田国南史学思想初探》,《日本学刊》1992年第4期。

112. 容肇祖:《〈迷信与传说〉自序》,《民俗》周刊1929年77期。

113. 万建中:《传说记忆与族群认同——以盘瓠传说为考察对象》,《广西民族学院学报》(哲学社会科学版),2004年第1期。

114. 万建中:《传说建构与村落记忆》,《南昌大学学报》2004年第3期。

115. 王焰安:《试论〈歌谣周刊〉的编辑思想》,《长沙大学学报》2002年第2期。

116. 王永义:《试论西学东渐与中国近代文化的发展》,《天津师大学报》1989 年第 5 期。

117. 魏建功:《〈歌谣〉四十年》,《民间文学》1962 年第 2 期。

118. 吴少珉:《近 50 年来"古史辨派"研究评述》,《洛阳大学学报》2000 年第 1 期。

119. 吴泽霖:《苗族中祖先来历的传说》,《革命日报·社会旬刊》1938 年第 4、5 期。

120. 夏廷棫:《环境与神仙传说》,《民俗》周刊 1928 年第 1 期。

121. 萧兵:《神话是人类与自然斗争的原始性幻想故事》,《民间文学论坛》1985 年第 2 期。

122. 熊吕茂:《中国近代文化思潮述评》,《湖南文理学院学报》,2006 年第 2 期。

123. 徐旭生、苏秉琦:《试论传说材料的整理与传说时代的研究》,《史学集刊》1947 年第 5 期。

124. 杨彩娟、姚米佳:《两种外来文化思想影响下的中国近代婚姻变迁》,《陕西教育学院学报》2007 年第 3 期。

125. 杨东晨:《论研究传说人物的宗旨是增强民族凝聚力——兼论传说人物学术研究与旅游文化的关系和区别》,《宁夏社会科学》2004 年第 1 期。

126. 姚涵:《以〈歌谣〉周刊为核心的民间文学运动》,《杭州师范学院学报》2007 年第 4 期。

127. 张汝伦:《知识分子·中国知识分子·现代性》,《天涯》2004 年第 1 期。

128. 张涛甫:《中国知识分子的现代转型》,《复旦大学学报》2004 年第 2 期。

129. 张文娟:《近代妇女解放思想与五四新文化运动》,《齐鲁学刊》2008 年第 1 期。

130. 张应强:《中国近代文化转型与留学教育》,《厦门大学学报》1996 年第 1 期。

131. 赵沛:《〈民俗〉周刊与中国 20 世纪早期民俗研究》,《学术界》,2005 年第 2 期。

132. 郑师许:《我国民俗学发达史》,《中山文化教育馆》季刊 1936 年第 2 期。

133. 郑师许:《中国古史上神话与传说的发展》,《风物志》集刊 1944 年第 1 期。

134. 钟敬文:《池田大伍的〈中国童话集〉》,《民俗》周刊 1928 年第 13—14 期合刊。

135. 钟敬文:《闽南故事集》,《民俗》周刊 1928 年第 2 期。

136. 钟敬文:《数年来民俗学工作的小结帐》,《民俗》周刊 1928 年第 1 期。

137. 钟敬文:《中国的地方传说》,《开展》月刊 1937 年第 10—11 期合刊。

138. 周海波:《现代传媒在启蒙运动中的意义》,《文学评论》2007 年第 6 期。

139. 周作人:《儿童的文学》,《新青年》1920 年第 4 期。

140. 周作人:《人的文学》,《新青年》1918 年第 6 期。

141. 周作人:《童话略论》,《教育部编纂处月刊》1913 年第 8 期。

142. 周作人:《童话研究》,《教育部编纂处月刊》1913 年第 7 期。

143. 邹明华:《传说学的知识谱系:解读柳田国南〈传说论〉》,《民族文学研究》2003 年第 4 期。

## 四、学位论文

144. 刘波:《20 世纪上半叶中国民间文艺学基本话语的嬗变》,复旦大学博士学位论文,2007 年。

# 附　录

## 1. 20世纪前期传说研究主要学者生平及主要著述

**周作人**(1885—1976),初名櫆寿,笔名有启明、知堂、遐寿等。浙江绍兴人,文艺理论家、散文家、翻译家、民间文艺学家。在传说研究方面有论文和议作两方面的著述。议作有:《红星佚史》(1907)、《希腊的神话与英雄》(1949)、《希腊神话》(1958),20世纪前期传说研究主要论文:

1.《童话研究》,《教育部编纂处月刊》第1卷第7期,1913年8月。

2.《童话略论》,《绍兴县教育会月刊》第2号,1913年11月15日。

3.《儿童的文学》,《新青年》第8卷第4号,1920年12月1日。(注:此文系1920年10月26日在北平孔德学校的讲演)

4.《神话与传说》,《自己的园地》,北京晨报社,1923年9月。

5.《抱犊固的传说》,《语丝》第16期,1925年3月2日。

**鲁迅**(1881—1936),原名周树人,浙江绍兴人,现代文学家、思想家,中国神话学的开创者之一。20世纪前期传说研究相关主要著述:

1.《破恶声论》,《河南》月刊第8号,1908年12月。(注:署名迅行)

2.《神话与传说》《中国小说史略》,1923年初版,1925年由北新书局合印为一册。

**茅盾**(1896—1981),原名沈德鸿,字雁冰,笔名包括茅盾、玄珠、方壁、刑天等。浙江桐乡县乌镇人,现代文学家,中国神话学的开创者之一,20世纪前期传说研究相关主要论述:

1.《神话杂论》，世界书局1929年版。

2.《中国神话研究ABC》(上下册)，世界书局1929年版。(署名玄珠)

3.《北欧神话ABC》，1930年10月，ABC丛书社。(署名方壁)

**赵景深**(1902—1985)，祖籍四川宜宾，生于浙江丽水，翻译学家、民俗学家。1923年加入文学研究会，先后在湖南第一师范、上海大学、复旦大学任教，曾同田汉、叶鼎洛等编辑《潇湘绿波》杂志。1927年任开明书店编辑，并主编《文学周报》；1930年开始任北新书局总编辑，直至1951年。20世纪前期传说研究相关著述：

1.《徐文长故事与西洋传说》，《潇湘绿波》第2期，1925年。

2.《童话概要》，北新书局1927年版。

3.《童话论集》，开明书店1927年版。

4.《童话学ABC》，ABC丛书社1929年版。

5.《童话评论》，新文化书社1935年版。

6.《三笑姻缘的演变》，《文学》第7卷第1期，1936年7月1日。

7.《包公传说》，《小说闲话》，上海北新书局1937年版。

**顾颉刚**(1893—1980)，原名诵坤，字铭坚，笔名余毅。江苏苏州人，先后在北京大学、商务印刷馆、中山大学、北平研究院、复旦大学等处任职，历史学家、民俗学家，“古史辨”学派创始人。20世纪前期传说研究方面的主要著述：

1.《与钱玄同先生论古史书》，《努力》增刊，1923年5月6日。

2.《答刘胡两先生书》，《读书杂志》第11期，1923年7月1日。

3.《孟姜女故事的转变》，《歌谣》周刊第69号，1924年。

4.《论古史研究答李玄伯先生》，《现代评论》第1卷10期，1925年2月。

5.《杞梁妻的哭崩梁山》，《歌谣》周刊第1卷86号(孟姜女专号6)，1925年4月12日。

6.《孟姜女十二月歌与放羊调》，《歌谣》周刊第1卷90号(孟姜女专号7)，1925年5月11日。

7.《杞梁妻哭崩的城》，《歌谣》周刊第1卷93号(孟姜女专号8)，1925年5月31日。

8.《孟姜女故事研究的第二次开头》,《国学门》周刊 1925 年 10 月 14 日第 1 期。

9.《〈古史辨〉第 1 册自序》,《新北周刊》第 1 期,1926 年 8 月。

10.《孟姜女故事研究——〈古史辨〉自序中删去之一部分》,《现代评论》第 2 周年增刊,1927 年 2 月。

11.《孟姜女故事研究集》第三册,台湾中山大学语言历史学研究所,1928 年 4 月—1929 年 1 月。

12.《〈孟姜女故事研究集〉自叙》,1928 年第 1 期。

13.《论地方传说——〈两广地方传说〉序》,开明《文学周报》第 7 卷合订本,1928 年 9 月。

14.《〈泉州民间传说〉序》,《民俗》周刊 1929 年第 67 期。

15.《华山畿与祝英台》,《民俗》周刊 1930 年 2 月 12 日。

16.《洪水之传说及治水等之传说》,《史学年报》第 1 卷第 2 期,1930 年 11 月。

17.《孟姜女故事材料目录》说明,天津《益世报》读书周刊第 8 期,1935 年 7 月 25 日。

**钟敬文**(1903—2002),笔名静闻、静君,广东海丰人。散文家、诗人、民俗学家,1934 年曾赴日本早稻田大学研究院进修民俗学。先后在中山大学、杭州浙江大学、香港达德学院、北京师范大学任教,并曾担任中国民间文艺家协会名誉主席。1927 年参加组织中山大学民俗学会,发起建立杭州中国民俗学会,主持并编辑大量民俗学、民间文艺学方面的期刊和丛书。20 世纪前期传说研究方面的主要著述:

1. 关于孟姜女故事研究的通信(五则)

《广东海丰的孟姜女传说》,《歌谣》周刊第 79 号,1925 年 2 月。

《李白诗中的崩山之说》,同上。

《情史及戏曲大全中之孟姜女》,《歌谣》周刊第 83 号,1925 年 3 月。

《筑城曲与贯休诗》,《歌谣》周刊第 96 号,1925 年 6 月。

《福佬民族的孟姜女传说及其他》,《国学门》周刊,1925 年第 7 期,1925 年 11 月。

2.《送寒衣的传说与俗歌》,《歌谣》周刊第1卷90号(孟姜女专号7),1925年5月11日。

3.《致赵景深君论徐文长故事》,《晨报》副刊第328期,1925年11月14日。

4.《马头娘传说辨》,《民间文艺》1927年第6期,1927年12月6日。

5.《闽南故事集》,《民俗》周刊1928年第2期。

6.《数年来民俗学工作的小结帐》,《民俗》周刊1928年第1期。

7.《楚辞中的神话与传说》,《大江》月刊第1年11月号,1928年。

8.《池田大伍的〈中国童话集〉》,《民俗》周刊1928年第13、14期合刊,1928年6月。

9.《几则关于刘三妹故事的材料》,《民俗》周刊1928年第19、20期合刊,1928年8月。

10.《中国的水灾传说及其他》,《民众教育》季刊第1卷第2号,1931年2月。

11.《中国的地方传说》,《开展》月刊民俗学专号,1931年第10、11期合刊(《民俗学集镌》第1辑),1931年7月。

12.《老獭稚型传说的发生地——三个分布于朝鲜、越南及中国的同型传说的发生地域试断》,《艺风》第2卷第12期,1934年10月。(注:初发表于日本《民族学研究》第1卷第1号(1935年),原文为文言文,后改为白话文发表在《艺风》上,因第12期出版脱期,出版时已是1935年。)

13.《盘瓠神话的考察》,日本《同仁》第10卷第2、3、4号,1936年2、3、4月。(注:原文为日文)

**钱南扬**(1899—1987),名绍箕,字南扬,以字行。浙江平湖人。戏曲史家、教育家、民俗学家。1919年考入北京大学国学门中文科。1930年任武汉大学中文系讲师。1956年在杭州大学中文系执教。1959年起,任南京大学中文系教授。著有《宋元南戏百一录》《宋元戏文辑佚》《戏文概论》《元本琵琶记校注》《永乐大典戏文三种校注》等,为我国南戏研究作出了重要贡献。20世纪前期传说研究相关著述:

1.《祝英台故事叙论》,《民俗》周刊第93、94、95期合期,1930年。

2.《徐文长型故事》,《民间》月刊,1933年2月。

**黄石**,民俗学家、神话学家。早在20年代初就投身于宗教学、人类学、民俗学研究领域,翻译、编译出版了家族制度和神话的著作,发表了大量民俗学方面的论文,尤其在妇女民俗研究方面取得了较大成就。20世纪前期传说研究相关著述:

1.《神话研究》,上海开明书店1927年版。

2.《桃花女的传说与民间的婚俗》,《妇女杂志》第16卷第7号,1930年7月。

3.《月亮的神话与传说》,《北新》4卷16号,1930年8月。

4.《关于龙的传说》,《青年界》第1卷第2号,1931年4月。

5.《关于植物的神话传说》,《青年界》第2卷第2号,1932年9月。

6.《烂柯山传说的起源和转变》,《太白》半月刊第2卷第2、3期,1935年4月。

**江绍原**(1898—1983),安徽旌德人。宗教学家、民俗学家。1922年毕业于美国芝加哥大学比较宗教学专业,回国后先后在北京大学、中山大学、西北大学、山西大学任教授。1956年以后,先后在科学出版社、商务印书馆任编审、顾问。20世纪前期传说研究相关著述:

1.《玉传说探讨》,《鞭策》周刊第2卷第3—5期,1932年9月。

2.《中国古占卜术研究(第十六辑)"殷王亥惨死及后君王恒上甲微复仇之传说"》,1936年11月21日《华北日报》专版。

**吕思勉**(1884—1957),字诚之,江苏武进(常州)人。先后在东吴大学、光华大学、华东师范大学任教,历史学家。1940年曾与童书业领衔编著《古史辨》第7册,将"古史辨"派的古史传说论文辑录为3册。20世纪前期传说研究相关著述:

1.《三皇五帝考》,《古史辨》第7册,上海开明书店1941年版。

2.《盘古考》,上海开明书店1941年版。

**郑师许**(1897—1952),广东东莞人,原名郑沛霖。毕业于南京金陵大学,曾在国立交通大学、暨南大学、大夏大学、中山大学、无锡国学专修学校等校任教,曾兼任史地系主任、训导主任、总务主任等职,历史学家、民俗学家。20世纪前期传说研究相关著述:

1.《中国古史上神话与传说的发展》,《风物志》(集刊),1944年1月31日,中国民俗学会出版。

2.《我国民俗学发达史》,《中山文化教育馆》季刊第3卷第2期,1936年4月。

## 2. 学者对"传说"概念的主要观点(摘录)

神话学家对于神话曾有各种的定义,施彭斯(Lewis Spence)著《神话学绪论》(An Introduction to Mythology)一书……他又进一步说到神话与民间故事、传说的关系……传说(Tradition)是故事的传承形式(Traditional Form of Narration),神话、民谭、与古谈都包含在内。(第3—4页)

——谢六逸:《神话学ABC》,世界书局1928年版

(地方传说)原名,在英语中作Place legend。是组合Place(地方)与Legend(传说)两语而成的。在中国,"地方传说"一词的翻译,最早的怕要算胡愈之先生(见胡先生《论民间文学》一文(《妇女杂志》第七卷))。后来赵景深先生和我也常沿用这个译名。但我有时也借用日译,写作"场所传说"(见拙作《中国的水灾传说》[本书第163页])。

如英语及中文语义所表示,"地方传说"一词,意义似乎是很容易明白的。但作为学术上的用语而理解,有时便不免使人感到迷或误会(例如不久以前,有人做中国民间文学分类工作,便曾对此误会过)。

徐蔚南先生在他编著的民间文学上写道:"地方的传说,是关于一个地方的传说,不是普遍于各地的。"(见徐氏书第五章:《民间文学的分类》)赵景深先生也说过和这极相近的话。他说:"这(按:指地方传说)是特殊的童话,只有一处地方有,不是普遍的;但有时也有借用。"(见赵氏《童话概要》第六章:《童话的分系》)比较这些略详细的,我们想引用几行刚好方便地在手边的伯恩女士的语句。她说:

"……这等传说(按:指地方传说)的大部分,在那非历史的事项中,包含着历史的事实之断片。其大多数是原因论的故事(Setiological Stories),民间语源学(folk etymology)及其他类此的。又其中亦有如比德喀拉德故事、威兰德冶工的洞穴故事、斯哇非哈姆的行商故事,是地方化了的民间故事……"(见《民俗学手册》第十六章)

这段话,自然仍是颇简略的,但关于这个名词的要点是相当地说明了。(第77—79页)

地方传说的最大特点,如大部分的神话特点一样,它对于其对象之物事,十分之七八是带着说明性的、解答性的——即所谓"原因论"及"民间语源学"。(第83页)

地方传说,自然大部分是神话性的;但有如某些学者所说,其中也往往包含着"历史的事实之断片"。要从地方传说中去寻找出真的历史事实(狭义的),有时可也并不见很容易。因为民间对于某事物,往往喜欢把它附会在一二有名人物的身上。(第85页)

——钟敬文:《中国的地方传说》,《开展月刊》民俗学专号,
1937年7月第10、11期合刊,即《民俗学集镌》第1辑

整个民间文学大致上可分为三个部分,即群众口头创作、民间说唱、民间戏曲。这中间以群众口头创作部分最为复杂,又可分为散文、韵文两个部分。散文的包括神话、传说、故事、寓言、笑话等;韵文的包括歌谣、叙事诗、谚语、谜语等。而歌谣一项,从内容说,有劳动歌、生活歌、政治歌、爱情歌之分,从传播对象和应用范围说,有儿歌、童谣、仪式歌等。(第16页)

民间传说,就是劳动人民创作的一种与历史人物、历史事件以及地方风物古迹等密切联系的口头故事。它通常是以历史上一定的人物、事件和各地区的山川古迹等演化出生动的情节,时常具有对相关的各种事物的幻想解释,具有历史性和可信件的特点。(第24页)

其中有关于历史的,叫做历史传说,有关于人物的,叫做人物传说,有关于地方山川古迹和风俗习惯的,叫做地方风物传说,也有关于动植物的,叫做生物传说。传说在讲述上没有一定的形式,但是关涉到人的往往情节比较曲折丰富,解释因素较少;关涉到物的则情节比较简单,解释因

素较多,而且解释部分往往放在最后。人和物并重的传说,在表现上往往近于前者。不管是哪一种,它们都具有可信性的特点。这是因为它们提到的人是实有的,联系到的物也是真的。只是在情节上带有虚构成分,传说化罢了。(第24页)

如果同原始神话比较,传说的内容则更富有社会性。它主要是反映封建社会的阶级关系和人民的生活面貌。(第24页)

历史传说有两种:一种是简单地叙述一个历史事件,没有中心人物和完整的情节……另一种则是以历史人物为中心,把当时的历史事件传说化,具有完整的情节。(第25页)

——张紫晨:《民间文学基本知识》,上海文艺出版社1979年版

传说出现在原始社会的末期。这个时期中发生的事件,往往成为民间传说创作的题材。这些传说大部分是虚构的、带有神话的特点,但它包含着实在的、历史的因素。……如果说,神话是产生于人类渴望认识并改造世界的主观愿望,以及落后经济基础与认识水平之间的矛盾;那末,传说则是产生于人类受了巨大历史变革的冲击,渴望洞察社会历史而又不能用文字来记录与说明上述历史事变的本来面目这种主客观之间的矛盾。所以有些学者把民间传说称为对过去历史之"模糊的回忆"或"民间关于某些往事的叙说"。这也就决定了它虽然有虚构的成分,却永远包含着实在的历史的因素。(第59—60页)

神话是以超自然的神作为叙述的中心,传说则以超人的英雄作为歌颂与赞美的对象。所以有人把传说叫做"超人的英雄故事"。(第60页)

——刘守华:《民间童话与神话、传说》,载中国民间文艺研究会上海分会《中国民间文学论文选(1949—1979)》下册,上海文艺出版社1980年版

民间传说是劳动人民创作的与一定的历史人物、历史事件和地方古迹、自然风物、社会习俗有关的故事……但是传说除了具有一般文学作品的广义的历史性外还有和历史更为密切的联系。这是由于传说往往直接讲述一定的当前事物或历史事物,有时并采取溯源和说明等狭义的历史表述形式。人民通过传说,述说历史发展中的现象、事件和人物,表达人

民的观点和愿望。从这个意义上讲，民间传说可以说是劳动人民“口传的历史”。(第183页)

传说流传有中心点。这和传说具有地方性的特点有关。传说中的故事往往发生在固定地点，并和一定的地方风物、名胜古迹相联系。(第187页)

——钟敬文：《民间文学概论》，上海文艺出版社，1980年版

民间传说是和一定历史人物、历史事件以及地方古迹、自然风物、风俗习惯等等相关连，因而具有较强历史性的一种故事。“传说”一词有多种含义，作为民间口头文学样式之一的传说，是指具有一定文学性的传说故事，简单的口头传闻，不属于民间传说之列。(第68页)

传说的产生，稍后于神话。(第68页)

传说最初和神话交叉，一些最古老的传说，在内容与形式上和神话很接近，既可以称为神话，也可以称为传说，如大禹治水的故事。后来随着民间创作的发展，它们的界限才愈来愈清晰。神话以超自然的神的形象作为叙述的中心，传说则以历史上真实存在的著名人物、特别是具有奇才异能神勇的超人的英雄作为赞颂对象。虽有虚构和夸张的成分，却总是包含着实在的历史的因素。它伴随着社会历史的发展长流不断，以自觉的艺术方式，从各种不同角度来叙述历史的面貌，评说有关的历史事件和人物，对主人公形象的描写更为真实亲切，这些同神话艺术基于初民的原始思维，以不自觉的艺术方式所构造的故事明显有别。(第68—69页)

按其内容，这些传说大体上可分为三类：人物传说、历史事件传说、地方风物传说。(第69页)

民间传说的基本特征：

1. 历史性。传说无论属于哪一类，讲述的都是过去的历史。人物、事件取自历史，自不待言。有关山川景物、土特产品、名胜古迹、风俗习惯等等的传说，虽有描述事物特征的内容，其着重点也都在讲述它们的起源，同样须追溯历史，实际上是从不同角度来表现历史。传说这种体裁，本来就产生于人们关注历史，渴望了解过去，以便承先启后的愿望之中。

传说的历史性派生出它在艺术表现形式上的一系列特征，有人把这些特征归纳为“四固定”、“三特征”，即时代固定，地点固定，人物固定，事

件固定，可信性，记忆的具体性，叙述形式的不固定。“四固定”较易理解。可信性指讲述者从各方面渲染故事真实可信的特点（实际上有些内容是虚构的），记忆的具体性指人物、事件、细节的具体独特性，叙述形式的不固定指从具体历史事实出发构成情节结构，不采取“三段式”等程式化的叙述方式（详见乌丙安：《传说学浅识》，《民间文学论坛》1983年第3期）。这些外部特征，均由于它所表现的内容与特定历史有关而形成的。（第74—75页）

2. 传奇性。传奇一词源于唐代，原系裴铏所著小说的篇名，其特点为“多奇异而可传示”，后泛指那些表现奇情异事的小说。传奇性中心是一个“奇”字。传说取材于历史，然而并不是一切重要历史人物和事件均可演化为传说故事，还要题材具备某种奇特不凡的色彩，或由人民群众赋予对象以这种色彩。传说的传奇性主要表现存两方面：（一）夸张，（二）神奇幻想。（第75—76页）

民间传说和民间故事虽系两种体裁，内容和形式上具有不同特征，但又是互相影响和转化的，传说可以脱离开具体的历史地理背景，泛化成为故事；故事也可以落脚在具体的历史地理背景上演化成传说。搜集整理和研究民间文学时须注意这种传说故事化和故事传化的特殊现象。（第77页）

——刘守华：《民间文学概论十讲》，湖北教育出版社1985年版

众所周知，民间传说是各族劳动人民集体口头创作的，与一定的历史人物、历史事件、地方古迹、自然风物和社会习俗有关的故事。它包含了某种历史的、现实的因素，具有一定历史性和现实性等特点。但它又不等于严格意义的历史或现实。它是根据一定的历史事实、地方风物或社会习俗，长期经过各族人民的创作、流传，特别是通过夸张、幻想、提炼等较复杂的典型化、艺术化过程所形成的揭示人类社会生活本质的故事。不论是人物传说、史事传说、自然风物传说，还是社会风俗传说，它们都有一个中心点。即具有空间上的稳定性，也就是具有特定的民族性和地方性。因此民间传说往往都具有历史性、可信性和传奇性等特点。（第1页）

——林忠亮：《传说与民俗试探》，载中国民间文艺研究会理论研究部《中国民间传说论文集》，中国民间文艺出版社1986年版。

神话，虽则是故事，却是不同于一般故事的故事。从时间上看，它是人类社会发生最早的故事。它产生于人类童年的原始社会，到奴隶社会便登峰造极，逐渐向山下走，日渐消失。从性质上看，神话是神的故事，是人性化了的神的故事。从表述来看，它是叙说的故事，人民对现实事物进行幻想性的解释，目的在于说明万事万物的起因，以期认识其规律，控制其力量。鲁迅曾简当地说明过神话的这些特征："昔者初民，见天地万物，变异不常，其诸现象，又出于人力所能以上，则自造众说以解释之：凡所解释，今谓之神话。神话大抵以一'神格'为中枢，又推演为叙说，而于所叙说之神，之事，又从而信仰敬畏之，于是歌颂其威灵，致美于坛庙，久而愈进，文物遂繁。"人类童年的口头创作，人性化的神的故事，对现实事物的幻想，叙说性的表述，这就是构成神话的重要因素，是它区别于民间传说和故事的标志。（第 53—54 页）

民间传说，虽也是故事，但它同样不是一般故事的故事，而是介乎神话和民间故事之间的故事。鲁迅说："迨神话演进，则为中枢者渐近于人性，凡所叙述，今谓之传说。传说之所道，或为神性之人，或为古英雄，其奇才异能神勇为凡人所不及……"从时间上看，民间传说是由"神话演进"，晚于神话的口头创作。从性质上看，它是"神性之人"或"古英雄"的故事，是神性化了的人的故事，这就近于历史了。从表述来看，传说不是要说明、解释什么，而是要叙说先民或古英雄之事迹，描述大好河山的壮美、神奇，以致爱慕、崇敬、赞颂之意。由神话演进的迟于神话的口头创作，神性化的人或古英雄的故事，近于历史，叙述性的表达，这就是构成民间传说的重要因素，是它区别于神话和民间故事的标志。（第 54—55 页）

民间故事，则是阶级社会里劳动人民的集体口头创作或新社会人民的集体口头创作。它主要是反映人与人之间的关系、人间的常理的故事，是人的故事。无论民间故事讲的是历史旧事，还是眼前新事；是写人写事，还是说动物植物，是现实事实，还是虚构幻想；它都是写的人，不是写的神；都是反映的社会生活中的人间常理，而不是神怪幻术。民间故事的这种性质，又决定了它的表述的灵活多样性。（第 55 页）

为了简明，现将神话、民间传说和民间故事的异同，列表如下：（第 55 页）

| 类别 | 共同性 | 特殊性 | | |
|---|---|---|---|---|
| | | 时　　间 | 性　　质 | 表述 |
| 神话 | 散文形式故事性 | 人类童年 | 人性化的神的故事，对现实事物的幻想 | 叙说 |
| 民间传说 | | 由神话演进 | 神性化的人的故事近于历史 | 叙述 |
| 民间故事 | | 阶级社会 | 反映人与人之间的关系，人间的常理的人的故事 | 灵活多样 |

——老彭：《民间文学漫话》，重庆出版社1987年版

我们认为，民间文学的分类必须从全面着眼，充分考虑到分类对象的历史、地理、民族、语言、表现形态等原因，多角度、多层次地进行，还要注意各层次间的对等均衡，体现作品多方面的特征等。如民间传说可分为人物传说，事件传说和风物传说三大类。人物传说又有历史人物传说，英雄人物传说，文化人物传说，生产人物传说等。生产人物中还可分为能工巧匠、行业祖师、技术发明家等。在这几类传说中，又可按照情节类型再分：兄妹比赛型、受物启发型、仙人指点型等。这才比较全面。（第81—82页）

这（传说）是一种以历史人物（如包公、海瑞、鲁班）和假托的历史人物（如孟姜女、梁山伯与祝英台）、历史事件以及与山川风物有关的口头故事。可分为人物传说、历史事件传说、地方风物传说、风情传说、土产技艺传说等。（第83页）

民间传说是人民群众创作的一种与历史人物（包括虚拟的人物）、历史事件（包括生产文化事件）、山川风物（包括人工物和自然物）、地方风情以及土产技艺等有关的口头散文作品，是与神话、故事等并列的一种独立的民间文学体裁。它通常以历史上可考的人物、事件和各地区可见可闻的山川风物结合在一起，演化出令人置信的生动情节来，对相关的人物和事件、风物和风情作出实际的或幻想的解释，具有历史性和可信性的特点，同时又有传奇性的色彩，所以深受读者欢迎。它虽然不是严格的历史，但却记录和保存了许多历史的、经济的、文化的、生产技艺的事实，有很高的应用价值，因此越来越受到人们的重视。（第100—101页）

关于传说的分类，目前还有不同的看法。国际流行的“AT”分类法，

把传说和故事中的幻想故事、生活故事、笑话、幽默故事混为一谈，形成了广义故事的概念，使用了“神话传说”或“传说故事”的模糊词语，给实际工作造成一些混乱。而我国传说的分法：人物传说，历史传说和风物传说又比较粗糙，不足以区分各类传说事象。故有人主张，把分类体系的层次作必要的调整，“主要层次应以内容题材为主，情节类型可以作为辅助层次，使两者相得益彰，充分发挥多层次多角度的分类作用。例如民间传说一项，如作分类处理的话，首先应该是题材内容方面的大的层次，然后是具体类别的层次，再次是具体类别诸方面的层次，最后是结构类型的层次”（张紫晨：《民间文学的分类和分类体系》），这是比较适合我国实际情况的科学的分类方法。根据这一原则，我们先把传说分为：人物传说、史事传说、山川风物传说、地方风情传说、土特产传说和技艺传说等。（参考乌丙安《分类系统》，略有修改）再按内容层次分，人物传说可分为英雄人物、历史人物、生产技术人物、文艺人物、文化人物、虚拟人物或佛道传说人物等。史事传说可分为历史事件、现实事件、生产事件、文化事件等；山川风物可分为自然物和人工物两类；地方风情包括婚丧嫁娶、生老病死、衣食住行及文化娱乐等方面，土特产和技艺则更多。各种内容层次下面还可分具体表现层次，情节类型层次等。如自然风物中有天体、山石、河湖、树木等，其中又有仙人迹型的、化身型的等等。（第102页）

传说和神话，特别是与解释性神话有许多相似的地方。它们都有大胆的幻想，曲折神奇的情节，富有浪漫色彩。但它们之间也有着明显的区别，它是神话“演进”的结果。正如鲁迅先生所说；“迨神话演进，则为中枢者渐近于人性，几所叙述，今谓之传说。”核心就在于它“近于人性”，它是社会关系，社会斗争幻想的反映。（第110页）

从内容上看，传说更富有社会性，它是以历史事件和现实事件为基础的，主要是反映现实社会的关系和人民的生活面貌。传说中也有些虚幻的色彩，但它的社会性内容压倒了其中的“神怪性”和“自然性”，它的幻想色彩不如神话浓厚，而且是包含着历史的、社会的内容……对比之下，传说比神话更接近现实，主人公或与人间生活有密切联系，或活动在人间。（第111页）

从表现方法上看，传说叙述人物事件常有特定的时间、地点，主人公有姓名。神话则不然，如大力神、雷公、土地、灶君等，这都是通称。有的虽有姓名，但没有特定的活动时间和地点……从艺术上看，传说更富有乡土色彩，艺术结构也较神话复杂些，神话的结构则较古朴、单纯。（第111页）

从产生的时间来看，一般来说，神话早于传说，而传说形成的过程又较神话长。如黄帝，最早是神话人物，后来历史化了，又产生丁关于他的许多传说。如说他发明指南针，教人制衣裳等。因此亦可以得出一条线索，即神话—历史化—历史—传说化。后期产生的神话也是这样。（第112页）

这是一般馆况，也有难解难分的，如李冰治水的传说，袁珂同志就把它收在神话里。作为广义神话，还是可以的。这类“英雄神话”，正是神话与传说的交接点。中国人富于务实精神，神话也富于人间色彩，具有“传说化”，“历史化”的趋向。中国神话里很少有纯自然的神，几乎所有的神都有人形人性，或力神性之人，或为古代英雄。因此，有人主张把其中“自然性”较强者，如后羿射日杀怪，鲧禹盗息壤以埋洪水等，列为神话；把“社会性”突出者，如后羿与伯封、寒浞、纯狐、逢蒙的冲突等，归于传说。这是可以考虑的。（第112页）

——叶春生：《简明民间文艺学教程》，湖南文艺出版社1987年版

第一，以传说的主人公和内容与神话相比较，神话的主人公主要是神，内容是以神格为中心的故事。它光怪陆离，或是纯粹的神，或是半神半人、半人半兽……而传说的主人公是人或是与神有关系的人，它的内容比神话更接近现实生活本来的样式，较为准确地反映了社会生活，有较强的现实性和社会性。（第87页）

第二，神话、传说都具有幻想色彩（或者浪漫主义的特色），但神话的幻影和想象更为自由和浓烈，是用一种原始思维来幻想，是不自觉的幻想。它可以海阔天空无边无际，不管现实中可能的或不可能的，只要合乎原始生活逻辑的都可以想象和幻想，不一定以具体的人、事、物作依据；而传说则总是以一定历史阶段的历史人物、历史事件，或地方的风物、风俗习惯等作为依据来幻想和想象。换句话说，它总要与一定的历史事件、历史人物或地方上的特定事物、自然的景物、风俗习惯等等联系着，具有很

强的历史性。(第 88 页)

传说的形成一般有三种情况:

解释某种事物、某些历史人物、风俗习惯的由来而产生的传说。尽管它是幻想性的故事,有某些附会因素,但是以追本溯源的形式出现,而具有可信性……

有的事物、人物与某一事件、某一人物、某一地方毫无关系,而有某种相似,纯属附会而产生的传说。

某些事物、人物符合某些人的心理、意愿而加以增溢、夸大、理想化或神化而成的传说。(第 88—89 页)

第三,民间传说与民间故事有密切联系,也可以说传说是广义的民间故事。但就狭义而言,它们又有所区别。前面谈到传说总是与一定实有的事物、人物相联系,给人的印象好象是实录,即实实在在发生的事情,具有较强的历史性和可信性;而民间故事的人名、地名是泛指的,不确定的,不受历史人物、事件及地方风物的限制。

总起来说,所谓民间传说,是指人民主要是劳动人民集体创作和口头流传的与一定的历史人物、历史事件、地方古迹、自然风物、社会风俗有关的故事。(第 89—90 页)

——吴蓉章:《民间文学理论基础》,四川大学出版社 1988 年版

民间传说　民间传说是劳动人民创作的与一定的历史人物、历史事件以及地方古迹、自然风物,社会习俗有关的故事。由于它和历史的、实有的实物相联系,具有一定的历史性的特点,因而也可以说是劳动人民“口传的历史”。但它又绝不是严格地再现历史事件本身,而是根据一定的历史事实,经过千百年来劳动人民的取舍、剪裁、虚构、夸张、渲染、幻想等集体的艺术加工过程,而艺术地反映了历史的本质方面。民间传说的产生大致有两个来源:一是以历史上的真人真事为素材,经过艺术化的加工附会而成;二是由神话的逐渐现实化演变而成。民间传说涉及人民生活的各个方面,具有极其广泛的社会内容,一般包括人物传说、史事传说、地方风物传说三大类。(第 272 页)

——杨亮才等:《中国民间文艺辞典》,甘肃人民出版社 1989 年版

当然，在实际上，中国现代民间文学家是认为民间故事和民间传说存在许多差别的，例如黄诏年和王显恩（黄诏年《民间文艺的分类》，《一般》第6卷第1期，1928年9月5日。王显恩《中国民间文艺》，上海广益书局1932年版），就试图将两者加以区分，遗憾的是他们没有讲清楚。而其他大部分学者则对这两个概念按照各自的理解去使用，如著名通俗戏曲和小说研究家叶德钧先生，就把"民间故事"的范畴扩展到了尽可能广泛的程度，囊括了神话、传说、地方志、童话、寓言和佚闻野史等多种体裁的内容。再如《民俗》周刊，它出版过"传说"和"故事"两个专号，每个专号收录的文章也互有交叉：都有关于中国的长寿仙翁彭祖的内容，也都有童话故事等，结果把"传说"和"故事"的界限搞混乱了，该杂志的编辑容肇祖于此深感困惑，撰文说：

我们知道传说和故事，原是相同的东西，不过传说比较故事，有实在的人，物，地方，事原……虽然它仍然和故事一样的荒诞。故事不但包括传说的性质，而且有比传说以上的性质……

我以为民间的传说，应归在民间故事里头，就是因为传说是故事，而故事不必是传说。（《民俗》周刊，第51期《编后话》，1929年3月13日）

然而，容氏也未将两者判然分开，中国民间文学家依然继续泛泛使用这两个概念。另一份民俗杂志《民间》月刊，索性把"故事"和"传说"合为一体，启用同一个标题刊发文章（《民间》月刊，第2卷第7、第8期）。反映了二三十年代中国民间文学界对这个问题的普遍认识。（第136—137页）

——[美]洪长泰著：《到民间去：1918—1937年的中国知识分子与民间文学运动》，董晓萍译，上海文艺出版社1993年版

口头文学的叙事散文体通常泛称为"民间故事"，它是民间文学中最庞大而且最复杂的一个分支。其中人们信以为真的称为"神话"和"传说"，而人们认为是虚构的则以"民间故事"名之。神话和传说的区别（正如人类学家威廉·巴斯科姆所指出的），在于讲述者对它们的态度，故事里描写的背景，及其主要角色。神话被认为是神圣的，而传说既是神圣的，又是世俗的；神话的背景是冥界或古远的过去，传说则有史可查；神话中的主角主要是神和动物，而传说中的主角一般是人。（第75页）

大多数当代美国民俗学者较之神话更为关心的是传说，因为美国传统中尽管缺乏真正的神话，但有欧洲背景的传说却是丰富多彩的。传说同神话一样，是讲述者信之为真的叙事散文体故事，但与神话不同，其内容一般是世俗的，背景不甚古远，地点也是平常的。传说有时被称为“民间的历史”，尽管口头传播很快就会变更历史的本来面目。由于许多传说反映了民间信仰，故也用“信仰故事”名之；另外，正如神话在原始文化的宗教仪式中起作用一样，在现代民俗中，传说亦在迷信中起着作用。由于传说和谣言在传播时有相似之处，某些社会谣言理论也被运用于传说的研究。（第 82 页）

传说通常是移动的——不同地方均有传播——但如果一个传说固定于一个特别的地点，我们就称之为“地方化”，或“地方传说”。传说的流传通常是循环的，常围绕一个事件、一个人物或一个主题而形成传说群。无论如何，传说的分类始终是一个令人头痛的问题，正如最近正为这个问题绞尽脑汁的民俗学家卡兰 · D. 汉德（Wayland D. Hand）所写的那样：“对于分类者来说，民间传说在容量和变化上似乎是无穷尽的，而且它们常是简短和无定形的，似乎它们拒绝被分类”。然而，出于讨论的需要，基于传说与宗教、超自然力、个人、地方及历史的主要联系，我们可将传说分为以下四类：

宗教传说——最初“传说”一词即专指这类描写基督教圣徒生平的故事。这类故事在经官方调查证实并付梓后，便属于宗教文学范畴（称为“圣徒传记”），但当它们以传统说法在口头流传时，仍是民间文学。（第 82—83 页）

有关奇迹、天启、回答祈祷者、圣象显现、赐福给笃信者的故事，如果它们在口头广为流传，并含有某些传统的母题，均可称为宗教传说。（第 83 页）

再一类宗教传说是“民间圣经”——它或填补圣经故事的空白，或扩展引申之。（第 83 页）

神奇传说——其一般形式为似乎能证实迷信的事件和经历的信以为真的故事。简而言之，是一种仅是“个人经历”的前传说……神奇传说可以根据迷信的种类相应地划分为神奇魔怪动物传说、魔法传说、神迹传说

等。(第84页)

人们最易观察到的是现代传说:“都市信仰故事”——以城市为行景、讲述个人亲身经历的当代故事。但它们也有显示其传说特征的传统变体。大多数都市信仰故事含有神奇的、至少是高度超自然的母题。但事实上它丝毫不能动摇民众的信仰,众多的出版物,包括《时代》、《读者文摘》和地方报纸如同对待福音真理一样登载它们,各行各业的人们均信之不疑。(第86页)

人物传说是与某人有关并当作真事讲述的故事。(第88页)

地方传说是特定地方的地名、地理特征或历史有紧密联系的传说。有人推测这类传说是各地独有的创造,但事实上许多地方传说也不过是移动的传说的地方化;即使是源于某地特征或事件的传说也可向外传播,在其迁移过程中发生变化和地方化。(第92页)

——[美]布鲁范德著,《美国民俗学》,李扬译,汕头大学出版社1993年版

它大致可分为人物传说、史事传说和地方风物传说三大类。(第25页)

——涂石:《民间文学》,上海古籍出版社1996年版

传说是民众口头创作和传播的描叙特定历史人物或历史事件、解释某种地方风物或习俗的传奇故事。这个定义可以从几个方面来把握:

首先,其创作者是没有特定作者的民众或群体,特定个人可以对民众的口头传说加以记录整理,有时整理者或其他文人也会根据某种需要加以修改,但改变不了其创作者是无名大众的主流。

其次,传说是散文体的口述作品。就它的文体形式而言,它是散文体的,即是以讲故事的方式说出来的,而不是唱出来的,也不是韵文抒情的方式。就它的传播途径而言,它是口头流传的,不是用书面文字创作的。

第三,传说要有传奇性。这是它在情节上的特点。它的故事不是平淡无奇的,而是往往有离奇的情节或者“超人间”的内容。这是传说在讲述与真人真事真物有一定联系得故事时,吸引听众的一个重要因素。

第四,它的内容与两个方面的事实相联系:一是历史上的实有之人、实有之事;二是特定地方的风物或习俗。但这种与事实的联系并不是以

科学的态度记录或解释，而是以艺术化的方式：幻想、附会、夸张等。（第143—144页）

——黄涛：《中国民间文学概论》，中国人民大学出版社2004年版

民间传说主要以特定的人物、事件、自然物和人工物为对象，题材十分广泛。它可以在原始思维的基础上展开想象，也可以根据现实生活编织情节。它可以描述历史人物的活动，表现人民群众的历史观；也可以解释地方风物、社会习俗、土特产品的来源，表现人民群众对乡土的热爱。概括地说民间传说是各族人民运用文学表现手法和历史表达方式，反映不同时期的历史人物和历史事件，或各地方的名胜古迹、自然风物、社会习俗的故事。（第42页）

——农学冠：《民间文学导论》，民族出版社2005年版

民间传说的概念，一般有广义狭义之分。广义的民间传说，是把一切以口头形式表达的散文体作品都包括在内，凡是民间口头上传传说说的东西，都可以列入。从民间文艺学的观点来看，实际上就是神话、民间传说和故事的总合。因此，我们常常遭遇像“神话传说”、“传说故事”这样一些连用的术语。狭义的传说，则是把传说与神话、故事加以区分。凡与一定的历史人物、历史事件和地方风物、社会习俗有关的那些口头作品，可以认定为传说。而此外的一些，则被称作神话或幻想性故事，如人们熟悉的以女娲神话、盘古神话，或兄弟分家故事、田螺姑娘故事、蛇神故事、难女婿故事等等。在这里，用的是后一种狭义的传说概念。

所谓传说，就是描述某个历史人物或历史事件、解释某种风物或习俗的口头传奇叙事。民间传说是民众创作的与一定的历史人物、历史事件和地方古迹、自然风物、社会习俗有关的故事。由于传说的对象包括人物、事件和古迹、风物、习俗等是属于特定区域的，因此传说流传的范围大致也由这个特定区域所框定。每个传说流传的地区或范围叫做“传说圈”。“其传说圈都必然地受到传说中历史人物在民间传承中影响的大小所支配，使传说圈不仅具有地理分布特点，更重要地具备人文历史特点”。（第169页）

——万建中：《民间文学引论》，北京大学出版社2006年版

什么是民间传说？简单地说，民间传说就是在民众中间世代流传的关于某人、某事、某物的口述性故事。传说是民众口头讲述的散文体故事，具有很强的现实性；同时，传说又有超现实的一面，往往会有神仙人物出现在其中，带有明显的传奇性。传说对应的英语单词是“legend”，英语的意思是“传奇”、“传奇文学”等，也指那些古来流传的、富有传奇色彩的故事。（第1—2页）

传说是民间文学的一种体裁，具有一般民间文学所共有的四大特征：口头性、集体性、传承性、变异性。（第2页）

……在讲述的时候，人们往往根据他自己的生活经验对传说中的情节和人物做某些合理化的改动，使传说更加符合众人的口味。在流传的过程中，任何一个讲述者都可以加入自己的思想感情和生活经验。在大家的集体参与下，最终传说被加工成民众感情与愿望的结晶，无论在思想内容上还是在艺术形式上，都是民众所熟悉和喜爱的。（第4页）

传说中的人物和情节有类似于神话的超现实性。传说也有离奇的情节，一点也不排斥奇幻色彩的人物变形、时空颠倒、逻辑错位以及拟人化手法。（第10页）

从传说的来源看，神话是传说的源头之一。在上古时代，人们认为神话是真实发生过的事情，神以及神的事迹都被神圣化了，所以神话的讲述者或者表演者总是跟一定的祈求、厌禳或酬谢仪式结合在一起。对于一个部落、一个民族来说，神话是他们的根基和历史，只有在重大节日、重要集会上才可以讲述神话。但是，随着时间的推移，神话脱落了神圣的光环，也剥落了仪式的外壳，于是神话的信仰功能淡化乃至消失了，残留下来的故事转变为传说——有关神的传说、有关开天辟地的传说、有关民族起源的传说、有关习俗来历的传说。至少一部分传说来源于神话的嬗变，这一点是可以肯定的。（第12—13页）

传说与神话的不同之处也是多方面的。

首先，如上所述，神话与上古时代的信仰、仪式相结合，对讲述者来说具有真实性、神圣性；传说是世俗故事，不一定与仪式相结合，它的离奇情节也未必被讲述者当作真实发生过的事情。（第13页）

其次，神话与传说主人公的属性不同。神话的主人公是神，以神格为

中心;传说的主人公是人,显示成分占主导地位,超现实成分是有限的。(第15页)

最后,神话与传说的幻想成分有很大差别。神话以幻想为主,写实为辅;传说也有幻想成分,但以写实为主。(第16页)

民间故事,也简称故事(story)。从广义上讲,民间故事包括所有民众口头创作和传播的散文体叙事性作品。故事在各地的说法不一样,有的地方称古话、古经,有的地方称瞎话、冇话。传说属于广义上的民间故事的一种体裁。但是,从狭义上讲,民间故事是指神话、传说之外的那些具有现实性或幻想性的叙事性口头作品。传说是与狭义上的故事并列的一种民间文学体裁。(第29页)

下面简要区分一下传说与狭义的民间故事的不同之处。

传说总是指向一个中心点,故事没有中心点,内容是泛指性的。所谓"中心点",有时是某个著名人物,有时是某一处风景名胜,有时指地方特产、风俗习惯。中心点犹如圆心,所有同一主题范围内的传说在人物和情节上都指向这个圆心,从而维系一定的共同特性。(第29—30页)

这些所谓的中心点,都是社会上比较熟知的人物、山水、古迹、风俗等,传说都是描述或者解释它们的来龙去脉的故事,所以传说一般追求可信性,时间、地点、人物、事件过程都很具体,造出一副煞有介事的样子。(第30—31页)

从创作的角度来说,民间传说是不能随意新创的,民间故事可以不断创编出新作。(第31页)

民间传说历史悠久,包容的文化内涵非常丰富,既有神话宗教内容,也有历史文化内容,还有地方山水物产方面的知识。民间故事更加注重故事性和娱乐性,数量更多,范围更广。但是,两者的界限并不截然分明,它们之间存在着不少的交叉和重叠,这也是应该注意的。(第32页)

——黄景春:《民间传说》,中国社会出版社2006年版

都市传说属于民间叙事的亚类传说。与民间童话不同,传说是人们信以为真或可信性较强的故事;与神话不同,它和神或半神无关,而是新近发生的、与芸芸众生有关的故事。传说是民间的历史或准历史。同其

他民间传说一样，都市传说的可信性是故事中时间、地点的细节及故事来源的权威性使然。（第4页）

不管都市传说源自何处，它们的传播却无秘密可言。与早期民俗中的神话、童话或歌谣的流传方式一样，它们被广为传播、不断复述，不同之处在于当代传说开始借助大众传媒进行传播。老年人和青少年群体、办公室、俱乐部、宗教团体及娱乐界均是美国都市传说传播的重要渠道。（第5—6页）

——[美]布鲁范德著：《消失的搭车客：美国都市传说及其意义》，李扬、王珏纯译，广西师范大学出版社2006年版

**图书在版编目(CIP)数据**

中国20世纪前期传说研究史 / 毕旭玲著 .— 上海 ：上海社会科学院出版社，2019
ISBN 978-7-5520-2977-2

Ⅰ.①中… Ⅱ.①毕… Ⅲ.①民间故事—文学研究—中国—现代 Ⅳ.①I207.73

中国版本图书馆CIP数据核字(2019)第277037号

**中国20世纪前期传说研究史：**
**以现代知识分子的政治关怀为动力的学术史**

---

著　　者：毕旭玲
责任编辑：应韶荃
封面设计：风行水上
出版发行：上海社会科学院出版社
上海顺昌路622号　邮编200025
电话总机021-63315947　销售热线021-53063735
http://www.sassp.cn　E-mail:sassp@sassp.cn
照　　排：南京理工出版信息技术有限公司
印　　刷：上海龙腾印务有限公司
开　　本：710毫米×1010毫米　1/16
印　　张：12
字　　数：186千字
版　　次：2019年12月第1版　2019年12月第1次印刷

---

ISBN 978-7-5520-2977-2/I·367　　定价：60.00元

---